Die Hexe von Portobello

© KEYSTONE / Ayse Yavas

PAULO COELHO, geboren 1947 in Rio de Janeiro, begann nach ausgedehnten Reisen zu schreiben. Er lebt in Rio de Janeiro und Frankreich. Weltbestseller wie *Der Alchimist*, *Veronika beschließt zu sterben* und *Elf Minuten* machten ihn »neben J.K. Rowling und John Grisham zum erfolgreichsten Schriftsteller der Welt« (Reuters).

PAULO COELHO

Die Hexe von Portobello

ROMAN

Aus dem Brasilianischen
von Maralde Meyer-Minnemann

Weltbild

Die brasilianische Originalausgabe erschien 2006
unter dem Titel *A bruxa de Portobello*
bei Editora Planeta, Rio de Janeiro.

Besuchen Sie uns im Internet:
www.weltbild.de

Genehmigte Lizenzausgabe für Verlagsgruppe Weltbild GmbH,
Steinerne Furt, 86167 Augsburg

Übersetzung: Maralde Meyer-Minnemann
Umschlaggestaltung: Atelier Seidel – Verlagsgrafik, Teising
Umschlagmotiv: Mauritius Images, Mittenwald
Gesamtherstellung: Freiburger Graphische Betriebe GmbH & Co. KG,
Freiburg i. Brsg.
Printed in the EU

ISBN 978-3-8289-9392-1

2011 2010 2009 2008
Die letzte Jahreszahl gibt die aktuelle Lizenzausgabe an.

Für S.F.X.,
eine Sonne, die Licht und Wärme verströmt,
wo immer sie hinkommt,
und ein Vorbild für alle,
die über ihren Horizont hinausdenken.

Heilige Maria,
ohne Sünden empfangen,
bete für uns,
die wir uns an dich wenden.
Amen.

Niemand zündet ein Licht an
und setzt es an einen heimlichen Ort,
auch nicht unter einen Scheffel,
sondern auf den Leuchter,
auf dass, wer hingehet, das Licht sehe.

Lukas 11: 33

Ursprünglich hatte ich vor, das, was ich gehört hatte, zu einem ganz traditionellen Buch zu verarbeiten, in dem auf der Grundlage von umfangreichen Recherchen eine wahre Geschichte erzählt wird.

Ich habe eine Reihe von Biographien gelesen und dabei eines begriffen: Die Meinung des Autors über die Hauptperson beeinflusst das Ergebnis der Recherche. Da meine Absicht gerade nicht war, zu sagen, was ich denke, sondern zu zeigen, wie die Geschichte der ›Hexe von Portobello‹ von den Hauptfiguren der Geschichte gesehen wurde, habe ich den ursprünglichen Plan verworfen. Ich fand es besser, einfach nur niederzuschreiben, was mir erzählt wurde.

Heron Ryan, 44 Jahre, Journalist

Niemand zündet ein Licht an und setzt es an einen heimlichen Ort, auch nicht unter einen Scheffel: Licht soll mehr Licht anziehen, die Augen öffnen und die Wunder ringsum zeigen.

Niemand opfert, was ihm am wichtigsten ist: die Liebe.

Niemand gibt seine Träume in die Hände derjenigen, die ihn zerstören könnten.

Ausgenommen Athena.

Lange nach Athenas Tod bat mich ihre ehemalige Meisterin Edda, sie nach Prestopans, eine kleine Stadt in Schottland, zu begleiten. Dort wurde zum letzten Mal ein mittelalterliches Gesetz angewandt, das einen Monat später außer Kraft gesetzt wurde: Die Stadt begnadigte nachträglich offiziell 81 Menschen – und ihre Katzen –, die im 16. und 17. Jahrhundert wegen Hexerei exekutiert worden waren.

Dem Sprecher der Barone von Prestoungrange und Dolphinstoun zufolge waren »die meisten ohne konkrete Beweise, nur aufgrund von Zeugen der Anklage verurteilt worden, die erklärt hatten, die Gegenwart von bösen Geistern gefühlt zu haben«.

Es ist müßig, an die Exzesse der Inquisition mit ihren Folterkammern und an die Scheiterhaufen zu erinnern, deren Flammen aus Hass und Rache geboren wurden. Die Stadt und der 14. Baron von Prestoungrange & Dolphinstoun hatten Menschen von Schuld freigesprochen und begnadigt, die brutal exekutiert worden waren. Doch Edda sagte immer wieder, es liege etwas in dieser Geste, das sie nicht akzeptieren könne:

»Wir befinden uns im 21. Jahrhundert, und da maßen sich doch tatsächlich die Nachkommen der wahren Verbrecher, also derjenigen, die damals Unschuldige getötet haben, noch das Recht an, jemanden zu begnadigen beziehungsweise Gnade walten zu lassen. Sie wissen es doch auch, Heron.«

Und ob ich es wusste. Eine neue Hexenjagd begann sich abzuzeichnen. Diesmal wurde nicht mit glühenden Eisen gefoltert, sondern mit Ironie und Unterdrückung gearbeitet. Diejenigen, die oft ganz zufällig eine besondere Gabe an sich entdecken und wagen, über diese Gabe zu sprechen, werden zumeist misstrauisch beäugt. Und im Allgemeinen verbieten Ehemann, Ehefrau, Eltern, Kinder, wer auch immer, den Betreffenden, auch nur ein Wort darüber zu verlieren – aus Angst, die Familie der Lächerlichkeit preiszugeben.

Bevor ich Athena kennenlernte, glaubte ich, besondere Gaben einzusetzen, bedeute nur, die Verzweiflung anderer Menschen auszunutzen. Der Dokumentarfilm, den ich in Transsylvanien über Vampire drehen wollte, sollte zeigen, wie leicht man Menschen betrügen kann. Es gibt Aberglauben, Vorstellungen, die, mögen sie auch noch so abwegig sein, trotzdem fortbestehen – und skrupellose Leute nutzen das aus. Als ich das Schloss von Dracula besuchte, das nur aufgebaut worden war, um Touristen das Gefühl zu geben, sie befänden sich an einem besonderen Ort, trat ein Beamter der Regierung auf mich zu. Er ließ durchblicken, dass ich ein ziemlich »bedeutendes« (seine Worte) Geschenk bekäme, falls der Film von der BBC gezeigt würde. Der Beamte war der Meinung, ich leistete damit einen Beitrag zur Verbreitung des Mythos und verdiente es, großzügig dafür belohnt zu werden. Einer der Touristenführer sagte mir, die Anzahl der Besucher wachse jährlich, jede Erwähnung des Ortes sei positiv, selbst wenn behauptet würde, das Schloss sei eine Fälschung und Vlad Dracul im Übrigen eine historische Figur, die keinerlei Bezug zum Mythos habe und nur den wilden Phantasien des Iren Bram Stoker entsprungen sei, der die Gegend niemals besucht habe.

In diesem Augenblick wurde mir klar, dass ich selbst dann ungewollt der Lüge in die Hände spielen würde, wenn ich mich streng an die Tatsachen hielte. Auch wenn ich mit meiner Reise gerade die umgekehrte Absicht verfolgt hatte, nämlich den Ort zu *ent*mystifizieren, würden die Menschen letztlich trotzdem nur das glauben, was sie glauben wollten, zum Beispiel auch, dass ich nur daran mitarbeite, einen Mythos weiterzuverbreiten. Ich gab das Vorhaben sofort auf, obwohl ich ziemlich viel in die Reise und die Nachforschungen investiert hatte.

Aber die Reise nach Transsylvanien sollte letztlich ungeheure Auswirkungen auf mein Leben haben: denn ich lernte dort Athena kennen, die auf der Suche nach ihrer Mutter war.

Das Schicksal, das geheimnisvolle, unerbittliche Schicksal, hat uns einander in einer bedeutungslosen Lobby eines noch bedeutungsloseren Hotels begegnen lassen. Ich wurde Zeuge von Athenas erstem Gespräch mit Deidre – oder Edda, wie sie gern genannt wird. Wie ein Außenstehender habe ich den nutzlosen Kampf meines Herzens beobachtet, das alles tat, um sich nicht durch eine Frau verführen zu lassen, die nicht meiner Welt angehörte. Ich klatschte Beifall, als der Verstand die Schlacht verlor, und mir blieb nichts anderes übrig, als mich hinzugeben, als einzugestehen, dass ich mich verliebt hatte.

Diese Liebe hat dazu geführt, dass ich Dinge erlebte, die ich mir im Traum nicht vorgestellt hatte – Rituale, Menschen in Trance. Da ich vor Liebe blind zu sein glaubte, zweifelte ich alles an. Der Zweifel aber trieb mich, anstatt mich zu lähmen, hin zu Ozeanen, deren Existenz ich nicht zulassen konnte. Die Kraft der Liebe erlaubte mir, selbst in den schwierigsten Augenblicken meinen zynischen Journalistenkollegen Paroli zu bieten und über Athena und ihre Arbeit zu schreiben. Und auch nach Athenas Tod lebt die Liebe weiter, und ich spüre noch immer ihre Kraft. Doch mein sehnlichster Wunsch ist, zu vergessen, was ich gesehen und gelernt habe, denn ich konnte mich nur an Athenas Hand in dieser Welt bewegen.

Es waren ihre Gärten, ihre Flüsse, ihre Berge. Jetzt, wo sie gegangen ist, muss alles möglichst schnell wieder so sein, wie es vorher war. Ich werde mich wieder mehr auf Verkehrsprobleme, auf die Außenpolitik Großbritanniens, auf den Umgang der Regierung mit unseren Steuern konzentrieren. Ich möchte wieder glauben, dass die Welt der Magie nur ein raffinierter Trick ist. Dass die Menschen abergläubisch sind. Dass die Dinge, die die Wissenschaft nicht erklären kann, nicht das Recht haben zu existieren.

Als die Versammlungen in Portobello aus dem Ruder liefen, war Athenas Verhalten Thema unzähliger Diskussionen, aber ich bin noch heute froh darüber, dass sie nie auf mich gehört hat. Wenn es in der Tragödie, einen geliebten Menschen zu verlieren, einen Trost gibt, dann liegt er in der unerlässlichen Hoffnung, dass es so vielleicht besser war.

Ich schlafe mit dieser Hoffnung ein und wache mit ihr wieder auf. Es war besser, dass Athena gegangen ist, bevor sie in die Hölle dieser Erde hinabstieg. Nach den Ereignissen, die dazu führten, dass sie »die Hexe von Portobello« genannt wurde, hätte sie ohnehin ihren Seelenfrieden nie mehr wieder gefunden. Sie hätte für den Rest ihres Lebens bitter unter dem Aufeinanderprallen ihrer persönlichen Träume mit der kollektiven Wirklichkeit gelitten. Ich kannte Athena gut. Sie hätte bis zum Ende gekämpft, ihre Lebensenergie und -freude dabei verbraucht zu beweisen, was niemand, wirklich niemand zu glauben bereit war.

Wer weiß, vielleicht hat sie den Tod gesucht wie ein Schiffbrüchiger eine Insel. Ich stelle mir vor, wie sie sich im Morgengrauen in vielen U-Bahn-Stationen aufgehalten und vergebens auf diejenigen gewartet hat, die sie überfallen würden.

Sie wird auf der Suche nach einem Mörder, der sich nicht zeigte, durch die gefährlichsten Stadtteile Londons gewandert sein. Sie wird den Zorn der Starken provoziert haben, die nicht in der Lage waren, ihre Wut zu offenbaren.

Bis es ihr gelang, brutal ermordet zu werden. Aber wie viele von uns werden letzten Endes davon verschont, erleben zu müssen, wie die wichtigen Dinge in unserem Leben von einem Augenblick zum anderen verschwinden? Ich meine damit nicht nur Menschen, sondern auch unsere Ideale und unsere Träume: Möglicherweise halten wir einen Tag, eine Woche, ein paar Jahre stand, aber wir sind immer dazu verdammt zu verlieren. Unser Körper lebt weiter, aber die Seele erhält früher oder später den Todesstoß. Ein perfektes Verbrechen, bei dem nicht bekannt ist, wer unsere Lebensfreude getötet hat, welche Gründe dazu geführt haben und wo die Schuldigen zu finden sind.

Aber sind sich diese namenlosen Schuldigen überhaupt dessen bewusst, was sie getan haben? Ich glaube nicht, denn sie sind ebenfalls Opfer der von ihnen geschaffenen Wirklichkeit – egal, ob sie depressiv, arrogant, machtlos oder mächtig sind.

Sie verstehen Athenas Welt nicht und würden sie auch nie verstehen. Ja, ich kann es nur so ausdrücken: Athenas Welt. Ich akzeptiere endlich, dass ich dort nur vorübergehend war, aufgrund eines Gefallens, der mir erwiesen wurde, wie jemand, der sich in einem schönen Palast befindet, die allerbesten Gerichte isst, aber immer weiß, dass alles nur ein Fest ist, dass der Palast nicht ihm gehört, das Essen nicht von seinem Geld gekauft wurde und irgendwann die Lichter verlöschen, die Besitzer schlafen gehen, die Bediensteten in ihre

Zimmer zurückkehren, die Tür zufällt und wir wieder auf der Straße stehen und auf ein Taxi oder einen Bus warten, der uns in die Mittelmäßigkeit unseres Lebens zurückbringt.

Ich bin dabei zurückzukehren. Oder, besser gesagt: Ein Teil von mir ist dabei, in diese Welt zurückzukehren, in der nur das einen Sinn ergibt, was wir sehen, berühren und erklären können: die Bußgelder wegen überhöhter Geschwindigkeit, Menschen, die an den Bankschaltern diskutieren, die ewigen Klagen über das Wetter, die Horrorfilme und die Formel-1-Rennen. Dies ist das Universum, in dem ich den Rest meiner Tage verbringen werde. Ich werde heiraten, Kinder haben, und die Vergangenheit wird nur mehr eine ferne Erinnerung sein, und ich werde mich dann fragen: Wie konnte ich so blind, wie konnte ich so naiv sein?

Nachts aber wird ein anderer Teil von mir durch den Raum irren, in Kontakt mit Dingen stehen, die nicht so real wie eine Packung Zigaretten sind und das Glas Gin, das vor mir steht. Meine Seele wird mit Athena tanzen, ich werde bei ihr sein, während ich schlafe. Ich werde schwitzend aufwachen, in die Küche gehen, um ein Glas Wasser zu trinken, und begreifen, dass man, um Gespenster zu bekämpfen, etwas tun muss, das in der realen Welt keinen Sinn ergibt. Dann werde ich, den Rat meiner Großmutter befolgend, eine geöffnete Schere auf meinen Nachttisch legen und so die Fortsetzung des Traumes abschneiden.

Am nächsten Morgen werde ich die Schere mit einem leichten Gefühl des Bedauerns ansehen. Aber ich muss mich wieder in diese Welt einfügen, sonst werde ich am Ende noch verrückt.

Andrea McCain, 32 Jahre, Theaterschauspielerin

»Niemand kann einen anderen Menschen manipulieren. In einer Beziehung wissen beide, was sie tun, auch wenn einer von beiden sich hinterher beklagt, er oder sie sei benutzt worden.«

Athena sagte das – aber sie tat genau das Gegenteil, denn ich wurde ohne Rücksicht auf meine Gefühle benutzt und manipuliert. Erschwerend kommt noch hinzu, dass es um Magie ging. Schließlich war sie meine Meisterin, die es sich zur Aufgabe gemacht hatte, heilige Geheimnisse zu vermitteln, die unbekannte Kraft zu wecken, die wir alle in uns haben. Wenn wir uns auf dieses unbekannte Meer hinausbegeben, vertrauen wir denen, die uns führen, blind – glauben wir, dass sie mehr wissen als wir.

Ich kann jedem versichern: Sie wissen nicht mehr als wir. Weder Athena noch Edda noch sonst jemand, den ich durch sie kennengelernt habe. Athena hat immer gesagt, dass sie lernte, indem sie lehrte, und auch wenn ich mich anfangs weigerte, dies zu glauben, konnte ich mich später davon überzeugen, dass dies durchaus möglich war. Schließlich habe ich gemerkt, dass es eine ihrer vielen Methoden war, uns dazu zu bringen, unsere Schutzmechanismen auszuschalten und ihren Zauber wirken zu lassen.

Menschen auf spiritueller Suche reflektieren nicht: sie wollen Ergebnisse. Sie wollen sich mächtig fühlen, fern der anonymen Masse. Sie wollen besonders sein. Athena spielte grausam mit den Gefühlen anderer.

Es heißt, sie habe früher die heilige Therese von Lisieux tief verehrt. Die katholische Religion interessiert mich nicht, aber dem Vernehmen nach erlebte Therese eine Art mystisches und körperliches Einssein mit Gott. Athena hat irgendwann einmal gesagt, sie wünsche sich eine ähnliche Offenbarung: Wenn das stimmte, dann hätte sie in ein Kloster eintreten, ihr Leben der Kontemplation und dem Dienst an den Armen widmen sollen. Es wäre für die Welt sehr viel nützlicher gewesen und sehr viel weniger gefährlich, als andere durch Musik und Rituale in eine Art Trunkenheit zu versetzen, in der sie in Kontakt zum Besten, aber auch zum Schlechtesten ihrer selbst treten können.

Ich bin zu ihr gekommen, als ich auf der Suche nach dem Sinn meines Lebens war – auch wenn ich das bei unserer ersten Begegnung verschwiegen habe. Ich hatte wohl von Anfang an begriffen, dass Athena daran nicht besonders interessiert war. Sie wollte leben, tanzen, lieben, reisen, Menschen um sich versammeln, um zu zeigen, wie weise sie war, ihre Gaben zur Schau stellen, ihre Mitmenschen provozieren, alles Profane nutzen – auch wenn sie sich bemühte, ihrer Suche einen spirituellen Anstrich zu geben.

Jedes Mal, wenn wir uns zu magischen Zeremonien oder auch nur zu einem Barbesuch trafen, spürte ich ihre Macht. Sie war geradezu greifbar, so stark offenbarte sie sich. Anfangs war ich fasziniert, wollte ich sein wie sie. Aber eines Tages – mein Freund war auch dabei – hat sie in einer Bar über das »Dritte Ritual« gesprochen, das die Sexualität betrifft. Unter dem Vorwand, es mir beibringen zu wollen. Ihr Ziel war meiner Meinung nach, den Mann zu verführen, den ich liebte.

Und das ist ihr selbstverständlich gelungen.

Man soll nicht schlecht von Menschen reden, die dieses

Leben bereits verlassen haben und sich nun in einer anderen Welt befinden. Mir gegenüber braucht Athena sich nicht zu rechtfertigen, wohl aber allen den Kräften gegenüber, die sie nur für ihre eigenen Zwecke genutzt hat, anstatt sie zugunsten der Menschheit und zur eigenen spirituellen Erhöhung einzusetzen.

Und, was noch schlimmer ist: Alles, was wir begonnen haben, hätte gut ausgehen können, wäre da nicht ihr zwanghafter Hang zur Selbstdarstellung gewesen. Wäre sie zurückhaltender gewesen, könnten wir heute die Mission erfüllen, die uns anvertraut wurde. Aber sie hatte sich nicht in der Gewalt, sie glaubte, die Wahrheit zu besitzen, glaubte, sie sei in der Lage, alle Grenzen zu überschreiten, nur indem sie ihre Verführungskraft nutzte.

Und was ist das Ergebnis? Ich bin allein zurückgeblieben. Ich darf die Arbeit nicht auf halbem Weg aufgeben – ich muss sie zu Ende führen, obwohl ich mich manchmal schwach und fast immer mutlos fühle.

Mich überrascht nicht, dass ihr Leben so geendet hat: sie hat ständig die Gefahr gesucht. Man sagt, extrovertierte Menschen seien unglücklicher als introvertierte und müssten dies kompensieren, indem sie sich selber beweisen, dass sie zufrieden, fröhlich sind und dass sie das Leben genießen. Zumindest auf Athena trifft dies zu.

Athena war sich ihres Charismas bewusst und hat all diejenigen leiden lassen, die sie liebten.

Darunter auch mich.

Deidre O'Neill, 37 Jahre, Ärztin, bekannt als Edda

Wenn mich heute ein Fremder anruft oder anspricht – er muss gar nichts von mir wollen, mir gar nichts Besonderes sagen, mir nur Aufmerksamkeit schenken, wie ich sie nicht gewohnt bin –, dann kann es passieren, dass ich noch in derselben Nacht ziemlich verliebt mit ihm ins Bett gehe. Wir Frauen sind nun einmal so, und daran ist nichts verkehrt – es gehört zur weiblichen Natur, offen für die Liebe zu sein.

Diese Bereitschaft zur Liebe hat mich mit neunzehn Jahren offen für die Begegnung mit der Mutter gemacht. Athena war genauso alt, als sie das erste Mal durch Tanz in Trance geriet. Aber das war das Einzige, was wir gemein hatten – das Initiationsalter.

Sonst waren wir grundverschieden, vor allem in unserer Art, mit anderen Menschen umzugehen. Als ihre Meisterin habe ich ihr das Beste von mir gegeben, damit sie sich auf ihre innere Suche begeben konnte. Als ihre Freundin – obwohl ich nicht weiß, ob sie für mich auch Freundschaft empfand – habe ich versucht, darauf hinzuweisen, dass die Welt noch nicht für die Veränderungen bereit war, die sie herbeiführen wollte. Ich erinnere mich an viele schlaflose Nächte, bis ich den Entschluss fasste, ihr zu erlauben, frei zu handeln, nur dem zu folgen, was ihr Herz ihr befahl.

Athenas großes Problem bestand darin, dass sie eine Frau des 22. Jahrhunderts war, die aber im 21. Jahrhundert lebte – und dass sie zuließ, dass alle dies sahen. Hat sie einen Preis dafür bezahlt? Zweifellos. Aber der Preis wäre noch viel höher gewesen, wenn sie ihre spontane Überschwänglichkeit nicht ausgelebt hätte. Sie wäre bitter, frustriert, immer mit dem Gedanken beschäftigt gewesen: »Was werden die anderen sagen.« Sie hätte immer gesagt: »Lass mich zuerst dieses Problem lösen, und dann widme ich mich meinem Traum.« Sie hätte immer geklagt: »Die Bedingungen sind nie ideal.«

Alle suchen einen vollkommenen Meister: Doch auch Meister sind nur Menschen, selbst wenn ihre Lehren göttlich sind – und das ist etwas, was zu akzeptieren den Menschen schwerfällt. Nicht den Lehrer mit dem Unterricht, das Ritual mit der Ekstase, den Vermittler des Symbols mit dem Symbol selber zu verwechseln. Die Tradition ist mit der Begegnung mit den Kräften des Lebens verbunden und nicht mit den Menschen, die dies vermitteln. Aber wir sind schwach: Wir bitten die Mutter, dass sie uns Menschen schickt, die uns auf unserem Weg führen, während sie uns Zeichen sendet.

Wehe denen, die Hirten suchen, anstatt nach Freiheit zu dürsten! Die Begegnung mit der höheren Energie ist für jedermann erreichbar, nur für jene nicht, die ihre Verantwortung anderen übertragen. Unsere Zeit auf dieser Erde ist heilig, und wir müssen sie in jedem Augenblick feiern.

Wie wichtig das ist, ist vollkommen in Vergessenheit geraten: Sogar die religiösen Feiertage sind zu Gelegenheiten verkommen, um ans Meer oder zum Skilaufen zu fahren. Es gibt keine Rituale mehr. Es gelingt nicht mehr, gewöhnliche Handlungen in heilige zu verwandeln. Wir kochen und klagen über den damit verbundenen Zeitverlust, wo wir doch Liebe in Essen verwandeln könnten. Wir arbeiten und empfinden dies als einen göttlichen Fluch, wo wir doch unsere Fähigkeiten nutzen sollten, um uns selber Freude zu machen und die Energie der Mutter zu verbreiten.

Athena hat die überreiche Welt an die Oberfläche geholt, die wir alle in unserer Seele tragen, dabei aber nicht bemerkt, dass die Menschen noch nicht bereit sind, ihre Kräfte zu akzeptieren.

Wir Frauen werden, wenn wir einen Sinn für unser Leben oder den Weg des Wissens suchen, immer mit einem der klassischen Archetypen gleichgesetzt, als da sind:

Die Jungfrau (und ich spreche hier nicht von Sexualität) – sie ist diejenige, die sich selber durch vollkommene Unabhängigkeit sucht, und alles, was sie lehrt, ist Frucht ihrer Fähigkeit, sich den Herausforderungen allein zu stellen.

Die Märtyrerin – sie entdeckt im Schmerz, in der Hingabe und im Leiden einen Weg, sich selber kennenzulernen.

Die Heilige – sie findet in der grenzenlosen Liebe, in der Fähigkeit zu geben, ohne eine Gegenleistung zu erwarten, den wahren Sinn ihres Lebens.

Und schließlich die Hexe – sie ist auf der Suche nach der vollständigen, grenzenlosen Lust und rechtfertigt damit ihr Leben.

Athena war alle vier zugleich, während wir uns im Allgemeinen nur mit einem dieser weiblichen Archetypen identifizieren.

Selbstverständlich können wir ihr Verhalten rechtfertigen; anführen, dass alle, die in den Zustand von Trance und Ekstase gelangen, die Verbindung zur Realität verlieren. Das aber wäre falsch: die körperliche und die spirituelle Welt sind ein und dasselbe. Wir können das Göttliche in jedem Staubkorn sehen, doch das hindert uns nicht daran, es mit einem feuchten Schwamm zu entfernen. Das Göttliche bleibt, es ist nunmehr eine saubere Oberfläche.

Athena hätte mehr auf sich aufpassen sollen. Wenn ich über das Leben und den Tod meiner Schülerin nachdenke, komme ich zum Schluss, dass ich gut daran täte, zu überdenken, wie ich handle, und vielleicht etwas daran zu ändern.

Lella Zainab, 64 Jahre, Nummerologin

Athena? Ein interessanter Name! Schauen wir mal… ihre Höchstzahl ist die Neun. Optimistisch, sozial, sticht aus der Masse hervor. Menschen, die Verständnis, Mitgefühl und Großzügigkeit brauchen, werden ihre Nähe suchen, und sie muss aufpassen, dass ihr ihre Beliebtheit nicht zu Kopf steigt und sie am Ende mehr verliert als gewinnt. Sie muss auch ihre Zunge im Zaum halten, denn sie neigt dazu, zu viel zu reden.

Ihre Mindestzahl ist die Elf. Ich glaube, sie strebt eine leitende Position an. Sie beschäftigt sich mit mystischen Dingen; und über diese Beschäftigung versucht sie, allen denen Harmonie zu bringen, die sich in ihrem Umkreis befinden.

Aber das steht in direktem Gegensatz zur Zahl Neun, die die Summe aus dem Tag, dem Monat und dem Jahr ihrer Geburt ist und sich in einer einzigen Zahl vereinigt: Sie wird immer zu Neid, Traurigkeit, Verschlossenheit und gefühlsgesteuerten Entschlüssen neigen. Vorsicht bei folgenden negativen Schwingungen: übermäßiger Ehrgeiz, Intoleranz, Machtmissbrauch, Extravaganz.

Wegen dieses Konfliktes schlage ich vor, dass sie sich etwas widmet, das keinen emotionalen Kontakt mit Menschen verlangt, wie beispielsweise die Arbeit im Bereich der Informatik oder des Ingenieurwesens.

Sie ist tot. Oh, tut mir leid. Was hat sie denn tatsächlich gemacht?

Was hat Athena tatsächlich gemacht? Von allem ein wenig, aber müsste ich ihr Leben zusammenfassen, würde ich sagen: Sie war eine Priesterin, die die Kräfte der Natur verstand. Oder besser gesagt, sie war jemand, der nichts zu verlieren oder vom Leben zu erwarten hatte und deshalb das Risiko auf sich genommen hat, über das, was andere tun, hinauszugehen. Und am Ende hat sie sich in die Kräfte verwandelt, die sie zu beherrschen glaubte.

Sie war Verkäuferin im Supermarkt, Bankerin, Grundstücksmaklerin, und in jedem dieser Berufe hat sie immer die Priesterin, die sie in sich trug, offenbart. Ich habe acht Jahre mit ihr verbracht, und das schulde ich ihr: die Erinnerung an sie und ihre Identität wiederherzustellen.

Dazu musste ich viele Menschen befragen, die Athena gekannt hatten. Das Schwierigste dabei war, deren Erlaubnis zu erhalten, ihre wahren Namen benutzen zu dürfen. Einige sagten, sie wollten in einem solchen Buch nicht genannt werden, andere versuchten, ihre Meinungen und Gefühle zu verbergen. Ich habe ihnen erklärt, meine wahre Absicht sei, alle Beteiligten besser verstehen zu lassen, wer Athena war, und dass niemand anonymen Erklärungen Glauben schenken würde.

Da jeder der Interviewten glaubte, über die einzige, endgültige Version der jeweiligen Ereignisse zu verfügen, egal, wie unbedeutend sie waren, willigten sie am Ende ein. Während der Tonbandaufnahmen merkte ich, dass die Dinge nicht absolut sind, dass jeder eine eigene Sicht auf die Dinge hat. Und dass die beste Art zu erfahren, wer wir sind, häufig ist, herauszufinden, wie die anderen uns sehen.

Das soll nicht heißen, dass wir tun, was die anderen erwarten: Aber zumindest verstehen wir uns selber besser. Das war ich Athena schuldig.

Ihre Geschichte zu rekonstruieren, den Mythos Athena festzuhalten.

Samira R. Khalil, 57 Jahre, Hausfrau, Athenas Mutter

Nennen Sie sie bitte nicht Athena. Ihr richtiger Name ist Sherine. Sherine Khalil, unsere geliebte, heißersehnte Tochter, von der wir wünschten, sie wäre unsere leibliche Tochter gewesen.

Aber das Leben hatte andere Pläne – wenn das Schicksal großzügig ist, gibt es immer einen Brunnen, in den unsere Träume hineinfallen.

Wir lebten in einer Zeit in Beirut, als Beirut noch als schönste Stadt im Nahen Osten galt.

Mein Mann war ein erfolgreicher Industrieller, wir haben aus Liebe geheiratet, sind jedes Jahr nach Europa gereist, hatten Freunde, wurden zu allen wichtigen gesellschaftlichen Ereignissen eingeladen.

Einmal habe ich sogar einen Präsidenten der Vereinigten Staaten in meinem Hause empfangen. Stellen Sie sich das einmal vor! Es waren drei unvergessliche Tage: zwei Tage lang durchstöberte der amerikanische Geheimdienst jeden Winkel unseres Hauses (sie waren schon seit mehr als einem

Monat im Stadtviertel gewesen, hatten – als Bettler oder als Liebespaare verkleidet – strategische Punkte besetzt, Wohnungen gemietet). Und am dritten Tag war dann das Fest, und auch wenn es nur zwei Stunden dauerte, werde ich doch nie den Neid in den Augen unserer Freunde vergessen noch die Freude, mit dem mächtigsten Mann des Planeten fotografiert zu werden.

Wir hatten alles, nur nicht, was wir uns am meisten wünschten: ein Kind. Also hatten wir gar nichts.

Wir haben es auf alle nur möglichen Arten versucht. Wir haben Gelübde abgelegt, haben wunderträchtige Orte besucht, haben Ärzte und Heiler befragt, haben Medikamente geschluckt und Elixiere und Zaubertränke zu uns genommen. Zweimal habe ich eine künstliche Befruchtung machen lassen und das Baby verloren. Beim zweiten Mal verlor ich auch meinen linken Eileiter und fand keinen Arzt mehr, der das Risiko eines neuen Abenteuers dieser Art eingehen wollte.

Damals hat dann einer unserer vielen Freunde, die unsere Lage kannten, uns den einzig möglichen Ausweg vorgeschlagen: ein Kind zu adoptieren. Er sagte, er habe Kontakte in Rumänien und dass das Verfahren nicht lange dauern werde.

Einen Monat später haben wir uns in ein Flugzeug gesetzt. Unser Freund machte wichtige Geschäfte mit dem Diktator, der damals das Land regierte. So konnten wir die bürokratischen Instanzenwege vermeiden und sind direkt in ein Adoptionszentrum in Sibiu (auch bekannt als Hermannstadt), Transsylvanien, gefahren. Dort wurden wir schon mit Kaffee, Zigaretten, Mineralwasser und dem ganzen, bereits erledigten Papierkram erwartet und brauchten nur noch ein Kind auszusuchen.

Wir wurden in eine Kinderkrippe geführt, in der es sehr kalt war, und ich fragte mich, wie man die armen Wesen so behandeln konnte. Mein erster Gedanke war, alle zu adoptieren, sie in unser Land mitzunehmen, in dem es Sonne und Freiheit gab, aber selbstverständlich war das eine verrückte Idee. Wir gingen zwischen den Bettchen hindurch, hörten Weinen, und der Gedanke an die Entscheidung, die wir treffen würden, machte uns Angst.

Mehr als eine Stunde haben mein Mann und ich kein Wort miteinander gewechselt. Wir gingen hinaus, tranken Kaffee, rauchten Zigaretten und gingen wieder zurück – und das wiederholte sich mehrmals. Ich bemerkte, dass die Frau, die mit der Adoption betraut war, allmählich ungeduldig wurde – wir mussten uns entscheiden. Da wies ich, einem Instinkt folgend, den ich mütterlich zu nennen wage, auf ein Mädchen. Es war, als hätte ich ein Kind gefunden, das meines sein sollte, aber in dieser Inkarnation durch einen anderen Leib auf diese Welt gekommen war.

Die Adoptionsbeauftragte schlug vor, unsere Wahl noch einmal zu überdenken. Ausgerechnet sie, die uns eben noch so gedrängt hatte! Aber ich hatte mich bereits entschieden.

In der Absicht, meine Gefühle nicht zu verletzen (sie glaubte, wir hätten Kontakt zu den höchsten Stellen der rumänischen Regierung), flüsterte sie mir dennoch vorsichtig ins Ohr, so dass mein Mann es nicht hören konnte:

»Ich weiß, dass das nichts werden wird. Sie ist die Tochter einer Zigeunerin.«

Ich antwortete ihr, dass Kultur nicht durch Gene weitergegeben werden könne – das Kind, das gerade erst drei Monate alt war, würde unsere Tochter sein und unseren Gebräuchen entsprechend erzogen werden. Sie würde die Kirche kennenlernen, in die wir gingen, die Strände, an denen wir uns erholten, sie würde französische Bücher lesen, die Amerikanische Schule in Beirut besuchen. Außerdem wusste ich damals noch kaum etwas über die Kultur der Roma und weiß auch heute noch nicht viel. Nur so viel meinte ich zu wissen: dass sie ständig unterwegs seien, es mit der Sauberkeit nicht sehr genau nähmen, andere Leute betrögen und nur einen Ohrring trügen. Auch hatte man mir erzählt, dass sie Kinder raubten, um sie auf ihre Reisen mitzunehmen. Doch hier war genau das Gegenteil passiert: Sie hatten ein Kind zurückgelassen, damit ich mich um es kümmerte.

Die Frau versuchte noch, mich davon abzubringen, aber ich unterzeichnete bereits die Papiere und bat meinen Mann, es auch zu tun. Als wir wieder in Beirut waren, kam mir die Welt verändert vor: Gott hatte mir einen Sinn gegeben – zu leben, zu arbeiten, in diesem Tal der Tränen zu kämpfen. Wir hatten ein Kind, das alle unsere Mühen rechtfertigte.

Sherine wuchs zu einem klugen und schönen Mädchen heran – sie war wirklich ein außergewöhnliches Kind, obwohl das alle Eltern von ihren Kindern sagen. Eines Nachmittags, damals war sie schon fünf Jahre alt, sagte einer meiner Brüder, dass ihr Name, sollte sie einmal im Ausland arbeiten, immer ihre Herkunft verraten werde – und schlug uns vor, ihr einen anderen Namen zu geben, der keinerlei Hinweis darauf gab, beispielsweise Athena. Inzwischen weiß ich natürlich, dass Athen die Hauptstadt eines Landes und

Athene die Göttin der Weisheit, der Intelligenz und des Krieges ist.

Vielleicht wusste mein Bruder nicht nur das, sondern war sich auch der Probleme bewusst, die ein arabischer Name in Zukunft bringen könnte. Er war wie alle Männer in unserer Familie in der Politik tätig und wollte seine Nichte vor den dunklen Wolken schützen, die er – er allein – am Horizont aufziehen sah. Überraschenderweise gefiel Sherine der Klang des Namens. Schon nach wenigen Stunden nannte sie sich selbst Athena, und keiner konnte sie mehr umstimmen. Ihr zuliebe nannten wir sie ebenfalls Athena, obwohl wir glaubten, dass es sich nur um eine vorübergehende Laune handelte.

Kann es sein, dass ein Name das Leben eines Menschen beeinflusst? Die Zeit verging, der Name blieb, und am Ende haben wir uns an ihn gewöhnt.

Als Teenager zeigte Athena eine seltsame religiöse Berufung. Sie war ständig in der Kirche, erstaunlich bibelfest und konnte sogar die Evangelien auswendig, was zugleich ein Segen und ein Fluch war. In einer Welt, in der die Religionszugehörigkeit die Menschen immer mehr voneinander trennte, fürchtete ich um die Sicherheit meiner Tochter. Damals fing Sherine bereits an, uns zu erzählen, als wäre es das Natürlichste auf der Welt, dass sie eine Reihe unsichtbarer Freunde habe – Engel und Heilige, deren Bilder sie in der Kirche sah, in die wir immer gingen. Viele Kinder überall auf der Welt haben solche Visionen, aber ab einem bestimmten Alter erinnern sie sich kaum mehr daran. Sie behandeln unbelebte Dinge wie Puppen oder Plüschtiere wie lebendige Spielkameraden. Als Athena mir aber eines Tages, als ich sie von der Schule abholte, erklärte, sie habe »eine weißgekleidete Frau gesehen, die der Jungfrau Maria ähnlich sah«, fand ich das denn doch etwas übertrieben.

Selbstverständlich glaube ich an Engel. Ich glaube sogar, dass die Engel mit kleinen Kindern reden, aber wenn Jugendliche oder Erwachsene Visionen haben, ist das etwas anderes. Ich kenne zahlreiche Geschichten von Hirtenkindern und anderen Menschen, die auf dem Land gelebt haben und behaupteten, sie hätten eine weißgekleidete Frau gesehen – und das hat am Ende ihr Leben zerstört, denn sofort kommen Leute zu ihnen, die Wunder erwarten. Die Pfarrer machen sich Sorgen, die Dörfer werden zu Wallfahrtsorten, und die armen Hirtenkinder beenden ihr Leben im Kloster. Ich habe mir also wegen dieser Geschichte Sorgen gemacht. In ihrem Alter sollte Sherine sich mehr für Make-up interessieren, ihre Nägel lackieren und im Fernsehen romantische Serien ansehen. Etwas stimmte nicht mit meiner Tochter, und ich suchte einen Spezialisten auf.

»Beruhigen Sie sich«, sagte er.

Für den Kinderpsychologen waren wie für die meisten Ärzte, die ähnliche Fälle behandeln, diese unsichtbaren Freunde eine Art Projektion kindlicher Träume, die dem Kind halfen, seine Wünsche herauszufinden, seine Gefühle auszudrücken, was aber ganz und gar unbedenklich sei.

»Aber eine weißgekleidete Frau?«

Er antwortete, dass möglicherweise unsere Art, die Welt zu sehen und zu erklären, von Sherine nicht ganz richtig verstanden würde. Er schlug vor, ganz allmählich das Terrain dafür vorzubereiten, um ihr dann auch sagen zu können, dass sie adoptiert worden sei. Der Psychologe meinte, das Schlimmste wäre, wenn sie es selbst herausfinden würde – sie würde dann alles anzweifeln. Niemand wüsste, wie sie dann reagieren würde.

Von diesem Augenblick an haben wir anders mit ihr geredet als vorher. Ich weiß nicht, ob der Mensch sich an Dinge erinnern kann, die geschehen sind, als er noch ein Baby war, aber wir haben versucht, ihr zu zeigen, wie sehr wir sie liebten und dass es keinen Grund gab, sich in eine imaginäre Welt zu flüchten. Sie musste begreifen, dass die Welt, in der sie lebte, wunderschön war, mit Stränden, Sonne, freundlichen Menschen. Und dass ihre Eltern sie über alles liebten und sie vor jeder Gefahr beschützten. Ich sprach sie nicht direkt auf diese »Frau« an, verbrachte aber mehr Zeit mit meiner Tochter, lud ihre Schulfreunde zu uns nach Hause ein, ließ keine Gelegenheit aus, sie unsere Zuneigung spüren zu lassen.

Es zeigte sich bald, dass dies der richtige Weg war. Mein Mann war viel auf Reisen, und Sherine vermisste ihn sehr. Aus Liebe zu ihr bemühte er sich, häufiger zu Hause zu sein. Sie war jetzt weniger allein und verbrachte mehr Zeit mit uns.

Es lief alles gut, bis sie eines Nachts weinend in unser Schlafzimmer kam und sagte, sie habe Angst, die Hölle sei nahe.

Ich war allein im Haus – mein Mann war wieder einmal auf Reisen – und glaubte anfangs, dies sei der Grund für ihre Verzweiflung. Aber die Hölle? Was brachten sie ihr bloß in der Schule oder in der Kirche bei? Ich beschloss, am nächsten Tag mit ihrer Lehrerin zu sprechen.

Sherine hörte aber nicht auf zu weinen. Ich ging mit ihr ans Fenster und zeigte ihr das vom Vollmond beschienene

Mittelmeer. Ich sagte ihr, es gebe keine Dämonen, dafür Sterne am Himmel und Leute, die auf dem Boulevard vor unserer Wohnung flanierten. Ich erklärte ihr, dass sie keine Angst zu haben brauche, aber sie weinte und zitterte weiter. Nachdem ich fast eine halbe Stunde lang umsonst versucht hatte, sie zu beruhigen, wurde ich nervös. Ich bat sie, jetzt endlich damit aufzuhören, sie sei doch kein Kind mehr. Auch fragte ich mich, ob sie vielleicht ihre erste Menstruation bekommen hatte, und fragte sie diskret, ob Blut fließen würde.

»Sehr viel.«

Ich nahm eine Mullbinde, bat meine Tochter, sich hinzulegen, damit ich ihre »Verletzung« behandeln könne. Sie hatte allerdings nicht ihre Menstruation bekommen. Sie weinte noch ein wenig, aber sie war wohl müde, denn sie schlief bald ein.

Und am nächsten Morgen floss tatsächlich Blut.

Vier Männer wurden umgebracht. Für mich handelte es sich nur um einen dieser ewigen Stammeskämpfe, an die mein Volk gewöhnt war. Sherine erwähnte ihren Alptraum der vergangenen Nacht mit keinem Wort, er schien keine Bedeutung mehr für sie zu haben.

Dennoch rückte der Tag, an dem im Libanon die Hölle losbrach, immer näher. Noch am selben Tag wurden aus Rache für den Mord sechsundzwanzig Palästinenser in einem Bus getötet. Vierundzwanzig Stunden später konnte man sich wegen der Schüsse, die von allen Seiten kamen, schon nicht mehr auf die Straße wagen. Die Schulen wurden geschlossen, Sherine wurde eilig von einer ihrer Lehrerinnen nach Hause gebracht, und von da an geriet die Lage außer Kontrolle. Mein Mann unterbrach seine Reise und kam nach

Hause, telefonierte den ganzen Tag mit seinen Freunden in der Regierung, aber niemand konnte ihm eine vernünftige Auskunft geben. Sherine hörte die Schüsse draußen und im Haus das aufgeregte, laute Reden meines Mannes. Doch zu meiner Überraschung verlor sie kein Wort darüber. Ich sagte ihr, dass das alles bald vorbei wäre, dass wir bald wieder an den Strand gehen würden, doch sie wandte den Blick ab und bat mich um ein Buch, das sie lesen, oder eine Platte, die sie hören könnte. Und während der Libanon ganz allmählich im Krieg versank, las Sherine und hörte Musik.

Ich möchte nicht mehr daran denken. Ich möchte bitte nicht mehr an die Drohungen denken, die wir erhielten, daran, wer recht hatte, wer schuldig und wer unschuldig war. Tatsache ist, dass man sich nicht mehr normal bewegen konnte, nicht mehr einfach die Straße überqueren oder an Bord eines Schiffes gehen.

Ein Jahr lang verließen wir unser Haus fast gar nicht, warteten immer darauf, dass sich die Lage besserte und dass die Regierung am Ende wieder Herr der Lage würde. Eines Morgens, als Sherine eine Platte auf ihrem kleinen tragbaren Plattenspieler hörte, machte sie ein paar Tanzschritte und sagte dabei so etwas wie: »Es wird lange dauern, sehr lange.«

Ich wollte sie unterbrechen, aber mein Mann packte mich am Arm – ich sah, dass er aufmerksam zuhörte und die Worte des Mädchens ernst nahm. Ich habe nie begriffen wieso, und bis heute haben wir nie darüber geredet. Es ist tabu zwischen uns.

Am nächsten Tag begann er unsere Flucht vorzubereiten. Zwei Wochen später schifften wir uns nach London ein. Später sollten wir erfahren, dass in diesen zwei Jahren Bürgerkrieg etwa vierundvierzigtausend Menschen gestorben sind, einhundertachtzigtausend verletzt und Tausende obdachlos wurden. Das Land wurde von ausländischen Truppen besetzt, und die Hölle geht bis heute weiter.

»Es wird lange dauern«, hatte Sherine gesagt. Mein Gott, leider hatte sie recht.

Lukas Jessen-Petersen, 32 Jahre, Ex-Ehemann

Als ich Athena zum ersten Mal begegnete, wusste sie schon, dass sie von ihren Eltern adoptiert worden war. Sie war neunzehn Jahre alt und stand kurz davor, in der Cafeteria der Universität einen Streit anzufangen, weil eine Mitstudentin, die Athena aufgrund ihres hellen Teints, des glatten Haares und ihrer zwischen Grün und Grau wechselnden Augenfarbe für eine Engländerin hielt, einen abfälligen Kommentar über den Nahen Osten gemacht hatte.

Es war der erste Tag im Semester, und die meisten kannten sich noch nicht. Aber Athena stand auf, packte die andere am Kragen und fing an, wie eine Verrückte zu schreien:

»Rassistin!«

Ich sah den erschrockenen Blick des anderen Mädchens, die aufgeregten Blicke der männlichen Studenten, die scharf darauf waren zu sehen, was nun passieren würde. Da ich in einem höheren Semester war, wusste ich, welche Konsequenzen eine Prügelei haben könnte: Vorladung ins Büro des Rektors, Möglichkeit eines Uni-Verweises, polizeiliche Untersuchung wegen Rassismus usw. Alle hatten etwas zu verlieren.

»Halt den Mund«, entfuhr es mir.

Ich kannte keins der beiden Mädchen. Ehrlich gesagt, mische ich mich grundsätzlich nicht in Streitigkeiten ein und finde, dass ein Streit hin und wieder stimulierend sein kann. Aber ich hatte ganz spontan reagiert.

»Hört auf damit«, schrie ich das hübsche Mädchen an, das das andere, ebenfalls hübsche Mädchen, am Hals festhielt. Athena schaute mich an, und ihr Blick ließ mich erstarren. Aber plötzlich lächelte sie, behielt ihre Hände aber weiterhin am Hals ihrer Kommilitonin.

»Du hast vergessen, bitte zu sagen.«

Alle lachten.

»Hör auf damit«, bat ich. »Bitte.«

Da ließ sie das andere Mädchen los und kam auf mich zu. Alle Blicke folgten ihr.

»Du hast Manieren. Hast du vielleicht auch eine Zigarette?«

Ich hielt ihr mein Päckchen hin, und wir gingen zum Rauchen hinaus. So wütend sie eben noch gewesen war, so vollkommen entspannt war sie jetzt, und ein paar Minuten später lachte sie, machte Bemerkungen zum Wetter, fragte mich, ob ich diese oder jene Band mochte. Ich hörte die Glocke, die zur Vorlesung rief, und ignorierte sie – was ich noch nie zuvor getan hatte. Ich unterhielt mich weiter, als gäbe es die Universität, Streitigkeiten, Cafeterias, Wind, Kälte, Sonne nicht. Es gab nur noch die Frau mit den grüngrauen Augen, die vor mir stand und vollkommen uninteressante, nutzlose Dinge sagte, die mich aber für den Rest meines Lebens fesseln würde.

Zwei Stunden später aßen wir zusammen zu Mittag. Sieben Stunden später saßen wir in einer Bar, aßen und tranken, was unser Budget uns erlaubte. Die Unterhaltung wurde immer tiefgründiger. Und nach kurzer Zeit kannte ich praktisch ihr ganzes Leben. Athena erzählte Einzelheiten aus ihrer Kindheit, Jugend, ohne dass ich auch nur eine Frage gestellt hätte. Später erfuhr ich, dass sie sich immer so verhielt. Aber ich fühlte mich an jenem Tag, als wäre ich der außergewöhnlichste Mann der Welt.

Sie war vor dem Bürgerkrieg im Libanon nach London geflüchtet. Ihr Vater, ein maronitischer Christ (eine mit Rom unierte Kirche mit eigener Hierarchie, die die ostkirchliche Liturgie benutzt), war mit dem Tod bedroht worden, weil er mit der Regierung zusammenarbeitete und sich bis zu dem Zeitpunkt dennoch nicht entscheiden konnte, ins Exil zu gehen. Dann hatte Athena heimlich ein Telefongespräch mitgehört und beschlossen, es sei nun an der Zeit, erwachsen zu werden, ihre Verantwortung als Tochter zu übernehmen und diejenigen zu schützen, die sie liebte.

Sie begann eine Art Tanz und tat so, als wäre sie in Trance (das hatte sie alles im Religionsunterricht in der Schule gelernt, als sie das Leben der Heiligen durchgenommen hatten), und begann über eine Flucht zu reden. Ich weiß nicht, wie ein Kind Erwachsene dazu bringen kann, dass sie ihre Entscheidungen aufgrund seiner Worte treffen, aber Athena behauptete, genauso sei es gewesen. Ihr Vater sei abergläubisch. Sie sei absolut sicher, das Leben ihrer Familie gerettet zu haben.

Athena und ihre Eltern waren zwar als Flüchtlinge nach London gekommen, aber nicht als Bettler. Es gibt überall auf der Welt Libanesen, und Athenas Vater fand bald eine

Möglichkeit, seine Geschäfte wiederaufzunehmen, und das Leben ging weiter. Seine Tochter konnte gute Schulen besuchen, nahm Tanzunterricht – Tanz war ihre Leidenschaft – und schrieb sich nach dem Schulabschluss an der Fakultät für Ingenieurwissenschaften ein.

Sie lebten bereits in London, als Athenas Eltern ihrer Tochter bei einem Abendessen in einem der teuersten Restaurants der Stadt vorsichtig eröffneten, dass sie adoptiert sei. Athena tat überrascht und umarmte dann ihre Eltern, denen sie versicherte, an ihrer Beziehung werde sich dadurch nichts ändern.

Tatsächlich hatte aber irgendein Freund der Familie Athena einmal in einem unbeherrschten Augenblick »undankbares Waisenkind« genannt und ihr vorgehalten, sie sei ja »nicht einmal die leibliche Tochter« und wüsste sich nicht zu benehmen. Athena hatte daraufhin mit einem Aschenbecher nach ihm geworfen und ihn im Gesicht verletzt. Danach hatte sie zwei Tage lang heimlich geweint, sich aber dann mit der Tatsache abgefunden. Dieser Freund der Familie behielt eine Narbe, deren wahre Ursache er niemandem erklären mochte und nur immer vage von einem »Überfall auf offener Straße« sprach.

Ich lud Athena ein, mit mir am nächsten Tag auszugehen. Ungefragt sagte sie mir, sie sei Jungfrau, ginge sonntags in die Kirche und sei nicht an Liebesromanzen interessiert – sie interessiere sich mehr dafür, alles zu lesen, was sie über die Lage im Nahen Osten erfahren könnte.

Sie hatte also zu tun. Viel zu tun.

»Alle glauben immer, Frauen würden nur davon träumen, zu heiraten und Kinder zu kriegen. Und du meinst also, aufgrund dessen, was ich dir erzählt habe, hätte ich im Leben viel gelitten. Das stimmt nicht, und außerdem haben schon andere Männer mich anzubaggern versucht unter dem Vorwand, mich vor weiteren Dramen ›beschützen‹ zu wollen.

Dabei haben sie vergessen: Schon bei den alten Griechen galt, wer mit Narben aus der Schlacht heimkehrte, als stärker als zuvor. Und ich befinde mich seit meiner Geburt auf dem Schlachtfeld, lebe immer noch und brauche niemanden, der mich beschützt.«

Sie machte eine Pause.

»Siehst du, wie gebildet ich bin?«

»Sehr gebildet, aber wenn du jemanden angreifst, der schwächer ist als du, zeigst du damit indirekt, dass du Schutz brauchst. Du hast dein ganzes weiteres Studium aufs Spiel gesetzt.«

»Du hast recht, und ich nehme die Einladung an.«

Von diesem Tag an sind wir regelmäßig zusammen ausgegangen, und je näher ich ihr kam, umso mehr entdeckte ich mein eigenes Licht – denn sie spornte mich an, immer mein Bestes zu geben. Damals hatte sie noch nie ein Buch über Magie oder Esoterik gelesen: Sie bezeichnete dies alles als Teufelszeug und sah die einzige Rettung in Jesus, Punktum. Hin und wieder aber spielte sie auf Dinge an, die nicht wirklich mit den Lehren der Kirche übereinstimmten:

»Christus war von Bettlern, Huren, Steuereinziehern, Fischern umgeben. Ich denke, damit wollte er sagen, dass der göttliche Funke in der Seele jedes Menschen ist und nie erlischt. Wenn ich ruhig bin oder sehr aufgeregt, dann spüre ich, dass sich die Schwingungen des Universums in mir fortsetzen. Und dann lerne ich unbekannte Dinge kennen – als würde Gott selber meine Schritte lenken. Es gibt Momente, in denen ich fühle, dass mir alles offenbart wird.«

Dann verbesserte sie sich sofort.

»Aber das stimmt so nicht.«

Athena lebte immer in zwei Welten zugleich: in der, die ihr als die wahre erschien, und in der, die ihr vom Glauben gelehrt wurde.

Irgendwann, nach einem Semester mit Gleichungen, Berechnungen, Strukturuntersuchungen, erklärte sie mir, sie werde das Studium aufgeben.

»Aber … du hast nie gesagt, dass du darüber nachdenkst.«

»Ich wollte es mir selber nicht eingestehen. Aber heute war ich bei meiner Friseuse. Sie hat Tag und Nacht geschuftet, damit ihre Tochter ihr Soziologiestudium abschließen konnte. Die Tochter hat ihren Abschluss geschafft und, nachdem sie an viele Türen geklopft hat, sogar eine Arbeit gefunden, allerdings nur als Sekretärin in einer Zementfabrik. Dennoch sagt meine Friseuse stolz: ›Meine Tochter hat ein Diplom.‹

Die meisten Freunde meiner Eltern und deren Kinder haben auch einen Uniabschluss. Das bedeutet aber nicht, dass sie die Arbeit bekommen haben, die sie anstrebten – ganz im Gegenteil. Sie haben studiert, weil ihnen in einer Zeit, in der ein Universitätsabschluss wichtig war, gesagt wurde, wenn man es im Leben zu etwas bringen wolle, brauche man einen Universitätsabschluss. Und so sind der Welt vorzügliche Gärtner, Bäcker, Antiquare, Bildhauer, Schriftsteller verlorengegangen.«

Ich bat sie, es sich noch einmal zu überlegen, bevor sie einen so radikalen Entschluss fasste. Sie aber zitierte Robert Frost:

Vor mir lagen zwei Straßen
Ich wählte die am wenigsten begangene
Und das genau machte den Unterschied.

Am nächsten Tag blieb sie den Vorlesungen fern. Bei unserem nächsten Treffen fragte ich sie, was sie jetzt machen wolle.

»Heiraten und ein Kind bekommen.«

Damit wollte sie mich nicht unter Druck setzen, sondern es war einfach eine Feststellung. Doch ich war zwanzig Jahre alt, sie neunzehn, und ich fand, es sei noch zu früh, um so eine Verantwortung zu übernehmen.

Aber Athena meinte es bitterernst. Ich musste eine Wahl treffen. Wenn ich mich für das Einzige entschied, was wirklich meine Gedanken beschäftigte – die Liebe zu dieser Frau –, dann würde ich meine Freiheit und alle Wahlmöglichkeiten, die mir die Zukunft versprach, verlieren.

Ehrlich gesagt, fiel mir die Entscheidung überhaupt nicht schwer.

Pater Giancarlo Fontana, 72 Jahre

Selbstverständlich war ich überrascht, als dieses viel zu junge Paar zu mir in die Kirche kam, um mit mir über seine Trauung zu sprechen. Ich kannte Lukas Jessen-Petersen kaum und erfuhr an jenem Tag, dass seine Familie, die dem niederen dänischen Adel entstammte, kategorisch gegen diese Verbindung war. Nicht nur gegen die Ehe, sondern auch gegen die Kirche.

Indem er sich auf tatsächlich unanfechtbare wissenschaftliche Argumente stützte, behauptete Lukas' Vater, dass die Bibel, auf der die ganze Religion beruhte, in Wirklichkeit kein Buch war, sondern eine Collage aus 66 unterschiedlichen Manuskripten, deren genauen Titel man ebenso wenig kannte wie deren Autoren. Dass von der Niederschrift des ersten bis zu der des letzten Buches mehr Zeit vergangen sei als vom Anfang der christlichen Ära bis zur Entdeckung Amerikas durch Kolumbus. Und dass kein Lebewesen – vom Affen bis hin zu den Vögeln – zehn Gebote braucht, um zu wissen, wie es sich verhalten solle. Allein die Gesetze der Natur sorgten dafür, dass die Harmonie der Welt erhalten bliebe.

Selbstverständlich lese ich die Bibel. Selbstverständlich weiß ich etwas über ihre Entstehungsgeschichte. Die Menschen, die sie geschrieben haben, waren Werkzeuge Gottes; aber ein stärkerer Bund als die Zehn Gebote war der, den Jesus geschlossen hat. Seine Grundlage war die Liebe. Die Vögel, die Affen, von welcher Kreatur Gottes wir auch immer sprechen, sie gehorchen ihrem Instinkt und tun nur das, wozu sie bestimmt sind. Im Falle des Menschen wird es komplizierter, denn er kennt die Liebe und deren Fallstricke.

Schluss. Ich fange schon an, eine neue Predigt zu entwerfen, wo ich doch über meine Begegnung mit Athena und Lukas sprechen sollte. Während ich mich mit dem jungen Mann unterhielt, der nicht einmal meiner Kirche angehörte, erfuhr ich, dass es außer dem Antiklerikalismus, der in seiner Familie herrschte, noch einen weiteren Grund für die Ablehnung seiner Heirat mit Athena gab: Athena war Ausländerin. Ich hätte seinen Eltern gern eine Bibelstelle zitiert, in der es nicht um Glaubensbekenntnisse, sondern um den gesunden Menschenverstand geht:

Den Edomiter sollst du nicht verabscheuen; er ist dein Bruder. Den Ägypter sollst du auch nicht verabscheuen; denn du bist ein Fremdling in seinem Lande gewesen.

Verzeihung. Ich fange schon wieder an, die Bibel zu zitieren. Ich verspreche, mich ab jetzt zu mäßigen. Nach dem Gespräch mit dem jungen Mann habe ich mindestens zwei Stunden mit Sherine gesprochen – oder Athena, wie sie lieber genannt wurde.

Sie hat mich immer etwas ratlos gemacht. Seit sie regelmäßig zur Kirche kam, schien sie ein ganz klares Ziel zu verfolgen: eine Heilige zu werden. Sie sagte mir, dass sie, was ihr Verlobter nicht wisse, kurz vor dem Ausbruch des Bürgerkrieges in Beirut eine Vision gehabt habe, ähnlich der der heiligen Therese von Lisieux: Sie habe Blut auf den Straßen gesehen. Nun hätte man dies einem Kindheitstrauma zuschreiben können, Tatsache aber sei, dass solche Visionen, die als die »kreative Besessenheit vom Heiligen« bekannt seien, mehr oder weniger bei allen Menschen vorkämen. Plötzlich, für den Bruchteil einer Sekunde, fühlten wir, dass unser ganzes Leben gerechtfertigt sei, unsere Sünden vergeben, die Liebe immer stärker werde und dass wir uns dauerhaft verändern.

Aber in solchen Augenblicken haben wir auch Angst. Sich vollkommen der Liebe anheimzugeben, sei sie göttlich oder menschlich, bedeutet, alles aufzugeben, auch das eigene Wohlergehen oder die Fähigkeit, eigene Entschlüsse zu fassen. In Wahrheit wollen wir nicht gerettet werden, wie Gott es sich ausgesucht hat, uns zu retten: wir wollen die absolute

Kontrolle über all unsere Schritte behalten, uns unserer Entscheidungen vollkommen bewusst sein, wollen die Gegenstände unserer Verehrung selbst aussuchen.

Mit der Liebe verhält es sich nicht so – sie kommt, nistet sich ein und beginnt, alles zu lenken. Nur wirklich starke Seelen lassen sich mitreißen, und Athena war eine starke Seele.

So stark, dass sie Stunden in tiefer Kontemplation verbrachte. Sie hatte eine besondere musikalische Begabung. Es hieß, sie tanze sehr gut, aber da die Kirche dafür nicht der geeignete Ort ist, brachte sie jeden Morgen ihre Gitarre mit und sang, bevor sie zur Universität ging, eine Zeitlang für die Heilige Jungfrau.

Ich kann mich noch gut daran erinnern, wie ich sie zum ersten Mal gehört habe. Ich hatte bereits die Morgenmesse für die wenigen Gemeindemitglieder gelesen, die im Winter bereit sind, früh aufzustehen, als mir einfiel, dass ich vergessen hatte, das Geld einzusammeln, das sie in den Opferstock getan hatten. Ich ging zurück – und da hörte ich eine Musik, die mich alles mit anderen Augen sehen ließ, als wäre meine Kirche von der Hand eines Engels berührt worden. In einer Ecke spielte eine etwa zwanzigjährige junge Frau ganz versunken Lobeshymnen, den Blick fest auf das Standbild der Heiligen Jungfrau von der Unbefleckten Empfängnis vor sich gerichtet.

Ich ging zum Opferstock. Sie bemerkte mich und unterbrach ihr Spiel. Ich nickte zustimmend und forderte sie damit auf, weiterzuspielen. Dann setzte ich mich auf eine der Bänke, schloss die Augen und hörte zu.

In diesem Augenblick fühlte ich mich ein wenig wie im

Paradies. Ein Gefühl »kreativer Besessenheit vom Heiligen« erfasste mich, und als wüßte die junge Frau, was in meinem Herzen vorging, unterbrach sie ihren Gesang, und ich betete. Dann begann sie wieder zu singen. So wechselten wir uns mehrfach ab.

Mir war bewusst, dass ich etwas Unvergessliches erlebte – dass dies einer jener magischen Augenblicke war, die wir erst begreifen, wenn sie vorüber sind. Ich befand mich dort, ganz und gar gegenwärtig, ohne Vergangenheit, ohne Zukunft. Ich erlebte nur diesen Morgen, diese Musik, diese Sanftheit, das unerwartete Gebet. Ich war ganz Anbetung, Hingabe und von Dankbarkeit erfüllt, am Leben zu sein, froh darüber, dass ich meiner Berufung gefolgt war, obwohl meine Familie dagegen gewesen war. Die Einfachheit der kleinen Kirche, die Stimme des Mädchens, das alles erfüllende Morgenlicht hatten mir einmal mehr gezeigt, dass Gottes Größe sich in den kleinen Dingen offenbart.

Nach einer kleinen Ewigkeit, in der ich viele Tränen vergossen hatte, hörte das Mädchen auf zu spielen. Erst jetzt erkannte ich, dass es ein Mädchen aus meiner Gemeinde war. Von da an waren wir Freunde und wiederholten, sooft wir konnten, das magische Ritual des Betens und Musizierens.

Aber diese Idee mit der Heirat hat mich vollkommen überrascht. Da wir einander schon ganz gut kannten, wollte ich wissen, wie die Familie ihres zukünftigen Mannes sie wohl aufnehmen werde.

»Schlecht. Sehr schlecht.«

Vorsichtig fragte ich sie, ob sie aus irgendeinem Grund heiraten müsse.

»Ich bin Jungfrau. Ich bin nicht schwanger.«

Ich erkundigte mich, ob sie es ihrer Familie schon gesagt habe. Sie sagte, ja, ihre Eltern hätten mit Entsetzen reagiert, die Mutter mit Tränen, der Vater mit Drohungen.

»Wenn ich hierherkomme, um die Heilige Jungfrau mit meiner Musik zu loben, denke ich nicht darüber nach, was die anderen dazu sagen. Ich teile nur meine Gefühle mit ihr. Und solange ich denken kann, war es so. Ich bin ein Gefäß, in dem sich die göttliche Energie offenbaren kann. Und diese Energie bittet mich jetzt, dass ich ein Kind bekomme, damit ich ihm geben kann, was meine leibliche Mutter mir nie gegeben hat: Schutz und Sicherheit.«

»Niemand auf dieser Welt ist sicher«, antwortete ich ihr. Sie habe noch ein langes Leben vor sich, noch viel Zeit, damit sich das Wunder der Schöpfung an ihr offenbare. Aber Athena war fest entschlossen.

»Die heilige Therese hat sich nicht gegen die Krankheit aufgelehnt, die sie befallen hat. Sie hat im Gegenteil darin ein Zeichen von Gottes Herrlichkeit gesehen. Die heilige Therese war sehr viel jünger als ich heute, nämlich fünfzehn Jahre alt, als sie beschloss, in ein Kloster einzutreten. Es wurde ihr verboten, aber das nahm sie nicht hin. Sie bestand darauf, direkt mit dem Papst zu sprechen. Können Sie sich vorstellen, was das bedeutet? Mit dem Papst sprechen? Und sie erreichte ihr Ziel.

Dieselbe Herrlichkeit bittet mich jetzt um etwas viel Einfacheres und sehr viel Großzügigeres als eine Krankheit – nämlich dass ich Mutter werde. Wenn ich zu lange warte, kann ich meinem Kind keine Gefährtin sein, der Altersunterschied wäre zu groß.«

»Sie wären nicht die Einzige«, beharrte ich.

Aber Athena fuhr fort, als hätte sie mich nicht gehört.

»Ich kann erst glücklich sein, wenn ich denke, dass Gott existiert und mich hört. Aber das allein reicht nicht, um weiterzuleben, denn alles scheint sinnlos zu sein. Ich tue so, als wäre ich fröhlich, und bin es nicht; ich verberge meine Traurigkeit vor meinen Freunden und Angehörigen, damit sie sich nicht um mich sorgen. Kürzlich habe ich sogar über Selbstmord nachgedacht. Abends vor dem Einschlafen führe ich lange Selbstgespräche, bitte darum, dass mich dieser Gedanke wieder verlässt. Selbstmord wäre den anderen gegenüber undankbar, eine Flucht, eine Art, Unglück und Elend über die Welt zu bringen. Morgens komme ich hierher, um mit der Heiligen Therese zu reden, sie zu bitten, mich von den Dämonen zu befreien, mit denen ich nachts rede. Bis heute hat das geklappt, aber ich werde immer schwächer. Ich weiß, dass ich eine Mission habe. Ich habe sie lange abgelehnt, aber jetzt muss ich sie annehmen. Diese Mission ist, Mutter zu werden. Ich *muss* sie erfüllen. Gelingt es mir nicht, Leben in mir wachsen zu fühlen, werde ich das Leben draußen nicht mehr akzeptieren können.«

Lukas Jessen-Petersen, Ex-Ehemann

Als Viorel geboren wurde, war ich gerade zweiundzwanzig geworden. Ich war nun kein Student mehr, der eine ehemalige Kommilitonin geheiratet hat, sondern ein Mann, der für den Unterhalt seiner Familie sorgen musste und eine große Last auf den Schultern trug. Meine Eltern, die selbstverständlich nicht zur Hochzeit gekommen waren, machten meine finanzielle Unterstützung davon abhängig, dass ich mich von Athena trennte und das Sorgerecht für den Sohn bekam. Genauer gesagt, hatte mein Vater diese Bedingungen gestellt, denn meine Mutter weinte immer nur am Telefon und erklärte mich für verrückt, wollte aber ihren Enkel in den Armen halten. Ich hoffte, dass meine Eltern ihren Widerstand allmählich aufgeben würden, wenn sie sahen, wie sehr ich Athena liebte und dass ich entschlossen war, bei ihr zu bleiben.

Aber sie blieben hart. Also musste ich jetzt allein für Frau und Kind sorgen. Ich habe mich exmatrikuliert. Darauf erhielt ich einen Anruf meines Vaters, der zugleich drohte und Versprechungen machte: Er sagte, ich würde enterbt, sollte ich so weitermachen, wenn ich aber zurück an die Uni ginge, würde er mich »vorübergehend« unterstützen, wie er sagte. Ich weigerte mich. Als romantischer junger Mensch musste ich diese radikale Position einnehmen. Ich sagte ihm, ich könne meine Probleme allein lösen.

Bis Viorel geboren wurde, tat Athena alles, damit ich mich selber besser verstand. Und das tat sie nicht über unsere sexuelle Beziehung – die, wie ich gestehen muss, sehr schamhaft war –, sondern durch die Musik.

Später erfuhr ich, dass es Musik gibt, seit es Menschen gibt. Unsere Vorfahren, die von einer Höhle zur anderen zogen, konnten nicht viele Dinge mit sich nehmen, doch die moderne Archäologie hat gezeigt, dass sie, neben dem wenigen, das sie zum Essen brauchten, immer ein Musikinstrument dabeihatten. Die Musik spendet nicht nur Trost und Zerstreuung, sie leistet weitaus mehr: Musik transportiert Ideen. Die Musik, die Menschen hören, kann etwas über diese aussagen.

Wenn ich Athena während ihrer Schwangerschaft tanzen sah, wenn ich hörte, wie sie ihre Gitarre spielte, damit das Baby sich beruhigte und sich geliebt fühlte, begann ich mich von ihrer Sicht der Welt anstecken zu lassen. Als Viorel geboren wurde, haben wir ihm, nachdem wir nach Hause gekommen waren, gleich ein Adagio von Albinoni vorgespielt. Wenn wir uns einmal stritten, half uns die Musik, uns wieder zu versöhnen, obwohl ich zwischen beiden bisher keine Verbindung gesehen hatte.

Aber mit Romantik ließ sich kein Geld verdienen. Da ich kein Instrument beherrschte, konnte ich nicht in einer Bar aufspielen. Schließlich bekam ich eine Anstellung als Praktikant in einem Architekturbüro, in dem ich Statikberechnungen machte. Der Stundenlohn war relativ hoch, daher ging ich morgens früh aus dem Haus und kam abends spät wieder. Ich sah meinen Sohn kaum – er schlief immer, und ich konnte kaum mit meiner Frau reden oder sie lieben, weil ich ständig erschöpft war. Ich fragte mich nachts immer: Wann wird sich bloß unsere finanzielle Lage verbessern, wann können wir ein sorgenfreies Leben führen? Obwohl ich mit Athena grundsätzlich einer Meinung war, was die Nutzlosigkeit von Diplomen betrifft, so sind doch in einigen Fällen, wie dem Ingenieurwesen, wie in Jura und Medizin, Fachkenntnisse schlicht unerlässlich, wenn wir das Leben anderer nicht in Gefahr bringen wollen. Und ich war gezwungen gewesen, die Ausbildung zu einem Beruf aufzugeben, den ich mir selber gewählt hatte, einen Traum, der mir sehr wichtig war.

Wir begannen heftiger zu streiten. Athena beklagte sich, dass ich mich kaum um das Kind kümmere, dass es einen Vater brauche. Wenn es ihr nur darum gegangen wäre, ein Kind zu bekommen, hätte sie es auch allein aufziehen können. Mehr als einmal stand ich an der Wohnung und ging dann wieder weg, nachdem ich durch die Wohnungstür geschrien hatte, Athena verstehe mich nicht und ich verstehe nicht, wieso ich dieser »Verrücktheit« zugestimmt hätte – mit zwanzig Jahren ein Kind zu haben ohne die minimalen finanziellen Voraussetzungen. Wir schliefen immer seltener miteinander, sei es aus Müdigkeit, sei es, weil wir sauer aufeinander waren.

Ich bekam eine Depression. Ich fand, dass ich von der Frau, die ich liebte, manipuliert worden war. Athena bemerkte meinen immer eigenartigeren Seelenzustand, und anstatt mir zu helfen, konzentrierte sie ihre ganze Energie auf Viorel und die Musik. Ich flüchtete mich in die Arbeit. Hin und wieder redete ich mit meinen Eltern und musste mir von ihnen die gleiche Geschichte anhören: »Sie hat nur ein Kind bekommen, um dich an sich zu binden.«

Außerdem wurde Athena immer religiöser. Unmittelbar nach der Geburt hatte sie verlangt, dass unser Sohn auf einen Namen getauft wurde, den sie selbst bestimmt hatte: Viorel, ein rumänischer Name. Ich denke, dass außer ein paar Emigranten in England niemand Viorel heißt, aber ich fand das kreativ, und mir war klar, dass sie damit eine seltsame Verbindung mit einer Vergangenheit herstellte, an die sie keine Erinnerung haben konnte – die Tage im Waisenhaus in Sibiu.

Ich versuchte mich in alles zu fügen – aber ich spürte, dass ich Athena wegen des Kindes verlor. Wir stritten immer häufiger, sie fing an zu drohen, sie werde das Haus verlassen, denn sie fand, Viorel bekäme die ›negativen Energien‹ unserer Streitigkeiten ab. Eines Nachts war nach einer weiteren Drohung allerdings ich es, der die Wohnung verließ. Ich wollte wieder zurückkommen, wenn ich mich etwas beruhigt hätte.

Ich wanderte ziellos durch London, verfluchte das Leben, das ich mir gewählt hatte, den Sohn, auf den ich mich eingelassen hatte, die Frau, die an meiner Anwesenheit kein Interesse mehr zu haben schien. Ich ging in den erstbesten Pub neben einer U-Bahn-Station und trank vier Whisky. Als der Pub um 23 Uhr schloss, ging ich in einen dieser Läden, die bis in die frühen Morgenstunden geöffnet sind, kaufte noch mehr Whisky, setzte mich auf eine Bank auf einem Platz und trank weiter. Eine Gruppe Jugendlicher kam hinzu. Die jungen Leute wollten, dass ich die Flasche mit ihnen teilte. Ich weigerte mich und wurde verprügelt. Die Polizei kam umgehend, und wir landeten alle auf der Wache.

Ich wurde entlassen, nachdem ich meine Aussage gemacht hatte. Selbstverständlich habe ich niemanden angezeigt, sagte, es habe nur einen lächerlichen Streit gegeben, denn ich hatte keine Lust auf eine Gerichtsverhandlung. Als ich die Polizeiwache verließ, war ich dermaßen betrunken, dass ich auf den Tisch eines Inspektors fiel. Der Mann war sauer, doch anstatt mich wegen Angriffs gegen einen Staatsbeamten festzunehmen, schob er mich hinaus.

Und dort stand einer meiner Angreifer, der sich dafür bedankte, dass ich die Angelegenheit nicht weiter verfolgen wollte. Er meinte, meine Kleidung sei voller Blut und Matsch, ich solle mir neue besorgen, bevor ich nach Hause ging. Anstatt mich auf den Nachhauseweg zu machen, bat ich ihn um einen Gefallen: er möge mich anhören, denn ich müsse unbedingt mit jemandem reden.

Er hörte sich eine Stunde lang meine Klagen an. Tatsächlich sprach ich nicht mit ihm, sondern mit mir selber – mit einem jungen Mann, der das ganze Leben noch vor sich hatte, möglicherweise eine blendende Karriere, eine Familie mit genügend Kontakten, um ihm viele Türen zu öffnen, der aber jetzt eher einem Bettler glich, betrunken, müde, traurig, ohne Geld. Alles wegen einer Frau, die sich nicht einmal für ihn interessierte.

Am Ende meiner Geschichte sah ich die Lage, in der ich mich befand, etwas klarer: ein Leben, das ich im Glauben gewählt hatte, die Liebe könne immer alles retten. Aber das stimmt nicht: Manchmal führt sie uns in den Abgrund, wozu erschwerend hinzukommt, dass wir im Allgemeinen geliebte Menschen mit in den Abgrund reißen. In meinem Fall war ich auf dem besten Weg, nicht nur mein, sondern auch Athenas und Viorels Leben zu zerstören.

In diesem Augenblick habe ich mir wieder einmal gesagt, dass ich ein Mann war, der sich den Herausforderungen würdig stellte, und kein kleiner Junge, der mit einem Silberlöffel im Mund geboren worden war. Ich ging nach Hause. Athena schlief bereits mit dem Baby im Arm. Ich nahm ein Bad, ging wieder hinaus, um die schmutzige Kleidung in den Mülleimer zu werfen, und legte mich merkwürdig ernüchtert ins Bett.

Am nächsten Tag sagte ich, dass ich die Scheidung wolle. Athena fragte, wieso.

»Weil ich dich liebe. Ich liebe Viorel. Ich habe euch dafür verantwortlich gemacht, dass ich meinen Traum, Ingenieur zu werden, aufgegeben habe. Hätten wir etwas gewartet, sähen die Dinge anders aus, aber du hast nur an deine Pläne gedacht – und ich kam darin nicht vor.«

Athena reagierte, als hätte sie schon darauf gewartet oder als hätte sie es unbewusst provoziert.

Mein Herz blutete, denn ich hoffte, sie würde mich bitten zu bleiben. Aber sie wirkte ruhig, resigniert, nur darum besorgt, das Baby unsere Unterhaltung nicht hören zu lassen. In diesem Augenblick war ich mir sicher, dass sie mich nie geliebt hatte, dass ich nur das Werkzeug für die Verwirklichung des verrückten Traumes gewesen war, mit neunzehn ein Kind zu bekommen.

Ich sagte ihr, sie könne die Wohnung und die Möbel behalten, doch sie weigerte sich: Sie werde eine Zeitlang bei ihren Eltern wohnen, sich eine Arbeit suchen und eine eigene Wohnung mieten. Sie fragte, ob ich Viorel finanziell unterstützen werde. Ich stimmte sofort zu.

Ich erhob mich, gab ihr einen langen letzten Kuss. Ich bestand erneut darauf, dass sie dort wohnen bleiben solle. Sie sagte wieder, sie werde zu ihren Eltern ziehen, sobald sie ihre Sachen gepackt hätte. Ich ging in ein billiges Hotel und wartete jede Nacht darauf, dass sie mich anrufen und bitten würde zurückzukommen, um ein neues Leben anzufangen – ich war sogar bereit, wenn es notwendig sein sollte, das alte Leben wiederaufzunehmen, denn die Entfernung hatte mich erkennen lassen, dass es auf der Welt niemanden und nichts Wichtigeres gab als meine Frau und meinen Sohn.

Eine Woche später kam endlich ihr Anruf. Aber sie sagte mir nur, sie habe alle ihre Sachen mitgenommen und nicht vor zurückzukommen. Nach weiteren zwei Wochen erfuhr ich, dass sie eine kleine Dachwohnung in der Basset Road gemietet hatte, wo sie tagtäglich mit dem Kind auf dem Arm drei Treppen hinaufsteigen musste. Weitere zwei Monate vergingen, und wir unterzeichneten schließlich die Scheidungspapiere.

Meine wahre Familie war für immer weggegangen. Und die Familie, in der ich aufgewachsen war, empfing mich mit offenen Armen.

Gleich nach unserer Trennung und dem ungeheueren Leid, das ihr folgte, fragte ich mich, ob ich nicht doch eine falsche, inkonsequente Entscheidung getroffen hätte, ob ich nicht in meiner Jugend zu viele Liebesromane gelesen hätte und, koste es, was es wolle, den Mythos von Romeo und Julia noch einmal hatte leben wollen. Als sich der Schmerz allmählich legte – und dafür brauchte es viel Zeit –, begriff ich, dass das Leben mir erlaubt hatte, der einzigen Frau zu begegnen, die ich je würde lieben können. Jeder Augenblick an ihrer Seite hatte sich gelohnt; trotz allem, was geschehen war, würde ich alles wieder genauso machen.

Aber die Zeit heilt nicht nur Wunden, sie zeigte mir noch etwas anderes: Man kann im Leben durchaus mehr als einen Menschen lieben. Ich habe wieder geheiratet, bin mit meiner zweiten Frau glücklich und kann mir ein Leben ohne sie nicht vorstellen. Das heißt aber nicht, dass ich alles verleugne, was ich davor erlebt habe, solange ich nicht beide Erfahrungen miteinander vergleiche: Man kann die Liebe nicht messen wie die Länge einer Straße oder die Höhe eines Gebäudes.

Etwas sehr Wichtiges ist aus meiner Beziehung mit Athena geblieben: ein Sohn, ihr großer Traum, den sie mir vor unserer Heirat offenbart hatte. Ich habe mit meiner zweiten Frau ein weiteres Kind und bin jetzt, anders als vor zwölf Jahren, auf die Höhen und Tiefen der Vaterschaft gut vorbereitet.

Irgendwann einmal, als ich Viorel zu einem Wochenende, das er mit mir verbringen sollte, abholte, habe ich das Thema angesprochen: Ich fragte Athena, warum sie so ruhig geblieben sei, als sie erfuhr, dass ich mich von ihr trennen wollte.

»Weil ich mein ganzes Leben lang gelernt habe, still zu leiden.«

Und erst da umarmte sie mich und weinte all die Tränen, die sie an jenem Tag hätte weinen wollen.

Pater Giancarlo Fontana

Ich sah es ihr an, als Athena wie oft mit dem Baby im Arm zur Sonntagsmesse hereinkam. Ich wusste von den Schwierigkeiten, die beide hatten, doch bis zu jener Woche waren es nichts als die üblichen Streitereien zwischen Eheleuten gewesen, die sie, wie ich hoffte, früher oder später ausräumen würden, denn beide strahlten sehr viel Gutes aus.

Seit einem Jahr kam sie morgens nicht mehr, um auf ihrer Gitarre zu spielen und die Heilige Jungfrau zu loben. Sie kümmerte sich um Viorel, den zu taufen ich die Ehre hatte, obwohl mir auf Anhieb kein Heiliger mit diesem Namen einfällt. Aber sie besuchte jeden Sonntag die Messe, und hinterher, wenn alle gegangen waren, unterhielten wir uns immer. Athena sagte, ich sei ihr einziger Freund. Früher hätten wir das Gebet zu Gott miteinander geteilt, doch jetzt müsse sie die irdischen Schwierigkeiten mit mir teilen.

Sie liebte Lukas mehr als jeden anderen Mann, der ihr begegnet war. Er war der Vater ihres Sohnes, der Mensch, den sie auserwählt hatte, ihr Leben zu teilen, jemand, der alles aufgegeben und genug Mut gehabt hatte, mit ihr eine Familie zu gründen. Als ihre Schwierigkeiten begannen, versuchte sie ihm deutlich zu machen, dass dies vorübergehend sei. Dass sie sich ihrem Sohn widmen müsse, aber nicht vorhabe, ihn zu verhätscheln. Es werde nicht lange dauern, dann werde er sein Leben schon weitgehend selber meistern. Dann werde sie wieder die Frau sein, die Lukas bei ihrem ersten Treffen kennengelernt hatte. Vielleicht würde ihr Verhältnis sogar noch intensiver werden, denn sie wäre dann reifer und wisse mehr über ihre eigene Verantwortung innerhalb der Beziehung. Dennoch fühlte sich Lukas abgelehnt. Sie versuchte verzweifelt, beiden gerecht zu werden, aber sie musste sich immer wieder zwischen Vater und Sohn entscheiden – und in diesen Augenblicken wählte sie, da gab es nicht den geringsten Zweifel, immer Viorel.

Ich verstand nicht viel von Psychologie, konnte ihr aber sagen, dass ich diese Probleme von meinen seelsorgerischen Gesprächen her kannte. Die Männer fühlen sich in einer Situation wie dieser meist abgelehnt. In einem unserer Gespräche räumte Athena ein, dass sie alles vielleicht etwas überstürzt hätte, die romantische Vorstellung, eine junge Mutter zu sein, habe sie die wahren Herausforderungen, die sich nach der Geburt eines Kindes einstellen, nicht deutlich sehen lassen. Doch für Reue sei es nun zu spät.

Sie fragte mich, ob ich mit Lukas reden könne – der, entweder weil er nicht an Gott glaubte oder weil er die Sonntagvormittage lieber mit seinem Sohn verbrachte, nie in der Kirche erschien. Ich erklärte mich dazu bereit, wenn er aus eigener Entscheidung käme. Aber noch bevor Athena ihm diesen Vorschlag unterbreiten konnte, kam es zur großen Krise, und der Ehemann verließ das Haus.

Ich riet ihr, Geduld zu haben, aber sie war zutiefst verletzt. Sie war schon einmal in ihrer Kindheit verlassen worden, und nun richtete sie den ganzen Hass, den sie für ihre leibliche Mutter empfand, auf Lukas. Sie wurden, wie ich später erfuhr, zwar wieder gute Freunde, aber für Athena war das Zerreißen der familiären Bande die vielleicht größte Sünde, die jemand begehen konnte.

Sie kam weiter sonntags in die Kirche, ging aber anschließend immer sofort wieder nach Hause – denn am Wochenende hatte sie niemanden, bei dem sie den Sohn lassen konnte. Er weinte oft während der Messe und störte die anderen Gläubigen. Bei einem der wenigen Male, die wir miteinander reden konnten, sagte sie mir, sie arbeite in einer Bank, habe eine Wohnung gemietet und ich solle mir keine Sorgen machen. Der ›Vater‹ (sie sprach den Namen ihres Mannes nicht mehr aus) erfüllte seine finanziellen Verpflichtungen.

Bis dann der fatale Sonntag kam.

Ich wusste, was während der Woche geschehen war – ein Gemeindemitglied hatte es mir erzählt. Ich habe einige Nächte lang gebetet, ein Engel möge mich inspirieren, mir erklären, wie ich es anstellen sollte, meine Verpflichtungen der Kirche und den Menschen gegenüber zu erfüllen. Da der Engel nicht kam, habe ich einen Vorgesetzten aufgesucht, der mir sagte, die Kirche könne nur überleben, weil sie streng auf ihre Dogmen achte. Würde sie Ausnahmen zulassen, wären wir seit dem Mittelalter verloren gewesen. Ich wusste genau, was geschehen würde, ich überlegte noch, ob ich Athena anrufen sollte, aber sie hatte mir ihre Nummer nicht gegeben.

An jenem Morgen zitterten meine Hände, als ich die Hostie hochhielt und segnete. Ich sagte die Worte, die die tausendjährige Tradition überliefert hatte, nutzte die Kraft, die von den Aposteln von Generation zu Generation weitergegeben wurde. Doch dann gingen meine Gedanken zu der jungen Frau, die ihren Sohn auf dem Schoß hielt und mich in ihrem Verlassensein und ihrer Einsamkeit an die Jungfrau Maria erinnerte. Athena hatte sich wie immer gerade in die Schlange eingereiht und kam auf mich zu, um die Kommunion zu empfangen.

Ich glaube, ein Großteil der versammelten Gemeinde wusste, was gleich geschehen würde. Und alle schauten mich an, warteten auf meine Reaktion. Ich sah mich von Gerechten, Sündern, Pharisäern, Mitgliedern des Hohen Rats, Aposteln, Jüngern umringt, Menschen, die guten und bösen Willens waren.

Athena blieb vor mir stehen und verhielt sich wie immer: Sie schloss die Augen, öffnete den Mund, um den Leib Christi zu empfangen.

Doch der Leib Christi blieb in meiner Hand.

Sie öffnete die Augen, begriff nicht, was da geschah.

»Wir reden später«, flüsterte ich.

Doch sie regte sich nicht.

»Es kommen noch Leute nach dir in der Schlange. Wir reden später.«

»Was ist los?«, fragte sie so laut, dass alle, die in der Nähe standen, sie hören konnten.

»Wir reden später.«

»Warum geben Sie mir nicht die Kommunion? Sehen Sie denn nicht, dass Sie mich vor allen demütigen?«

»Athena, die Kirche verbietet, dass Geschiedene das Sakrament empfangen. Ihr habt in dieser Woche den Scheidungsantrag unterzeichnet. Wir sprechen später darüber«, sagte ich noch einmal.

Da sie sich nicht bewegte, bedeutete ich der Person hinter ihr vorzutreten. Ich setzte die Kommunion fort, bis das letzte Gemeindemitglied sie empfangen hatte. Und dann, bevor ich zum Altar zurückkehrte, hörte ich diese Stimme.

Es war nicht mehr die Stimme der jungen Frau, die sang, um die Heilige Jungfrau anzubeten, die über ihre Pläne redete, die gerührt war, wenn sie erzählte, was sie über das Leben der Heiligen erfahren hatte, die mir den Tränen nahe von den Schwierigkeiten in ihrer Ehe berichtete. Es war die Stimme eines verwundeten, gedemütigten Wesens, dessen Herz voller Hass war.

»Dieser Ort soll verflucht sein!«, sagte die Stimme. »Verflucht seien die, die jemals die Worte Christi gehört haben und aus seinen Worten eine versteinerte Institution gemacht haben. Denn Christus hat gesagt: ›Kommet her zu mir, alle, die ihr mühselig und beladen seid; ich will euch erquicken.‹ Ich trage eine Last, bin verletzt, und ihr lasst mich nicht zu ihm. Heute habe ich erfahren, dass die Kirche diese Worte geändert hat in: Kommt zu mir, die ihr unsere Regeln erfüllt, und lasst die, die mühselig und beladen sind, draußen stehen.«

Ich hörte, wie Frauen in der ersten Reihe sagten, Athena solle schweigen. Aber ich wollte hören, was sie sagte, ich musste es wissen. Ich drehte mich um, stand mit gesenktem Kopf vor ihr – weiter konnte ich nichts tun.

»Ich schwöre, dass ich nie wieder einen Fuß in eine Kirche setzen werde. Wieder einmal hat mich meine Familie verlassen, und jetzt sind es nicht finanzielle Probleme oder die Unreife von Menschen, die zu früh heiraten. Verflucht seien diejenigen, die einer Mutter und ihrem Kind die Tür verschließen! Ihr seid wie diejenigen, die die Heilige Familie nicht beherbergt haben, genau wie jener, der Christus verleugnet hat, als er einen Freund brauchte.«

Und dann wandte sie sich um und ging weinend mit dem Sohn im Arm hinaus. Ich beendete die Messe, erteilte den Segen und ging direkt in die Sakristei – an jenem Sonntag würde es weder ein Beisammensein mit den Gläubigen noch unnötige Gespräche geben. An jenem Sonntag stand ich vor einem philosophischen Dilemma: Ich hatte mich entschieden, die Institution zu achten und nicht die Worte, auf die sich die Institution gründete.

Ich bin schon alt, Gott kann mich jederzeit holen. Ich bin meiner Kirche treu geblieben und denke, dass sie sich trotz all ihrer Fehler ehrlich bemüht, sich zu ändern. Es wird Jahrzehnte, vielleicht Jahrhunderte dauern, aber eines Tages wird, was zählt, die Liebe und der Satz Christi sein: ›Kommet her zu mir, alle, die ihr mühselig und beladen seid; ich will euch erquicken.‹ Ich habe mein Leben dem Priesteramt gewidmet und bereue meine Entscheidung keine Sekunde lang. Aber in Augenblicken wie an jenem Sonntag habe ich zwar nicht am Glauben, jedoch am Menschen gezweifelt.

Ich weiß, was mit Athena geschehen ist, und ich frage mich: Hat alles damals angefangen, oder war es schon in ihrer Seele? Ich denke an die vielen Athenas und Lukasse auf dieser Welt, die sich scheiden lassen und deshalb das Sakrament der Eucharistie nicht mehr empfangen dürfen. Sie können nur den leidenden, gekreuzigten Christus betrachten und seine Worte hören – die nicht immer mit den Gesetzen des Vatikans übereinstimmen. In einigen wenigen Fällen entfernen sich die Menschen von der Kirche, aber viele kommen weiterhin sonntags zur Messe, weil sie daran gewöhnt sind, auch wenn sie wissen, dass sie die Transsubstantiation, die Umwandlung des Weins und des Brotes in das Blut und den Leib Christi, wohl erleben, aber am Abendmahl nicht teilnehmen dürfen.

Ich denke, Athena wird, als sie die Kirche verließ, Jesus begegnet sein. Und sie wird sich verwirrt in seine Arme geworfen, ihn gebeten haben, ihr zu erklären, warum sie nur wegen eines Papiers, das sie unterzeichnet hatte, wegen eines auf spiritueller Ebene vollkommen unbedeutenden Vorgangs abseits bleiben musste und wieso nur Kanzleien und Einkommensteuer wichtig waren.

Und Jesus wird, indem er Athena ansah, gesagt haben:

»Sieh, meine Tochter, auch ich stehe abseits. Sie lassen mich schon lange nicht mehr dort hinein.«

Pavel Podbielski, 57 Jahre, Besitzer der Wohnung

Athena und ich haben eines gemeinsam: Wir waren beide im Exil lebende Kriegsflüchtlinge, wir sind beide als Kinder nach England gekommen, obwohl meine Flucht aus Polen mehr als 50 Jahre zurückliegt. Wir beide wussten, dass die Traditionen auch im Exil weiterwirken – die Landsleute versammeln sich, ihre Sprache und ihre Religion sind weiterhin lebendig. Die Menschen neigen dazu, einander in einer Umgebung zu schützen, die für sie immer fremd bleiben wird.

Wenn auch die Traditionen weiterleben, so verschwindet doch allmählich der Wunsch wieder zurückzukehren. Er bleibt eine Zeitlang in unseren Herzen als eine trügerische Hoffnung weiterbestehen, die jedoch nie in die Tat umgesetzt wird. Ich werde nie wieder in Tschenstochau leben, so wie Athenas Familie auch nie wieder nach Beirut zurückkehren wird.

Es war eine Art Solidarität, die mich bewog, den dritten Stock meines Hauses in der Basset Road an sie zu vermieten – normalerweise gab ich kinderlosen Mietern den Vorzug. Ich hatte den Fehler schon einmal begangen, und da war Folgendes passiert: Ich beschwerte mich über den Lärm, den sie tagsüber machten, und sie beschwerten sich über den Lärm, den ich nachts machte. Tagsüber war es das Weinen der Kinder, nachts meine Musik, beides heilige Dinge, doch da sie vollkommen unterschiedlichen Welten angehörten, konnten sie einander schwerlich tolerieren.

Athena sagte, meine Musik störe sie nicht und was ihren Sohn betreffe, so sei er den ganzen Tag über bei seiner Großmutter. Die Wohnung habe außerdem den Vorteil, dass sie in der Nähe ihres Arbeitsplatzes liege, einer Bank im Viertel.

Trotz meiner Warnungen und obwohl sie anfangs tapfer widerstanden hatte, klingelte es acht Tage später an meiner Wohnungstür. Es war Athena, sie hatte ihren Sohn auf dem Arm.

»Mein Sohn kann nicht schlafen. Könnten Sie nicht heute die Musik etwas leiser stellen?« Alle im Raum schauten sie an.

»Was ist hier los?«

Der kleine Junge auf ihrem Arm hörte sofort auf zu weinen, als wäre er genauso überrascht wie seine Mutter, als sie die Gruppe von Menschen sah, die plötzlich aufgehört hatte zu tanzen.

Ich drückte auf den Pausenknopf des Tonbandgerätes, winkte ihr einzutreten und ließ sofort das Band weiterlaufen, um das Ritual nicht zu unterbrechen. Athena setzte sich in eine Ecke des Raumes, wiegte das Baby in ihren Armen, das trotz des Lärmens der Trommeln und Becken bald einschlief. Sie sah der Zeremonie zu und ging erst, als die anderen Gäste auch gingen. Und wie ich mir halb gedacht hatte, klingelte sie am nächsten Morgen, bevor sie zur Arbeit ging.

»Sie brauchen mir nicht zu erklären, was ich gesehen habe: Leute, die mit geschlossenen Augen tanzen. Ich weiß, was das bedeutet, denn ich mache häufig das Gleiche, und das sind dann die einzigen Augenblicke des Friedens und der Ruhe in meinem Leben. Bevor ich Mutter wurde, ging ich mit meinem Mann und meinen Freunden oft in Nachtclubs. Dort sah ich auch Leute mit geschlossenen Augen auf der Tanzfläche tanzen, einige taten es nur, weil sie die anderen beeindrucken wollten, andere wirkten so, als würden sie von einer größeren, mächtigeren Kraft bewegt. Und solange ich denken kann, habe ich im Tanz etwas gefunden, was mich mit etwas in Verbindung bringt, das stärker ist als ich. Aber ich hätte gern gewusst, was für eine Musik das gestern Abend war.«

»Was machen Sie am kommenden Sonntag?«

»Nichts Besonderes. Mit Viorel im Regent's Park spazieren gehen, etwas frische Luft schnappen. Bis ich Zeit für mich habe, wird es noch etwas dauern – in dieser Phase meines Lebens folge ich dem Zeitplan meines Sohnes.«

»Dann werde ich Sie eben begleiten.«

In den zwei Tagen vor unserem Ausflug nahm Athena am Ritual teil. Ihr Sohn schlief nach ein paar Minuten ein, und sie schaute nur wortlos auf die Bewegung ringsum. Obwohl sie reglos auf dem Sofa saß, war ich sicher, dass ihre Seele tanzte.

Am Sonntagnachmittag, während unseres Spaziergangs im Park, bat ich sie, auf alles zu achten, was sie sah und hörte: die Blätter, die im Wind schaukelten, die Wellen auf dem Teich, die singenden Vögel, die bellenden Hunde, das Geschrei der Kinder, die hin und her liefen, als würden sie einer merkwürdigen, für die Erwachsenen unverständlichen Logik folgen.

»Alles bewegt sich. Und alles bewegt sich in einem Rhythmus. Und alles, was sich in einem Rhythmus bewegt, ruft einen Klang hervor. Das geschieht in diesem Augenblick hier und überall sonst auf der Welt. Unsere Vorfahren haben das auch bemerkt, schon damals, als sie in Höhlen lebten, um sich vor den Unbilden der Witterung zu schützen.

Die Dinge bewegen sich und machen Geräusche.

Für die ersten Menschen war diese Erkenntnis anfangs mit Staunen, später mit Verehrung verbunden: Sie begriffen, dass ein höheres Wesen auf diese Weise mit ihnen kommunizierte. Sie ahmten die Geräusche und Bewegungen, die sie umgaben, nach in der Hoffnung, auch mit diesem Wesen zu kommunizieren: Der Tanz und die Musik waren geboren. Vor ein paar Tagen haben Sie mir gesagt, dass Sie, wenn Sie tanzen, mit etwas kommunizieren, das mächtiger ist als Sie.«

»Wenn ich tanze, bin ich frei. Besser gesagt, ich bin dann ein freier Geist, der durch das Universum reisen, die Gegenwart sehen, die Zukunft erahnen und sich in reine Energie verwandeln kann. Und das macht mir eine ungeheure Freude, eine Freude, die weit über alles hinausgeht, was ich schon erlebt habe und in meinem Leben noch erfahren werde.

Es hat eine Zeit in meinem Leben gegeben, da wollte ich eine Heilige werden, die Gott durch die Musik und die Bewegungen ihres Körpers lobt. Aber dieser Weg ist mir endgültig verwehrt.«

»Welcher Weg ist Ihnen verwehrt?«

Sie setzte das Kind in seinem Kinderwagen zurecht. Ich sah, dass sie diese Frage nicht beantworten wollte, ließ aber nicht locker: Wenn Münder sich verschließen, dann weil etwas Wichtiges gesagt werden sollte.

Ohne eine Gefühlsregung und als müsste sie die Dinge, die ihr das Leben auferlegte, immer schweigend ertragen, erzählte sie mir, was in der Kirche passiert war, als der Priester – wahrscheinlich ihr einziger Freund – ihr die Kommunion verweigert hatte. Und vom Fluch, den sie damals ausgesprochen hatte. Sie hatte die katholische Kirche für immer verlassen.

»Ein Heiliger ist derjenige, der sein Leben würdig lebt«, erklärte ich. »Wir müssen einfach nur begreifen, dass wir aus einem bestimmten Grund hier sind, und sich diesem Grund verschreiben. Dann können wir über unser großes oder kleines Leid lachen und ohne Angst voranschreiten, im Bewusstsein, dass jeder Schritt einen Sinn hat. Wir können uns vom Licht führen lassen, das aus dem Vertex kommt.«

»Was ist ein Vertex?«

»In der Mathematik ist es der Scheitelpunkt eines gleichschenkligen Dreiecks.

Es gibt diesen Scheitelpunkt auch in unserem Leben, er ist das Ziel aller Menschen. Er ist in uns allen, auch in denen, die wie alle Menschen Fehler machen, aber selbst in den schwierigsten Momenten das Licht nicht aus den Augen verlieren, das aus ihrem Herzen kommt. Das ist es, was wir in unserer Gruppe versuchen: Der Scheitelpunkt ist in uns verborgen, und wir können zu ihm gelangen, wenn wir akzeptieren, dass es dieses Licht gibt.«

Ich erklärte ihr, dass der Tanz, den sie in den letzten Tagen beobachtet habe, von mir »Die Suche nach dem Scheitelpunkt« genannt werde, und wie sie sich hätte überzeugen können, von Menschen aller Altersstufen getanzt werden könne. (Die jetzige Gruppe bestand aus zehn Leuten im Alter zwischen 19 und 65.) Athena fragte mich, wann alles angefangen habe.

Ich erzählte ihr, dass es gleich nach dem Ende des Zweiten Weltkrieges einem Teil meiner Familie gelungen sei, vor dem kommunistischen Regime zu fliehen, das damals in Polen Fuß fasste, und nach England auszuwandern. Sie hatten hauptsächlich Kunstgegenstände und alte Bücher mitgenommen, da sie gehört hatten, diese seien in England sehr gefragt. Die Bilder und kleinen Skulpturen konnten sie tatsächlich sofort verkaufen, aber die Bücher verstaubten in einer Ecke. Meine Mutter wollte mich dazu bringen, Polnisch zu sprechen und zu lesen, und die Bücher halfen mir dabei. Eines Tages entdeckte ich in einer Thomas-Malthus-Ausgabe aus dem 19. Jahrhundert zwei Blätter mit Aufzeichnungen meines Großvaters, der in einem Konzentrationslager umgebracht worden war. Ich begann sie im Glauben zu lesen, sie hätten etwas mit seiner Erbschaft zu tun oder es handele sich um leidenschaftliche Briefe an eine heimliche Geliebte, denn es gab das Gerücht, er hätte sich in Russland in jemanden verliebt.

Tatsächlich war meine Vermutung nicht völlig unbegründet. Es handelte sich um einen Bericht über seine Reise nach Sibirien während der kommunistischen Revolution. Dort, in dem entlegenen Dorf Diedov, hatte er sich in eine Schauspielerin verliebt. Meinem Großvater zufolge gehörte sie einer Art Sekte an, die in einem bestimmten Tanz die Heilung von allen Krankheiten gefunden zu haben glaubte. Dieser Tanz ermöglichte, mit dem Licht in Verbindung zu treten, das aus dem Herzen kommt.

Die Bewohner von Diedov fürchteten, dass diese Tradition verschwinden könnte, da sie umgesiedelt werden sollten. Sowohl die Schauspielerin als auch ihre Freunde baten meinen Großvater, alles aufzuschreiben, was sie ihm über den Tanz erzählten. Das tat er, schien aber seinen Aufzeichnungen keine große Bedeutung beigemessen zu haben, da er sie in ein Buch gelegt hatte, in dem sie vergessen wurden, bis ich sie eines Tages entdeckte.

Athena unterbrach mich:

»Aber über das Tanzen zu schreiben, bringt doch nichts. Man muss selber tanzen.«

»Genau. Im Grunde genommen besagten die Aufzeichnungen nur dies: bis zur Erschöpfung tanzen, als wären wir Bergsteiger, die einen heiligen Berg besteigen. Tanzen, bis unser Körper wegen der heftigen Atmung Sauerstoff in einer Weise aufnimmt, die er nicht gewohnt ist, was dazu führt, dass wir unsere Identität, unsere Beziehung zu Raum und Zeit verlieren. Nur zum Klang von Perkussionsinstrumenten tanzen, und das jeden Tag. Begreifen, dass sich die Augen in einem bestimmten Augenblick von allein schließen und wir ein Licht sehen, das aus uns selber stammt, das unsere Fragen beantwortet, unsere verborgenen Kräfte entwickelt.«

»Haben Sie schon eine besondere Kraft entwickelt?«

Anstatt zu antworten, schlug er ihr vor, sich der Gruppe anzuschließen, da es dem kleinen Jungen selbst dann nichts ausmachte, wenn die Trommeln und Becken sehr laut wurden. Am nächsten Tag kam sie zu der Zeit, in der wir immer mit unseren Sitzungen begannen, zu uns. Ich stellte sie meinen Gefährten vor, sagte ihnen aber nur, dass sie die Nachbarin aus der darüberliegenden Wohnung sei. Keiner stellte sich vor oder stellte Fragen an sie. Dann schaltete ich das Tonbandgerät an, und wir begannen zu tanzen.

Sie machte die ersten Schritte mit dem Jungen auf dem Arm, doch er schlief gleich ein, und Athena legte ihn auf das Sofa. Bevor ich meine Augen schloss und in Trance geriet, sah ich noch, dass sie den Weg des Scheitelpunkts genau begriffen hatte.

Jeden Tag – ausgenommen sonntags – erschien sie mit dem Kind. Wir wechselten nur ein paar Begrüßungsworte, ich legte die Musik auf, die ein Freund in der russischen Steppe für mich aufgetrieben hatte, und wir tanzten alle bis zur Erschöpfung.

»Ich würde das gern morgens machen, bevor ich Viorel bei seiner Großmutter abgebe und zur Arbeit gehe.«

Ich zögerte:

»Erstens denke ich, dass eine Gruppe, die mit derselben Energie in Verbindung tritt, so etwas wie eine Aura entwickelt, die es allen erleichtert, in Trance zu geraten. Außerdem würden Sie, wenn Sie tanzen, bevor Sie zur Arbeit gehen, geradewegs auf Ihre Kündigung zusteuern, da Sie den ganzen Tag müde wären.«

Athena überlegte einen Augenblick, entgegnete dann aber:

»Sie haben recht mit dem, was Sie über die kollektive Energie sagen. Ich sehe, dass es in Ihrer Gruppe fünf Paare gibt – Sie selbst und Ihre Ehefrau eingeschlossen. Alle – wirklich alle – haben die Liebe gefunden.

Ich aber bin allein. Im Augenblick bin ich auch lieber allein: Wenn ich jetzt versuche, die Einsamkeit zu vermeiden, werde ich nie wieder einen Partner finden. Akzeptiere ich sie, anstatt gegen sie anzukämpfen, gibt es vielleicht eine Veränderung. Ich habe erkannt, dass das Gefühl von Einsamkeit stärker wird, wenn wir versuchen, es zu bekämpfen – dass es aber schwächer wird, wenn wir es einfach nicht beachten.«

»Haben Sie sich der Gruppe angeschlossen, weil Sie Liebe suchen?«

»Das wäre sicher ein guter Grund, aber die Antwort ist Nein. Ich habe mich der Gruppe angeschlossen, weil ich auf der Suche nach einem Sinn für mein Leben bin, der nicht einzig und allein Viorel sein sollte, denn ich fürchte, dass ich Viorel schaden könnte, entweder durch übertriebene Fürsorge, oder weil ich alle Träume, die ich selber nicht verwirklichen kann, auf ihn projiziere. Neulich habe ich mich, als ich tanzte, geheilt gefühlt. Wäre es um ein körperliches Gebrechen gegangen, hätte man es ein Wunder genannt. Aber es war etwas Geistiges, das mich gequält hatte und plötzlich nicht mehr da war.«

Ich wusste, wovon sie sprach.

»Niemand hat mich gelehrt, zum Klang dieser Musik zu tanzen«, fuhr Athena fort. »Aber etwas sagt mir, dass ich es richtig mache.«

»Man braucht es nicht zu lernen. Erinnern Sie sich an unseren Spaziergang im Park und an das, was wir gesehen haben? Die Natur schafft den Rhythmus und passt sich ihm ständig an.«

»Niemand hat mich gelehrt zu lieben. Aber ich habe bereits Gott geliebt und auch meinen Ehemann, und ich liebe meinen Sohn und meine Familie. Und dennoch fehlt etwas. Obwohl ich durch das Tanzen müde werde, ist es so, als gelangte ich dadurch in einen Zustand der Gnade, in eine ekstatische Verzückung. Ich wollte, diese Ekstase hielte den ganzen Tag über an und könnte mir finden helfen, was mir fehlt: die Liebe eines Mannes.

Während ich tanze, kann ich das Herz dieses Mannes sehen, sein Gesicht aber nicht. Ich spüre, dass er nicht weit ist, und deshalb muss ich aufmerksam sein. Ich muss morgens tanzen, damit ich den restlichen Tag über auf alles achte, was mich umgibt.«

»Wissen Sie eigentlich, was das Wort ›Ekstase‹ bedeutet? Es stammt aus dem Griechischen und bedeutet ›aus sich heraustreten‹. Den ganzen Tag außerhalb seiner selbst verbringen hieße, vom Körper und von der Seele zu viel zu verlangen.«

»Ich werde es dennoch versuchen.«

Ich sah ein, dass eine Diskussion nichts bringen würde, und machte für sie eine Kopie des Tonbandes. Von da an wachte ich jeden Morgen vom Klang der Trommeln aus der Wohnung über mir auf. Ich konnte Athenas Schritte hören und fragte mich, wie sie nach einer Stunde in Trance ganz normal in einer Bank arbeiten konnte. Als wir uns einmal zufällig auf dem Flur trafen, lud ich sie auf einen Kaffee ein. Athena erzählte mir, sie habe das Tonband noch zweimal kopiert. Einige Arbeitskollegen hätten sich ihrer Suche nach dem Weg des Scheitelpunkts angeschlossen.

»Ich hoffe, ich habe da nichts Falsches gemacht, die Bänder waren doch nicht etwa geheim?«

Selbstverständlich nicht, ganz im Gegenteil. Athena half mir, eine fast vergessene Tradition zu bewahren. In den Notizen meines Großvaters hieß es, eine der Frauen habe ihm erzählt, dass ein Mönch, der dieses Gebiet besucht hatte, behauptet hätte, wir trügen alle unsere Vorfahren und alle zukünftigen Generationen in uns. Wenn wir uns selber befreien, täten wir das auch mit der ganzen Menschheit.

»Dann müssten die Frauen und die Männer jenes kleinen Orts in Sibirien jetzt auch hier sein und sich freuen. Ihre Arbeit wird dank Ihres Großvaters in diesem Teil der Welt wiedergeboren. Aber eines hätte ich gern noch gewusst: Warum haben Sie beschlossen zu tanzen, nachdem Sie den Text gelesen hatten? Wenn Sie etwas über Fußball gelesen hätten, hätten Sie dann auch beschlossen, Fußballspieler zu werden?«

Die Frage hatte mir noch nie jemand gestellt.

»Zum Tanzen bin ich gekommen, weil ich damals krank war. Ich hatte eine seltene Art von Arthritis, und die Ärzte sagten, ich müsse mich darauf gefasst machen, mit fünfunddreißig Jahren im Rollstuhl zu sitzen. Angesichts der kurzen Zeit, die mir noch blieb, beschloss ich, alles zu tun, was ich später nicht mehr würde tun können. Mein Großvater hatte geschrieben, dass die Bewohner von Diedov an die heilenden Kräfte der Trance glaubten.«

»Sie hatten offensichtlich recht.«

Ich sagte nichts weiter, aber ich war mir nicht so sicher. Vielleicht hatten sich die Ärzte ja geirrt. Vielleicht hatte die Tatsache, dass ich mir als ein mit meiner Familie emigrierter Jude nicht leisten konnte, krank zu werden, eine so starke Wirkung auf mein Unterbewusstsein gehabt, dass eine natürliche Reaktion des Organismus hervorgerufen wurde. Oder vielleicht war es wirklich ein Wunder gewesen, was allerdings meinem katholischen Glauben vollkommen widersprach: Tänze heilen nicht.

Ich erinnere mich daran, wie ich mir in meiner Jugend (weil ich die dazu passende Musik nicht hatte) eine schwarze Kapuze über meinen Kopf gezogen und mir vorgestellt habe, dass die Wirklichkeit um mich herum aufhörte zu existieren. Mein Geist reiste nach Diedov zu jenen Männern und Frauen, zu meinem Großvater und der von ihm so geliebten Schauspielerin. In der Stille meines Zimmers bat ich sie, mich das Tanzen zu lehren, über meine Grenzen hinauszugehen, weil ich in Kürze schon für immer gelähmt sein würde. Je mehr mein Körper sich bewegte, desto mehr Licht zeigte sich in meinem Herzen, desto mehr lernte ich – vielleicht ganz allein aus mir heraus, vielleicht von den Geistern der Vergangenheit. Ich konnte mir sogar die Musik vorstellen, die sie bei ihren Ritualen hörten, und als ein Freund von mir viele Jahre später nach Sibirien reiste, bat ich ihn, Schallplatten mitzubringen. Auf einer war zu meiner Überraschung eine Musik, die ganz meiner Vorstellung vom Tanz von Diedov entsprach.

Athena sagte ich besser nichts davon – sie wirkte auf mich wie jemand, der leicht zu beeinflussen war, und zudem schien sie mir unausgeglichen zu sein.

»Vielleicht tun Sie ja genau das Richtige«, war mein einziger Kommentar.

Wir haben noch einmal, kurz vor ihrer Reise in den Orient, miteinander gesprochen. Sie wirkte zufrieden, als hätte sie gefunden, was sie sich wünschte: die Liebe.

»Meine Kollegen in der Bank haben eine Gruppe gebildet und nennen sich selber ›Pilger des Scheitelpunktes‹. Das verdanken sie Ihrem Großvater.«

»Das verdanken sie Ihnen, die Sie das Gefühl hatten, dies mit anderen teilen zu müssen. Ich weiß, dass Sie kurz vor Ihrer Abreise in den Orient stehen. Das ist eine gute Gelegenheit, Ihnen dafür zu danken, dass Sie das, was ich jahrelang getan habe, anderen zugänglich gemacht, das Licht an andere weitergegeben haben.«

»Wissen Sie, was ich herausgefunden habe? Die Ekstase befähigt einen, aus sich selber herauszutreten. Der Tanz ist ein Weg, um in andere Sphären aufzusteigen. Neue Dimensionen zu entdecken und dennoch zugleich in Kontakt mit seinem Körper zu stehen. Im Tanz können die spirituelle und die reale Welt, ohne in Konflikt miteinander zu geraten, gleichzeitig existieren. Ich glaube, dass die Tänzer des klassischen Balletts auf Zehenspitzen tanzen, weil sie so zugleich den Boden berühren und den Himmel erreichen.«

Das waren, wenn ich mich recht erinnere, ihre letzten Worte. Wenn wir uns tanzend voller Freude hingeben, verliert das Gehirn die Kontrolle über den Körper, und das Herz übernimmt. Erst in diesem Augenblick erscheint der Scheitelpunkt.

Selbstverständlich nur, wenn wir daran glauben.

Peter Sherney, 47 Jahre, Direktor einer Bankfiliale in Holland Park, London

Ich habe Athena eingestellt, weil ihre Familie zu unseren wichtigsten Kunden zählte – letztlich dreht sich in der Welt ja alles um gemeinsame Interessen. Da sie zu aufgedreht war, habe ich ihr einen Verwaltungsjob gegeben in der zarten Hoffnung, sie würde am Ende kündigen. Dann hätte ich ihrem Vater sagen können, ich hätte versucht, ihr zu helfen, allerdings erfolglos.

Meine Erfahrungen als Direktor haben mich gelehrt, die Gemütslage von Menschen selbst dann zu erkennen, wenn sie nichts sagen. In einem Managerkurs hatte man uns beigebracht: Wenn Sie jemanden loswerden wollen, machen Sie alles, damit diese Person es Ihnen gegenüber irgendwann an Respekt fehlen lässt. Damit haben Sie einen Grund, ihr zu kündigen.

Bei Athena habe ich alles versucht, um mein Ziel zu erreichen. Da sie das Geld, das sie verdiente, nicht zum Leben brauchte, würde sie schließlich zu dem Ergebnis gelangen, dass sich der ganze Stress nicht lohnte: früh aufstehen, den Sohn bei der Mutter abgeben, den ganzen Tag immer die gleiche Arbeit machen, den Sohn wieder abholen, in den Supermarkt gehen, sich um das Kind kümmern, es zu Bett bringen. Schließlich gab es viel interessantere Möglichkeiten, seine Tage zu verbringen. Athena wurde immer gereizter, und ich war stolz auf meine Strategie: ich würde es schaffen. Sie fing an, über ihre Wohnung zu klagen und darüber, dass der Wohnungsbesitzer nachts laut Musik höre und sie nicht schlafen könne.

Dann änderte sich aber unvermittelt etwas. Anfangs nur bei Athena. Und später in der ganzen Filiale.

Wieso mir das auffiel? Eine Gruppe von Menschen, die zusammen arbeitet, ist so etwas wie ein Orchester. Ein guter Geschäftsführer ist der Dirigent, der weiß, welches Instrument verstimmt ist, welches mit besonders viel Leidenschaft gespielt wird und welches einfach nur der Gruppe folgt. Athena schien ihr Instrument ohne die geringste Begeisterung zu spielen, immer leicht geistesabwesend. Sie teilte die Freuden und die traurigen Momente in ihrem Leben nicht mit ihren Kollegen. Sie gab nur zu verstehen, dass sie ihre gesamte Freizeit ihrem Sohn widme. Bis sie plötzlich ausgeruhter und kommunikativer wirkte und jedem, der es hören wollte, erzählte, dass sie eine Art Verjüngungskur entdeckt habe.

Das ist natürlich ein magisches Wort: Verjüngung. Wenn es jemand sagt, der gerade einundzwanzig Jahre alt ist, klingt das zwar etwas merkwürdig, doch Athenas Kollegen glaubten ihr und wollten schließlich von ihr das Geheimnis erfahren.

Athena arbeitete effizienter, obwohl sich ihre Aufgaben nicht geändert hatten. Ihre Arbeitskollegen, die sich anfangs auf ein guten Tag und guten Abend beschränkt hatten, luden sie nun ein, mit ihnen zu Mittag zu essen. Wenn sie zurückkamen, wirkten sie zufrieden, und der Umsatz der Abteilung stieg merklich an.

Ich weiß, dass Verliebte eine positive Ausstrahlung haben, die sie auf ihre Umwelt übertragen, und dachte mir sofort, dass Athena jemanden gefunden hätte, der ihr sehr wichtig war.

Ich fragte sie danach, und sie gab es zu. Auf meine Nachfrage, ob es sich bei ihrer neuen Flamme etwa um einen Kunden handele, meinte sie, dem sei zwar so, aber es sei das erste Mal, dass sie eine solche Einladung angenommen habe. Diesmal habe sie einfach nicht ablehnen können. Normalerweise wäre das der Grund für eine fristlose Kündigung gewesen – die Regeln der Bank waren unmissverständlich, privater Kontakt zu Kunden war ausdrücklich verboten. Athenas Veränderung wirkte sich jedoch auch auf den Kontakt mit ihren Kollegen aus: Einige von ihnen trafen sich jetzt nach der Arbeit mit ihr, und, soweit ich wusste, waren zwei oder drei sogar bei ihr zu Hause gewesen.

Ich stand vor einer schwierigen Situation. Die junge Praktikantin, die über keinerlei Berufserfahrung verfügte, die zuerst schüchtern und manchmal aggressiv gewesen war, hatte sich unter meinen Angestellten zu einer Art natürlichen Führungsperson gemausert. Würde ich ihr kündigen, dächten die Kollegen, es sei aus Rivalität geschehen – und ich würde ihre Achtung verlieren. Würde ich sie behalten, würde ich Gefahr laufen, in ein paar Monaten die Kontrolle über die Gruppe zu verlieren.

Dennoch wollte ich noch etwas abwarten. Die Energie in der Filiale wurde nämlich immer positiver – Energie, wie ich dieses Wort hasse, denn in Wahrheit sagt es überhaupt nichts Konkretes aus, es sei denn, wir sprechen von Elektrizität. Die Kunden schienen zufriedener zu sein und empfahlen uns weiter. Die Angestellten waren guter Dinge, obwohl sie doppelt so viel zu tun hatten. Dennoch musste ich nicht mehr Personal einstellen, da alle ihre Arbeit schafften.

Eines Tages erhielt ich einen Brief von meinen Vorgesetzten. Der Vorstand wollte, dass ich nach Barcelona zu einem Meeting der Firmengruppe kam, um meine Organisationsmethoden vorzustellen. Der Bankdirektion war aufgefallen, dass es mir gelungen war, bei gleichen Kosten den Gewinn zu erhöhen, und welche Methoden man dazu anwendet, wollen alle Manager der Welt gern wissen.

Welche Methoden?

Mein einziges Verdienst war, zu merken, wann die Veränderung eingesetzt hatte, und ich bestellte Athena in mein Büro. Ich sagte ihr, mir sei aufgefallen, dass es in ihrer Abteilung eine erfreuliche Umsatzsteigerung gegeben habe.

Aber ich kam nicht gleich zur entscheidenden Frage.

»Was macht eigentlich Ihr Privatleben? Man sagt immer, dass derjenige, der Liebe empfängt, am Ende noch mehr Liebe gibt. Wie geht es Ihrem Freund? Was macht er eigentlich?«

»Er arbeitet bei Scotland Yard.«

Ich fragte nicht weiter nach, musste es aber irgendwie schaffen, zur Sache zu kommen.

»Ich habe eine große Veränderung bei Ihnen festgestellt, und ...«

»Sie meinen in der Filiale?«

Was sollte ich darauf antworten? Ich durfte ihr einerseits nicht die Gesprächsführung überlassen, andererseits musste ich ihr das Gefühl geben, dass sie offen reden konnte, damit ich an die Antworten kam, die ich brauchte.

»Ja, ich habe eine große Veränderung bemerkt. Und ich möchte mit Ihnen jetzt über eine Beförderung sprechen.«

»Das ist sehr freundlich, aber ich würde gern in ein anderes Land gehen. Ich möchte London eine Zeitlang verlassen, meinen Horizont erweitern.«

In ein anderes Land gehen? Jetzt, wo alles so prächtig lief, wollte sie weg? Das war nun doch nicht die Lösung, die ich brauchte und mir wünschte.

»Ich kann für die Bank auch im Ausland nützlich sein«, fuhr sie fort.

Vor nicht allzu langer Zeit hätte mich ihr Wunsch wegzugehen gefreut. Ich wäre sie losgeworden, ohne mich mit einer komplizierten Kündigung herumschlagen zu müssen. Jetzt, wo meine Vorgesetzten unsere Gewinnsteigerung bemerkt hatten, sollte Athena erst mir helfen, ehe ich ihr half. Auch auf die Gefahr hin, dass Athena meine Führungsposition bedrohen würde, musste ich sie erst einmal hierbehalten. In diesem Augenblick wurde mir mal wieder klar, warum ein Großteil meiner Kollegen sich selten für Verbesserungen einsetzt: Gelingen sie, wird erwartet, dass ständig weitere Verbesserungen erfolgen – und diese Spirale führt unweigerlich zum Herzinfarkt.

Meinen nächsten Schritt überlegte ich mir sehr sorgfältig: Wenn wir von jemandem ein Geheimnis erfahren wollen, empfiehlt es sich, auf ihn einzugehen.

»Ich werde Ihre Bitte an meine Vorgesetzten weiterleiten. Im Übrigen werde ich den Vorstand demnächst in Barcelona treffen, und genau aus diesem Grund habe ich Sie kommen lassen. Gehe ich recht in der Annahme, dass unsere Leistungen von dem Augenblick an besser geworden sind, in dem die Kollegen, sagen wir, ein besseres Verhältnis zu Ihnen entwickelt haben?«

»Eher ein besseres Verhältnis zu sich selbst.«

»Richtig. Aber dafür haben Sie gesorgt – oder irre ich mich?«

»Sie wissen genau, dass Sie sich nicht irren.«

»Haben Sie irgendein Buch über Personalführung gelesen, das ich nicht kenne?«

»Solche Bücher lese ich nicht. Aber ich möchte Sie noch einmal bitten, mein Anliegen zu überdenken.«

Ich dachte an ihren Freund bei Scotland Yard. Steckte er vielleicht dahinter und brachte ihr etwas bei, mit dem phantastische Ergebnisse zu erzielen waren?

»Ich bin gerne bereit, Ihnen alles zu sagen, was Sie wissen möchten, selbst wenn Sie Ihr Versprechen nicht halten sollten. Aber ich weiß nicht, ob Ihnen das viel bringt, wenn Sie es nicht auch umsetzen.«

»Meinen Sie die berühmte ›Verjüngungstechnik‹?«

»Genau.«

»Reicht es nicht, nur die Theorie zu kennen?«

»Sagen wir mal: nur bedingt. Sie ist auf ein paar Blättern Papier zu dem Menschen gelangt, der sie mir beigebracht hat.«

Ich war erleichtert, dass ich offenbar problemlos an die Informationen kam, die ich beruflich brauchte. Aber ich hatte zugegebenermaßen auch ein persönliches Interesse an dieser Geschichte, denn auch ich träumte davon, mich wieder jünger zu fühlen, voller Energie. Ich versprach Athena, alles für sie zu tun, was in meiner Macht stehe, und sie begann eine lange esoterische Geschichte von einem Tanz auf der Suche nach einem Scheitelpunkt (oder einer Achse, ich erinnere mich nicht mehr so genau daran). Ich versuchte, während unseres Gespräches ihre verrückten Gedanken zu hinterfragen. Eine Stunde war dafür nicht ausreichend, deshalb bat ich sie, am nächsten Tag noch einmal zu kommen. Dann würden wir gemeinsam einen Bericht für den Vorstand formulieren. Irgendwann sagte Athena lächelnd zu mir:

»Nehmen Sie in den Bericht ruhig alles auf, was in unserem Gespräch gesagt wurde. Ich glaube, die Vorstandsmitglieder einer Bank sind auch Menschen aus Fleisch und Blut wie wir und werden an unkonventionellen Ideen großes Interesse haben.«

Da irrte sich Athena gewaltig: In England ist Tradition immer wichtiger als Innovation. Ich konnte es ja ruhig riskieren, weil mein Arbeitsplatz durch den Bericht ja nicht gefährdet war. Obwohl mir das Ganze vollkommen absurd vorkam, fasste ich es so zusammen, dass alle es verstehen konnten. Das war's.

Bevor ich in Barcelona meinen Bericht verlas, wiederholte ich innerlich den ganzen Vormittag lang: »Mein« Verfahren funktioniert, das allein interessiert. Ich hatte zudem noch ein paar Handbücher gelesen und dabei herausgefunden, dass wenn man eine erfolgreiche neue Idee vorstellen will, man seinem Vortrag eine Struktur geben muss, die die Zuhörer provoziert. Daher bezog ich mich in meinem ersten Satz, den ich zu den in einem Luxushotel versammelten Managern sagte, auf den Apostel Paulus: Gott hat die wichtigsten Dinge vor den Weisen verborgen gehalten, weil sie nicht begreifen können, was einfach ist, und beschlossen, sie den im Herzen Einfachen zu offenbaren.

Als ich das sagte, breitete sich unter den Zuhörern, die zwei Tage lang Graphiken und Statistiken analysiert hatten, tiefes Schweigen aus. Möglicherweise hatte ich gerade meinen Job aufs Spiel gesetzt, aber ich machte trotzdem weiter. Erstens, weil ich mich intensiv mit dem Thema auseinandergesetzt hatte und genau wusste, was ich da sagte, und es verdiente, dass man mir zuhörte. Zweitens, weil ich, obwohl ich verständlicherweise nicht über Athenas ungeheuren Einfluss sprechen, aber auch nicht lügen wollte:

»Ich bin zu dem Ergebnis gekommen, dass heutzutage zur Motivation der Angestellten mehr erforderlich ist als ein gutes Training in unseren hochqualifizierten Trainingscentern. In uns allen liegen unbekannte Kräfte verborgen, die, wenn sie an die Oberfläche kommen, Wunder wirken können.

Wir alle arbeiten aus einfachen Gründen: um die Kinder zu ernähren, Geld für den eigenen Lebensunterhalt zu verdienen, dem Leben einen Sinn zu geben, ein kleines Stückchen Macht zu bekommen. Auf diesem Weg gibt es immer wieder ereignislose Abschnitte, und das Geheimnis besteht darin, diese Abschnitte zu einer Begegnung mit sich selber oder etwas Höherem zu nutzen.

Zum Beispiel steckt nicht immer ein praktischer Grund hinter unserer Suche nach dem Schönen; dennoch suchen wir es, als wäre es das Wichtigste auf der Welt. Die Vögel singen, doch das hilft ihnen nicht, Nahrung zu finden, Raubtieren zu entgehen oder Parasiten fernzuhalten. Darwin zufolge singen die Vögel, weil sie auf diese Weise einen Partner anlocken, um das Fortbestehen der Spezies zu sichern.«

Ein Manager aus Genf unterbrach mich und verlangte eine sachlichere Darstellung. Doch der Generaldirektor ermutigte mich fortzufahren, worüber ich mich freute.

»Darwin zufolge, der ein Buch geschrieben hat, das die Sicht des Menschen auf sich selbst grundlegend verändert hat, wiederholen sich die Rituale der Brautwerbung der Höhlenmenschen, die zum Fortbestehen und zur Weiterentwicklung der menschlichen Spezies wichtig waren, heute in den Versuchen von Menschen, Emotionen zu wecken. Welcher Unterschied besteht nun zwischen der Entwicklung des Menschen und der Entwicklung einer Bankfiliale? Keiner. Beide gehorchen denselben Gesetzen – nur die Fähigsten, die am besten an ihre Umwelt angepasst waren, überleben und entwickeln sich weiter.«

Nun musste ich erwähnen, dass eine meiner Angestellten, Sherine Khalil, mich auf diesen Gedanken gebracht hatte.

»Sherine, die sich gern Athena nennen lässt, hat etwas ganz Neues in unsere Filiale gebracht: Leidenschaft. Genau das, Leidenschaft, etwas, das wir nie in Betracht ziehen, wenn wir uns mit Darlehen oder Ausgabenplanungen befassen. Meine Angestellten haben Musik als Anreiz benutzt, um die Kunden besser zu bedienen.«

Ein anderer Manager unterbrach mich mit dem Hinweis, dies sei ein alter Hut: In den Supermärkten werde das Gleiche gemacht, indem man die Kunden durch Musikbeschallung zum Kaufen anregt.

»Ich will damit nicht sagen, dass wir Musik am Arbeitsplatz eingesetzt haben. Die Angestellten haben sich mit der Zeit anders verhalten, weil Sherine, oder Athena, wenn Sie wollen, ihnen beigebracht hat zu tanzen, bevor sie sich an ihre tägliche Arbeit machten. Ich weiß nicht genau, was das in den Menschen auslöst. Als Manager interessieren mich nur die Ergebnisse. Aber ich habe bemerkt, dass alle sich durch diese Art von Tanz mehr mit dem verbunden fühlen, was sie machen.

Schon sehr früh lernen wir, gemäß der Maxime ›Zeit ist Geld‹ zu leben. Wir wissen genau, was Geld ist, aber was bedeutet Zeit? Der Tag hat vierundzwanzig Stunden und unzählige Augenblicke. Wir müssen uns jedes Moments bewusst sein, und während wir etwas tun, gleichzeitig daran denken, was es mit unserem Leben zu tun hat. Damit riskieren wir, dass das, was wir tun – wie zum Beispiel Abwaschen oder das Zählen von Wechseln oder die Auflistung von Krediten –, zwar länger dauert, aber das macht nichts. Warum nutzen wir diese Momente nicht dazu, um gleichzeitig an angenehme Dinge zu denken, um uns über die Tatsache zu freuen, dass wir leben?«

Der Generaldirektor schaute mich verblüfft an. Ich war mir sicher, er wollte, dass ich damit fortfuhr zu erklären, was ich gelernt hatte, doch einige der Anwesenden wurden unruhig.

»Ich weiß genau, was Sie damit sagen wollen«, meinte er. »Ich weiß, dass Ihre Angestellten zumindest an einem Augenblick am Tag mit sich selbst in Verbindung treten. Ich möchte Sie dazu beglückwünschen, dass Sie sich nicht scheuen, auf unorthodoxe Maßnahmen zurückzugreifen, zumal sie so hervorragende Ergebnisse bringen.

Aber wir sind auf einer Konferenz, und da Sie gerade über Zeit gesprochen haben, möchte ich nur kurz darauf hinweisen, dass Ihnen noch fünf Minuten bleiben, um Ihren Vortrag zu beenden. Wäre es möglich, eine Liste der wichtigsten Punkte aufzustellen, damit wir diese Ideen auch in anderen Filialen einbringen können?«

Er hatte recht. Auch wenn die Ideen gut waren, würde ich einen schlechten Eindruck hinterlassen, wenn ich zu lange sprechen würde. Daher fasste ich nur noch kurz zusammen, was Athena und ich geschrieben hatten.

»Ich habe mit Sherine Khalil ein paar Punkte herausgearbeitet, die auf persönlicher Beobachtung beruhen. Hier die wichtigsten:

1. Wir alle haben eine unbekannte Fähigkeit, die auch für immer unbekannt bleiben wird. Dennoch kann sie unsere Verbündete sein. Da man diese Fähigkeit nicht messen und ihr auch keinen wirtschaftlichen Wert zuordnen kann, wird sie nie in Betracht gezogen. Doch wir reden hier von Menschen, und ich bin mir sicher, dass Sie wissen, was ich meine. Zumindest theoretisch.

2. In meiner Filiale wurde diese Fähigkeit durch einen Tanz aktiviert, der auf einem Rhythmus beruht, der, wenn ich mich richtig erinnere, aus den Wüsten Asiens stammt. Doch der Ort, an dem er entstand, ist nebensächlich. Wichtig ist, dass die Menschen in diesem Tanz mit ihrem Körper ausdrücken können, was die Seele sagen will. Ich weiß, dass das Wort ›Seele‹ hier falsch verstanden werden kann. Ersetzen wir es durch ›Intuition‹. Und wenn Ihnen dieses Wort ebenfalls nicht gefällt, lassen Sie uns stattdessen von ›originären Gefühlen‹ sprechen. Das hat eine wissenschaftlichere

Konnotation, obwohl es weniger aussagt als die beiden anderen Wörter.

3. Bevor sie mit der Arbeit beginnen, habe ich meine Angestellten dazu motiviert, anstatt Gymnastik oder Aerobic zu betreiben, mindestens eine Stunde lang zu tanzen. Das stimuliert Körper und Geist, sie beginnen den Tag voller Energie und nutzen diese im Laufe des Tages kreativ für ihre Aufgaben in der Filiale.

4. Kunden und Angestellte leben in ein und derselben Welt: Die Realität ist nichts weiter als elektrische Stimuli in unserem Gehirn. Das, was wir ›sehen‹ nennen, ist die Verarbeitung von Energieimpulsen in einem Teil unseres Gehirns. Da Realität das Ergebnis dieser Verarbeitung ist, können wir die Realität verändern, indem wir unsere einzelnen Realitäten aufeinander abstimmen. Wie das geht, verstehe ich nicht genau, aber Fröhlichkeit ist ebenso ansteckend wie Begeisterung und Liebe. Oder auch die Traurigkeit, die Depression, der Hass – Dinge, die intuitiv von den Kunden oder von Kollegen bemerkt werden. Um bessere Leistungen zu erzielen, muss man Mechanismen schaffen, die diese positiven Stimuli weitertragen.«

»Sehr esoterisch«, meinte eine Frau, die die Aktienabteilung einer Filiale in Kanada leitete.

Ich hatte offenbar den Faden etwas verloren und niemanden so recht überzeugen können. Ich tat so, als hätte ich ihre Bemerkung nicht gehört, und setzte meine ganze Kreativität ein, um einen Abschluss für meinen Vortrag zu finden, der sich auf handfeste Dinge bezog.

»Die Bank sollte einen bestimmten Betrag für eine Untersuchung darüber zur Verfügung stellen, wie diese Übertragung der positiven Stimuli vonstattengeht, und wir könnten aufgrund des Ergebnisses der Untersuchung unseren Gewinn steigern.«

Mit diesem Abschluss war ich ziemlich zufrieden, und ich zog es vor, die zwei Minuten, die mir noch blieben, nicht zu nutzen. Als am Ende dieses ermüdenden Tages die Konferenz ausklang, lud mich der Generaldirektor vor allen Anwesenden ein, mit ihm zu Abend zu essen, als wolle er damit zeigen, dass er mir in allem, was ich gesagt hatte, zustimmte. Eine solche Gelegenheit hatte sich mir noch nie geboten, und ich wollte sie für mich nutzen. Ich fing an, über Leistung, Planung, Schwierigkeiten an der Wertpapierbörse und neue Märkte zu sprechen. Aber er unterbrach mich: Er war mehr daran interessiert, alles zu erfahren, was Athena mich gelehrt hatte.

Am Ende brachte er zu meiner Überraschung das Gespräch auf persönliche Themen.

»Ich weiß, was Sie gemeint haben, als Sie in Ihrem Vortrag von Zeit gesprochen haben. Als ich zwischen Weihnachten und Neujahr Urlaub machte, setzte ich mich in den Garten, um entspannt Zeitung zu lesen. Ich holte sie aus dem Briefkasten, aber es stand nichts Wichtiges darin. Nur die Dinge, die uns nach Meinung der Journalisten interessieren und zu denen wir uns eine Meinung bilden sollten.

Ich überlegte, ob ich jemanden aus meinem Team anrufen sollte, aber das war unsinnig, denn alle waren bei ihren Familien. Ich aß mit meiner Frau, meinen Kindern und Enkelkindern zu Mittag und hielt ein Nickerchen. Nach dem Aufwachen machte ich mir ein paar Notizen und sah dann plötzlich, dass es erst drei Uhr nachmittags war. Vor mir lagen noch drei arbeitsfreie Tage, und sosehr ich es auch liebte, mit meiner Familie zusammen zu sein, so fühlte ich mich doch nutzlos.

Am nächsten Tag nutzte ich meine freie Zeit, um meinen Magen untersuchen zu lassen, der zum Glück in Ordnung war. Ich ging auch zum Zahnarzt, der ebenfalls sagte, es gebe kein Problem. Ich aß wieder mit meiner Frau, meinen Kindern und Enkelkindern zu Mittag, schlief wieder, wachte wieder kurz vor drei Uhr nachmittags auf, und mir wurde klar, dass ich nichts zu tun hatte.

Ich erschrak: Ich musste doch etwas tun. Es ist einfach, Arbeiten zu erfinden – wir haben immer Projekte, die entwickelt, Glühbirnen, die ausgewechselt werden müssen, welkes Laub, das geharkt werden muss. Bücher müssen weggestellt, Computerordner aufgeräumt werden und so weiter. Aber wie soll man mit der totalen Leere umgehen? Da fiel mir etwas sehr Wichtiges ein: Ich musste zur Post gehen, die einen Kilometer von meinem Landhaus entfernt war, und eine Glückwunschkarte einwerfen, die auf meinem Schreibtisch liegengeblieben war.

Zu meiner eigenen Überraschung dachte ich aber: Warum muss ich diese Karte heute abschicken? Kann ich nicht einfach hier sitzen bleiben und nichts tun?

Mir ging so einiges durch den Kopf: Ich dachte an Freunde, die sich um Dinge Sorgen machen, die noch nicht passiert sind, Bekannte, die jede Minute ihres Lebens mit Aufgaben zu füllen wissen, die mir unsinnig vorkommen, an sinnlose Gespräche, lange Telefonate, in denen nichts Wesentliches gesagt wurde. Ich sah meine Direktoren, die Arbeiten erfinden, um ihre Stellung zu rechtfertigen, oder

Angestellte, denen heute nichts Wichtiges zu tun gegeben worden ist und die nun fürchten, dass sie möglicherweise nicht mehr gebraucht werden. Ich dachte an meine Frau, die sich quält, weil unser ältester Sohn sich hat scheiden lassen; und ich dachte an unseren anderen Sohn, der sich quält, weil mein Enkel in der Schule schlechte Noten hat; ich dachte an meinen Enkel, der sich quält, weil er seine Eltern traurig macht – obwohl wir alle wissen, dass Schulnoten so wichtig nun auch wieder nicht sind.

Ich habe einen langen, schwierigen Kampf mit mir ausgefochten, um nicht von meinem Platz aufzustehen. Ganz allmählich wich die Unruhe der Kontemplation, und ich begann, meine Seele zu spüren – oder meine Intuition oder meine originären Gefühle, ganz wie Sie wollen.

In meinem Fall war es nicht der Tanz, sondern das vollkommene Fehlen von Geräuschen und Bewegung, die Stille, die mich mit mir selber in Kontakt treten ließ. Und, ob Sie es glauben oder nicht, ich habe dabei so viel über die Probleme gelernt, die mich bedrücken – obwohl diese Probleme, während ich dort saß, ganz und gar abwesend waren. Ich habe zwar Gott nicht gesehen, aber ich konnte die Entscheidungen, die ich treffen musste, sehr viel deutlicher sehen.«

Bevor der Generaldirektor die Rechnung beglich, schlug er mir vor, Sherine Khalil nach Dubai zu schicken, wo die Bank eine neue Filiale eröffnen würde – ein ziemlich riskantes Vorhaben. Ohne dass er es wusste, half mir der Generaldirektor, das Versprechen zu halten, das ich Athena gegeben hatte.

Ich hatte genug von ihr gelernt, jetzt musste ich in meiner Filiale nur noch die Kontinuität wahren.

Als ich zurück in London war, habe ich Athena umgehend von dem Vorschlag des Generaldirektors berichtet. Sie sagte sofort zu. Sie sagte, sie spräche fließend Arabisch (was ich aufgrund der Herkunft ihres Vaters angenommen hatte), obwohl dies, weil wir in Dubai nicht nur mit Einheimischen Geschäfte machen, sondern in erster Linie mit internationalen Kunden, nicht von vorrangiger Wichtigkeit war. Ich dankte Athena für ihre Hilfe. Was meinen Vortrag betraf, zeigte sie keinerlei Neugier – sie fragte nur, wann sie die Koffer packen solle.

Bis heute weiß ich nicht, ob diese Geschichte mit dem Freund, der bei Scotland Yard arbeitet, eine Erfindung war. Ich denke schon, denn würde sie stimmen, wäre der Mörder von Athena längst gefasst – denn ich glaube nichts von dem, was die Zeitungen über das Verbrechen berichtet haben. Ich verstehe zwar viel vom Finanzwesen und bin sogar in der Lage zu verstehen, dass Tanz Bankangestellten hilft, besser zu arbeiten, aber ich werde nie begreifen, wieso die beste Polizei der Welt es nicht schafft, die vielen frei herumlaufenden Mörder zu fassen.

Aber inzwischen ist das alles egal.

Nabil Alaihi, Alter unbekannt, Beduine

Ich bin sehr froh zu hören, dass ein Foto von mir in Athenas Wohnung einen Ehrenplatz hatte, aber ich glaube nicht, dass das, was ich ihr beigebracht habe, irgendwie nützlich war. Sie kam hierher, mitten in die Wüste, ein etwa dreijähriges Kind an der Hand. Sie machte ihre Tasche auf, holte einen Kassettenrekorder heraus und setzte sich vor mein Zelt. Ich weiß, dass Menschen aus der Stadt den Touristen, die die lokale Küche ausprobieren wollten, meinen Namen nannten, und sagte ihr gleich, es sei noch zu früh fürs Abendessen.

»Ich komme aus einem anderen Grund«, sagte die Frau. »Ich habe über Ihren Neffen Hamid, der Kunde in der Bank ist, in der ich arbeite, erfahren, dass Sie ein weiser Mann sind.«

»Hamid ist nur ein törichter Jüngling. Obwohl er sagt, ich sei ein weiser Mann, hat er meine Ratschläge nie befolgt. Mohamed, der Prophet, war ein weiser Mann, Allahs Segen möge bei ihm sein.«

Ich deutete auf ihr Auto.

»Sie sollten nicht allein durch eine Gegend fahren, die Sie nicht kennen, und sollten sich auch nicht ohne Führer hierher wagen.«

Anstatt mir zu antworten, stellte sie den Kassettenrekorder an. Anschließend sah ich nur noch eine Frau, die auf den Dünen tanzte, und ein Kind, das verblüfft und fröhlich zu ihr hinschaute. Ich hörte eine Musik, die die ganze Wüste zu erfüllen schien. Als sie mit dem Tanzen fertig war, fragte sie mich, ob es mir gefallen habe.

Ich sagte ja. In unserer Religion gibt es eine Gruppe von Menschen, die tanzen, um mit Allah – gelobt sei sein Name – in Kontakt zu treten: die Sufis.

»Seit meiner Kindheit«, fuhr die Frau fort, die sich als Athena vorgestellt hatte, »fühle ich, dass ich mich Gott nähern muss, aber das Leben entfernt mich immer von ihm. Die Musik ist eine Möglichkeit, die ich gefunden habe, um mich ihm wieder zu nähern. Aber das reicht nicht. Immer wenn ich tanze, sehe ich ein Licht, und dieses Licht bittet mich weiterzugehen. Ich kann nicht immer nur allein, aus mir heraus, lernen, ich brauche jemanden, der mich unterrichtet.«

»Egal, was man macht, es ist genug«, entgegnete ich. »Denn Allah, der Barmherzige, ist immer nahe. Lebe ein würdiges Leben, das reicht.«

Doch die junge Frau schien nicht überzeugt zu sein. Ich sagte, ich hätte zu tun, ich müsse das Abendessen für die wenigen Touristen zubereiten, die bald kommen würden. Sie antwortete, sie werde solange warten, wie es nötig sei.

»Und das Kind?«

»Machen Sie sich seinetwegen keine Sorgen.«

Während ich mit den Vorbereitungen begann, beobachtete ich die Frau und ihren Sohn. Die beiden wirkten wie Gleichaltrige. Sie rannten in die Wüste, lachten, bewarfen sich mit Sand, legten sich auf den Boden, rollten die Dünen herunter. Ein Reiseführer kam mit drei deutschen Touristen, die aßen und dazu Bier bestellten. Ich musste ihnen erklären, dass meine Religion es mir verbiete, ihnen alkoholische Getränke zu servieren. Ich lud die Frau und ihren Sohn zum Abendessen ein, und einer der Deutschen war begeistert von der unerwarteten weiblichen Gesellschaft. Er meinte, er wolle Grundstücke kaufen, er hätte ein großes Vermögen angehäuft und glaubte an die Zukunft der Region.

»Großartig«, sagte sie. »Das tue ich auch.«

»Könnten wir nicht woanders zu Abend essen, um uns besser unterhalten zu können und ...«

»Nein«, unterbrach sie ihn. »Wenn Sie möchten, können Sie mich in meiner Agentur aufsuchen.«

Als die Touristen gegangen waren, setzten Athena und

ich uns vor das Zelt. Das Kind schlief gleich auf ihrem Schoß ein. Ich holte Decken für uns alle, und wir saßen dort und blickten zum Sternenhimmel hinauf. Schließlich brach sie das Schweigen.

»Warum sagt Hamid, dass Sie ein weiser Mann sind?«

»Vielleicht, weil ich mehr Geduld habe als er. Es gab eine Zeit, in der ich versucht habe, ihm meine Kunst beizubringen, aber Hamid schien mehr daran interessiert, Geld zu verdienen. Heute wird er davon überzeugt sein, weiser zu sein als ich. Er hat eine Wohnung, ein Schiff, während ich hier mitten in der Wüste sitze und für die wenigen Touristen koche, die hier vorbeikommen. Er versteht nicht, dass ich mit dem, was ich mache, zufrieden bin.«

»Er versteht es sehr wohl, denn er erzählt allen voller Respekt von Ihnen. Was aber ist Ihre Kunst?«

»Ich habe Sie heute tanzen sehen. Ich mache das Gleiche, nur statt meines Körpers tanzen die Buchstaben.«

Sie wirkte überrascht.

»Meine Art, mich Allah – sein Name sei gepriesen – zu nähern, ist durch die Kalligraphie, durch die Suche nach dem vollkommenen Sinn eines jeden Wortes. Jeder Buchstabe verlangt, dass wir die Kraft in ihm freisetzen, die in ihm angelegt ist, indem wir unsere Kraft hineinlegen, als würden wir seine Bedeutung herausarbeiten, ziselieren. So werden die heiligen Texte geschrieben, in ihnen ist die Seele des Menschen, der als Werkzeug dafür gedient hat, um sie in der Welt zu verbreiten.

Und nicht nur die heiligen Texte, sondern alles, was wir zu Papier bringen. Denn die Hand, die die Linien zeichnet, spiegelt die Seele dessen wider, der sie schreibt.«

»Würden Sie mir Ihre Kunst beibringen?«

»Erstens glaube ich nicht, dass ein Mensch, der so voller Energie steckt wie Sie, die Geduld aufbringt, sie zu erlernen. Außerdem gehört meine Kunst nicht in Ihre Welt, in der die Dinge gedruckt werden und über das, was veröffentlicht wird, nicht viel nachgedacht wird, wenn Sie mir diese Bemerkung erlauben.«

»Ich würde es gern versuchen.«

Und mehr als sechs Monate lang ist diese Frau, die ich für aufgeregt, überdreht und unfähig gehalten hatte, auch nur einen Augenblick stillzusitzen, jeden Freitag zu mir gekommen. Ihr Sohn setzte sich in eine Ecke, nahm Papier und Pinsel und versuchte ebenfalls in seinen Zeichnungen das zu offenbaren, was der Himmel bestimmte.

Ich sah, wie ungeheuer schwer es ihr fiel, stillzuhalten, die richtige Haltung einzunehmen, und fragte sie: »Fänden Sie es nicht besser, etwas anderes zu suchen, um sich die Zeit zu vertreiben?« Sie antwortete: »Ich brauche dies hier, meine Seele muss ruhiger werden, und ich habe noch nicht alles gelernt, was Sie mir beibringen können. Das Licht des Scheitelpunkts hat mir gesagt, ich solle weitergehen.« Ich habe sie nie gefragt, was dieser Scheitelpunkt war, es interessierte mich nicht.

Die erste Lektion, wahrscheinlich die schwierigste, war Geduld.

Schreiben war nicht nur eine Tätigkeit, mit der ein Gedanke ausgedrückt wurde, sondern auch Nachdenken über die Bedeutung eines jeden Wortes. Wir haben anfangs zusammen an Texten eines arabischen Dichters gearbeitet, denn ich glaube nicht, dass der Koran für einen in einem anderen Glauben erzogenen Menschen ein passender Text gewesen wäre. Ich diktierte jeden Buchstaben, und so konzentrierte sie sich auf das, was sie tat, und wollte nicht gleich die Bedeutung des Wortes, des Satzes oder des Verses wissen.

»Mir hat einmal jemand gesagt, dass die Musik von Gott geschaffen wurde und dass die schnelle Bewegung im Tanz notwendig sei, damit die Menschen in Kontakt mit sich selber gelangen«, sagte Athena an einem der gemeinsam verbrachten Nachmittage. »Jahrelang schien das zu stimmen, und jetzt werde ich gezwungen, das für mich Schwierigste zu tun: meine Schritte zu verlangsamen. Warum ist Geduld so wichtig?«

»Weil sie uns aufmerksam werden lässt.«

»Aber wenn ich tanze, zwingt mich meine Seele, mich auf etwas Höheres als mich selbst zu konzentrieren, und erlaubt mir, mit Gott in Kontakt zu treten – wenn ich das Wort gebrauchen darf. Das hat mir schon geholfen, viele Dinge zu verändern, auch meine Arbeit. Ist denn die Seele nicht das Wichtigste?«

»Selbstverständlich. Aber wenn es Ihrer Seele gelänge, mit Ihrem Gehirn zu kommunizieren, könnten Sie noch viel mehr verändern.«

Wir arbeiteten gemeinsam weiter. Ich wusste, dass ich ihr irgendwann etwas sagen musste, das zu hören sie vielleicht noch nicht bereit war. Daher versuchte ich jede Minute zu nutzen, ihren Geist vorzubereiten. Ich erklärte ihr, dass vor den Worten der Gedanke da ist. Und vor dem Gedanken der göttliche Funke, der ihn dorthin gesetzt hat. Alles, wirklich alles auf dieser Welt, hat seinen Sinn, und man muss auf die geringsten Dinge achten.

»Ich habe meinen Körper dazu erzogen, die Gefühle meiner Seele ganz und gar zu offenbaren«, sagte sie.

»Jetzt erziehen Sie einfach nur Ihre Finger, damit sie die Gefühle Ihres Körpers ganz und gar offenbaren. So wird Ihre ungeheure Kraft konzentriert.«

»Sie sind ein Meister.«

»Was ist ein Meister? Meine Antwort ist: Ein Meister ist nicht derjenige, der etwas lehrt, sondern derjenige, der den Schüler dazu inspiriert, das Beste von sich zu geben, um herauszufinden, was er schon weiß.«

Ich hatte das Gefühl, dass Athena diese Erfahrung schon gemacht hatte, obwohl sie noch sehr jung war. Da die Schrift die Persönlichkeit eines Menschen offenbart, bemerkte ich, dass sie sich geliebt fühlte, nicht nur von ihrem Sohn, sondern von ihrer Familie und möglicherweise von einem Mann. Ich fand heraus, dass sie geheimnisvolle Gaben hatte, diese aber verbergen wollte. Denn diese Gaben konnten eine Begegnung mit Gott herbeiführen, aber auch ihr Verderben bedeuten.

Ich beschränkte mich nicht darauf, ihr nur die Technik zu zeigen, sondern ihr auch die Philosophie der Kalligraphen zu vermitteln.

»Die Feder, mit der Sie jetzt schreiben, ist nur ein Werkzeug. Sie hat kein Bewusstsein, sie folgt dem Willen dessen, der sie hält. Und darin ist sie dem ähnlich, was wir ›Leben‹ nennen. Viele Menschen erfüllen auf dieser Welt nur eine Rolle, ohne zu wissen, dass eine unsichtbare Hand sie lenkt.

In diesem Augenblick liegen in Ihrer Hand, in der Feder, die jeden Buchstaben zeichnet, alle Absichten Ihrer Seele. Versuchen Sie, das zu begreifen.«

»Ich begreife es, denn ich sehe, dass es wichtig ist, eine bestimmte Anmut zu wahren. Weil Sie von mir verlangen, dass ich mich zuerst in einer bestimmten Position hinsetze und das Material ehre, das ich benutze, und erst dann zu schreiben beginne.«

Selbstverständlich. In dem Maße, wie sie die Feder achtete, würde sie herausfinden, dass es notwendig war, gelassen zu sein und Anmut zu wahren, um schreiben zu lernen. Und die Gelassenheit kommt aus der Seele.

»Die Anmut ist nichts Oberflächliches, sondern ein Mittel, mit dem der Mensch das Leben und die Arbeit ehren kann. Lassen Sie sich daher nicht irritieren, wenn die Schrift auf sie falsch oder künstlich wirkt. Sie ist echt, *weil* sie schwierig ist. Sie führt dazu, dass sowohl das Papier als auch die Feder stolz auf Ihre Bemühungen sind. Das Papier hört auf, nur eine plane, farblose Oberfläche zu sein, es erhält die Tiefe der Dinge, die dorthin gesetzt werden.

Die Anmut ist die Haltung, die für eine vollkommene Schrift die angemessene ist. Das ist genauso wie im Leben: Wenn das Überflüssige abgestoßen wird, entdeckt der Mensch die Einfachheit und die Konzentration: Je einfacher und ernster die Haltung, desto schöner, auch wenn sie anfangs unbequem erscheint.«

Hin und wieder redete Athena mit mir über ihre Arbeit. Sie erzählte, dass sie von dem, was sie tat, begeistert sei und gerade ein Angebot von einem mächtigen Emir erhalten habe. Er war in die Bank gekommen, um den Direktor zu treffen, der ein Freund von ihm sei (Emire gehen nie in die Bank, um Geld abzuheben, dafür haben sie Angestellte) und hatte in Athenas Beisein erwähnt, er suche jemanden, der sich um den Verkauf von Grundstücken kümmere – ob sie interessiert sei. Wer möchte schon mitten in der Wüste oder bei einem abgelegenen Hafen ein Grundstück kaufen? Ich verkniff mir die Frage, und rückblickend bin ich froh, dass ich nichts gesagt habe.

Ein einziges Mal nur erzählte sie mir von der Liebe zu einem Mann. Zwar versuchten jedes Mal einige der Touristen, die zum Abendessen kamen, sie irgendwie zu verführen, doch normalerweise kümmerte sich Athena nicht darum. Bis eines Tages einer andeutete, ihren Freund zu kennen. Sie wurde blass und schaute sofort zu ihrem Sohn, der das Gespräch zum Glück nicht verfolgte.

»Woher kennen Sie ihn?«

»Ich habe nur gescherzt«, sagte der Mann. »Ich wollte wissen, ob Sie noch frei sind.«

Sie antwortete darauf nichts, aber ich begriff, dass der Mann in ihrem Leben nicht der Vater des Jungen war.

Eines Tages kam sie früher als gewöhnlich. Sie sagte, sie habe die Arbeit in der Bank aufgegeben und damit angefangen, Grundstücke zu verkaufen. So hätte sie mehr freie Zeit. Ich erklärte ihr, ich könne sie nicht vor der vereinbarten Zeit unterrichten, da ich noch einiges zu erledigen hätte.

»Bei dieser neuen Tätigkeit kann ich zwei Dinge miteinander verbinden: Bewegung und Ruhe. Freude und Konzentration.«

Sie ging zum Wagen und holte das Tonbandgerät. Von nun an tanzte Athena in der Wüste, bevor der Unterricht begann, während das Kind lachend um sie herumsprang. Wenn sie sich dann hinsetzte, um Kalligraphie zu üben, war ihre Hand sicherer als vorher.

»Es gibt zwei Arten von Buchstaben«, erklärte ich. »Die einen sind perfekt, doch ohne Seele geschrieben. In diesem Fall hat sich der Kalligraph, obwohl er die Technik beherrscht, nur auf das Handwerkliche konzentriert – und sich deshalb nicht weiterentwickelt, er wiederholt sich immer wieder, kann deshalb nicht wachsen, und eines Tages wird er das Schreiben lassen, weil er findet, dass es nur noch Routine ist.

Die zweite Art von Buchstaben sind die, die mit technischem Können, aber auch mit der Seele geschrieben sind. Dazu muss die Intention des Schreibenden mit dem Wort übereinstimmen. In diesem Fall verlieren die traurigsten Verse ihren Schrecken und werden zu etwas Selbstverständlichem, das uns auf unserem Weg immer wieder begegnet.«

»Was machen Sie mit Ihren Zeichnungen?«, fragte Athenas Sohn in perfektem Arabisch. Auch wenn er unserer Unterhaltung nicht folgen konnte, tat er doch alles, um an der Arbeit seiner Mutter teilzuhaben.

»Ich verkaufe sie.«

»Kann ich meine Zeichnungen auch verkaufen?«

»Das solltest du tun. Eines Tages wirst du damit reich und kannst deiner Mutter helfen.«

Viorel freute sich über meine Bemerkung und zeichnete weiter: einen bunten Schmetterling.

»Und was mache ich mit meinen Texten?«, fragte Athena.

»Sie wissen bereits, welche Mühe es kostet, die richtige Haltung einzunehmen, die Seele zu beruhigen, das Ziel deutlich vor sich zu sehen, jeden Buchstaben eines Wortes zu achten. Doch einstweilen sollten Sie einfach nur üben.

Wenn wir lange genug geübt haben, denken wir nicht mehr an die einzelnen Bewegungen: sie werden zum Teil unseres

Lebens. Um diesen Zustand zu erreichen, müssen wir allerdings üben, üben und nochmals üben. Und nochmals und nochmals.

Beobachten Sie einmal einen guten Schmied dabei, wie er Stahl bearbeitet. Für das ungeübte Auge wiederholt er die immer gleichen Hammerschläge.

Aber wer die Kunst der Kalligraphie kennt, weiß, dass die Intensität des Schlages jedes Mal eine andere ist, wenn er den Hammer hebt und senkt. Die Hand wiederholt jedes Mal die gleiche Bewegung, aber während die Hand sich dem Eisen nähert, weiß sie, ob der Hammer es härter oder sanfter berühren muss. So ist das mit der Wiederholung: Auch wenn alles gleich aussieht, ist es jedes Mal anders.

Irgendwann wird der Augenblick kommen, in dem Sie nicht mehr über das nachdenken, was Sie tun. Sie werden zum Buchstaben, zur Tinte, zum Papier, zum Wort.«

Dieser Augenblick kam fast ein Jahr später. Inzwischen war Athena in Dubai bereits bekannt, sie schickte Kunden zum Abendessen in mein Zelt. Durch diese erfuhr ich, dass sie als Immobilienmaklerin Erfolg hatte: Sie verkaufte Stücke der Wüste. Irgendwann erschien mit großem Gefolge der Emir persönlich bei mir. Ich erschrak. Ich war nicht darauf vorbereitet, aber er beruhigte mich und dankte mir für alles, was ich für seine Angestellte Athena tat.

»Sie ist ein außergewöhnlicher Mensch und führt ihre Fähigkeiten auf das zurück, was sie von Ihnen lernt. Ich denke daran, Athena zur Teilhaberin zu machen. Vielleicht sollte ich meine anderen Verkäufer ebenfalls herschicken, damit sie Kalligraphie lernen, zumal Athena einen Monat lang Urlaub machen wird.«

»Das wird nichts ändern«, antwortete ich. »Kalligraphie ist nur eine von vielen Aufgaben, die Allah – gelobt sei sein Name – uns stellt. Die Kalligraphie lehrt uns Objektivität und Geduld, Respekt und Anmut, aber wir können das alles auch ...«

»... im Tanz lernen«, fuhr Athena fort, die zu uns getreten war.

»Oder beim Grundstücke-Verkaufen«, meinte ich.

Als der Emir mit seinem Gefolge gegangen war und Athenas Sohn sich in einer Ecke des Zeltes hingelegt hatte, da ihm die Augen vor Müdigkeit fast zufielen, holte ich das Schreibzeug und bat Athena, etwas zu schreiben. Mitten im Wort nahm ich ihr die Feder aus der Hand. Jetzt war der Augenblick gekommen, ihr zu sagen, was gesagt werden musste. Ich schlug ihr vor, ein paar Schritte hinaus in die Wüste zu tun.

»Sie haben gelernt, was zu lernen war«, sagte ich. »Ihre Kalligraphie wird immer persönlicher, spontaner. Sie ist nicht nur eine Wiederholung der Schönheit, sondern eine persönliche schöpferische Geste. Sie haben begriffen, was die großen Maler wissen: Um Regeln zu vergessen, muss man sie kennen und achten.

Sie brauchen die Werkzeuge, die Sie es gelehrt haben, nicht mehr. Sie brauchen kein Papier, keine Tinte, keine Feder mehr, denn der Weg ist wichtiger als das, was Sie dazu gebracht hat, ihn zu beschreiten. Sie haben mir erzählt, dass die Person, die Ihnen das Tanzen beibrachte, sich die Musik nur im Kopf vorstellte, und dennoch konnte er die Rhythmen exakt wiederholen.«

»Ja, genau.«

»Wären die Worte alle miteinander verbunden, würden sie

keinen Sinn ergeben oder wären nur schwer begreiflich: es muss Zwischenräume geben.«

Sie nickte zustimmend.

»Sie beherrschen die Worte, aber die leeren Stellen beherrschen Sie noch nicht. Ihre Hand arbeitet makellos, solange sie konzentriert ist. Wenn sie aber von einem Wort zum nächsten springt, ist sie verloren.«

»Woher wissen Sie das?«

»Stimmt es?«

»Ja, das stimmt. In Sekundenbruchteilen, bevor ich mich auf das nächste Wort konzentriere, verliere ich mich, überfallen mich Gedanken, die ich nicht will.«

»Und wissen Sie genau, was für Gedanken es sind?«

Athena wusste es, schwieg aber, bis wir zum Zelt zurückgekehrt waren und sie den schlafenden Sohn im Arm hielt. Tränen schimmerten in ihren Augen, obwohl sie sich zu beherrschen versuchte.

»Der Emir sagte, Sie hätten jetzt Urlaub.«

Sie machte die Wagentür auf, steckte den Schlüssel ins Zündschloss und ließ den Motor an. Einige Augenblicke lang durchbrach einzig das Motorgeräusch die Stille der Wüste.

»Ich weiß, was Sie sagen wollen«, sagte Athena schließlich. »Wenn ich schreibe, wenn ich tanze, werde ich von der Hand geführt, die alles geschaffen hat. Wenn ich den schlafenden Viorel betrachte, weiß ich, dass er weiß, dass er ein Kind meiner Liebe zu seinem Vater ist, auch wenn ich Viorels Vater seit mehr als einem Jahr nicht gesehen habe. Aber ich…«

Sie schwieg. Die Stille war die leere Stelle zwischen den Worten.

»... aber ich kenne die Hand nicht, die mich zum ersten Mal in den Schlaf gewiegt hat. Die Hand, die mich in das Buch dieser Welt geschrieben hat.«

Ich nickte nur.

»Finden Sie das wichtig?«

»Nicht unbedingt. Aber in Ihrem Falle wird Ihre ... Ihre Kalligraphie nicht besser werden, solange Sie diese Hand nicht berührt haben.«

»Ich glaube nicht, dass es notwendig ist, herauszufinden, wer sich nie die Mühe gemacht hat, mich zu lieben.«

Athena schloss die Wagentür, lächelte und fuhr los. Trotz ihrer Worte wusste ich, was ihr nächster Schritt sein würde.

Samira R. Khalil, Athenas Mutter

Ich hatte den Eindruck, als wären all ihre beruflichen Erfolge, ihr Talent, Geld zu verdienen, die Freude an ihrer neuen Liebe und an Viorel plötzlich nebensächlich. Ich erschrak zutiefst, als Sherine mir mitteilte, ihre leibliche Mutter suchen zu wollen.

Anfangs tröstete mich natürlich der Gedanke, dass es das Adoptionszentrum vermutlich nicht mehr gab, die Karteikarten bestimmt verlorengegangen waren und dass die ehemaligen Angestellten schwer zu finden und überdies nicht gerade hilfsbereit sein würden. Außerdem war die Regierung gerade gestürzt worden, und man konnte unmöglich dorthin reisen. Vielleicht war ja auch die Frau, die Sherine auf die Welt gebracht hatte, nicht mehr am Leben. Aber dieser Trost hielt nicht lange vor: meine Tochter war zu allem imstande und hatte schon oft scheinbar unüberwindliche Probleme meistern können.

Bis zu diesem Augenblick war das Thema in der Familie tabu gewesen. Sherine wusste, dass sie adoptiert worden war, denn der Psychiater in Beirut hatte mir geraten, es ihr zu sagen, sobald sie alt genug wäre, es zu verstehen. Aber sie war nie daran interessiert gewesen zu erfahren, aus welchem Land sie kam – ihr Zuhause war Beirut gewesen, als es noch für uns alle ein Zuhause war.

Da sich der Adoptivsohn einer Freundin mit 16 umgebracht hatte, als seine Mutter eine leibliche Tochter bekam, haben wir keine weiteren Kinder adoptiert. Wir haben keine Mühen gescheut, um Sherine zu zeigen, dass all unsere Freude, unsere Sorge, unsere Liebe und Hoffnung nur ihr galten. Aber das schien alles nicht zu zählen. Mein Gott, wie undankbar Kinder sein können!

Da ich meine Tochter kannte, wusste ich, dass es überhaupt nichts bringen würde, mit ihr darüber zu diskutieren. Mein Mann und ich haben eine Woche lang kein Auge zubekommen, und jeden Morgen, jeden Abend wurden wir erneut mit der Frage bombardiert: In welcher Stadt in Rumänien bin ich geboren? Die Situation wurde noch schwieriger, weil Viorel ständig weinte, als würde er begreifen, was passierte.

Ich suchte wieder einen Psychiater auf. Ich erzählte ihm die Geschichte und fragte ihn, wieso eine junge Frau, die im Leben sonst doch alles hatte, immer so unzufrieden sei.

»Wir alle wollen wissen, woher wir kommen«, sagte er. »Diese philosophische Frage bewegt jeden Menschen. Im Falle Ihrer Tochter finde ich es vollkommen gerechtfertigt, dass sie ihre Herkunft erfahren möchte. Würden Sie das nicht auch wollen?«

Nein, ich hätte das nicht gewollt. Ganz im Gegenteil, ich würde es für gefährlich halten, jemanden zu suchen, der mich abgelehnt und abgewiesen hat, als ich noch nicht allein überleben konnte.

Doch der Psychiater ließ nicht locker:

»Sie sollten ihr helfen, anstatt mit ihr zu streiten. Vielleicht gibt Sherine ihren Plan ja auf, wenn sie sieht, dass Sie kein Problem damit haben. Das Jahr, das sie fern von ihren Freunden zugebracht hat, könnte eine emotionale Bedürftigkeit geschaffen haben, die sie jetzt mit kleinen Provokationen zu kompensieren versucht. Nur um die Gewissheit zu haben, dass sie geliebt wird.«

Sherine wäre besser selbst zum Psychiater gegangen, dann hätte sie vielleicht die Gründe für ihr Verhalten begriffen.

»Bringen Sie ihr Vertrauen entgegen, betrachten Sie es nicht als Bedrohung. Und wenn sie dann immer noch nicht aufgibt, dann sollten Sie ihr die Informationen geben, um die sie bittet. Wenn ich Sie richtig verstanden habe, war sie schon immer schwierig. Vielleicht geht sie ja aus dieser Suche gestärkt hervor.«

Ich fragte den Psychiater, ob er Kinder habe. Er verneinte, und ich begriff sofort, dass er nicht der Richtige war, um mir Ratschläge zu geben.

Als wir an diesem Abend vor dem Fernseher saßen, kam Sherine wieder auf das Thema zu sprechen.

»Was seht ihr gerade?«

»Nachrichten.«

»Wozu?«

»Um Neuigkeiten aus dem Libanon zu erfahren«, antwortete mein Mann.

Ich sah die Falle, aber es war schon zu spät. Sherine nutzte die Situation sofort aus.

»Ihr interessiert euch für das, was in dem Land passiert, in dem ihr geboren seid. Ihr habt euch in England gut eingelebt, habt Freunde, du verdienst hier viel Geld, Papa, ihr lebt in Sicherheit. Dennoch kauft ihr libanesische Zeitungen. Ihr sucht extra Sender, die über den Libanon berichten. Ihr stellt euch die Zukunft so vor wie die Vergangenheit, ohne dabei zu sehen, dass der Krieg nie aufhören wird.

Oder, besser gesagt, wenn ihr nicht in Kontakt mit eurer Herkunft steht, habt ihr den Kontakt zur Welt verloren. Ist es denn so schwer zu begreifen, was ich fühle?«

»Du bist unsere Tochter.«

»Und ich bin sehr stolz darauf. Und ich werde immer eure Tochter bleiben. Zweifelt bitte nie an meiner Liebe und meiner Dankbarkeit für alles, was ihr getan habt: Ich will doch nur den Ort sehen, wo ich geboren bin. Vielleicht werde ich meine leibliche Mutter fragen, warum sie mich verlassen hat, vielleicht lasse ich es aber auch, wenn ich in ihre Augen sehe. Wenn ich nicht hinfahre, werde ich mich immer als Feigling fühlen und niemals die leeren Stellen begreifen.«

»Die leeren Stellen?«

»Ich habe in Dubai Kalligraphie gelernt. Außerdem tanze ich, wenn immer es geht. So, wie es nur Musik gibt, weil es Pausen gibt, existieren Sätze nur, weil es leere Stellen zwischen den Wörtern gibt. Solange ich etwas tue, fühle ich mich ganz. Aber niemand kann vierundzwanzig Stunden aktiv sein. In dem Augenblick, in dem ich aufhöre, etwas zu tun, fühle ich, dass mir etwas fehlt.

Ihr habt mehr als einmal gesagt, dass ich von Natur aus unruhig sei. Aber ich habe mir das nicht ausgesucht: Ich würde gern ruhig hier sitzen und fernsehen. Es ist unmöglich: mein Kopf hört nicht auf zu arbeiten. Manchmal denke ich, ich werde verrückt, ich muss immer tanzen, schreiben, Grundstücke verkaufen, mich um Viorel kümmern, alles lesen, was mir in die Hände fällt. Findet ihr das normal?«

»Vielleicht ist das einfach nur dein Temperament«, sagte mein Mann.

Damit endete das Gespräch, so wie es immer endete: Viorel weinte, Sherine verschanzte sich hinter ihrem Schweigen, und ich dachte wieder einmal, dass Kinder nie anerkennen, was Eltern alles für sie tun. Am nächsten Morgen kam allerdings mein Mann auf das Thema zu sprechen.

»Vor einiger Zeit, als du gerade in Dubai warst, bin ich in den Libanon gefahren, um zu erkunden, ob wir wieder zurückkehren können. Ich bin in die Straße gegangen, in der wir gewohnt haben. Das Haus steht nicht mehr, aber das Land wird trotz der ausländischen Besatzung und ständiger Invasionen wiederaufgebaut. Mich überkam ein Gefühl der Euphorie. War nicht der Augenblick für einen Neuanfang gekommen? Aber das Wort ›Neuanfang‹ brachte mich auf den Boden der Tatsachen zurück. Die Zeit für Neuanfänge liegt hinter mir. Heute möchte ich mit dem weitermachen, was ich jetzt mache, und brauche keine neuen Abenteuer.

Ich habe die Leute besucht, mit denen ich mich früher getroffen hatte, um den Tag mit ein paar Gläsern Whisky ausklingen zu lassen. Viele Freunde waren nicht mehr da, und die, die geblieben waren, klagten über die ständige Unsicherheit. Ich bin herumgeschlendert, und wo ich früher gern spazieren ging, fühlte ich mich jetzt fremd, als gehörte ich dort nicht mehr hin. Das Schlimmste war aber, dass der Traum, eines Tages zurückzukehren, in dem Maße verblasste, wie ich die Stadt wiederentdeckte, in der ich geboren war.

Dennoch war der Besuch notwendig gewesen. Die Lieder der Heimat sind noch in meinem Herzen, aber ich weiß, dass ich nie wieder im Libanon leben werde. Jedenfalls haben mir die Tage in Beirut geholfen, den Ort besser zu verstehen, an dem ich mich heute befinde, und jeden Augenblick schätzen zu lernen, den ich in London verbringen darf.«

»Was willst du mir damit sagen, Papa?«

»Dass du recht hast. Vielleicht ist es wirklich besser, diese leeren Stellen zu begreifen. Viorel kann bei uns bleiben, wenn du weg bist.«

Er ging in sein Zimmer und kam mit einer gelben Mappe zurück. Es waren die Adoptionspapiere – die er Sherine reichte. Damit küsste er unsere Tochter und sagte, nun müsse er zur Arbeit.

Heron Ryan, Journalist

An jenem Tag im Jahr 1990 habe ich den ganzen Morgen lang nichts anderes getan, als aus dem Fenster im sechsten Stock des Hotels auf das Regierungsgebäude gegenüber zu sehen. Auf seinem Dach war gerade die Landesfahne gehisst worden, und zwar genau an der Stelle, von der aus der größenwahnsinnige Diktator mit dem Hubschrauber geflohen war. Wenige Stunden später fand er den Tod ausgerechnet durch jene, die er zweiundzwanzig Jahre lang unterdrückt hatte. Die Altstadt war von Ceaucescu abgerissen worden, der plante, eine Hauptstadt zu bauen, die es mit Washington aufnehmen könnte. Bukarest war die Stadt, die von allen Städten der Welt am stärksten zerstört worden war, ohne dass ein Krieg oder eine Naturkatastrophe über sie hinweggegangen wäre.

Am Tag meiner Ankunft hatte ich noch versucht, mit meinem Dolmetscher in den Straßen der Stadt spazieren zu gehen, aber ich spürte nichts als Elend, Ratlosigkeit und das Gefühl, dass es weder eine Zukunft noch eine Vergangenheit noch eine Gegenwart gab. Die Menschen lebten wie außerhalb von Raum und Zeit und wussten nicht, was in ihrem Land und im Rest der Welt passierte. Als ich zehn Jahre später wieder nach Bukarest kam, hatte sich das Land aus der Asche erhoben und zeigte mir, dass der Mensch jede Schwierigkeit überwinden kann – das rumänische Volk war ein Beispiel dafür.

Doch an jenem grauen Morgen, an dem ich Athena kennenlernen sollte, wartete ich in der grauen Lobby eines traurigen Hotels, und meine einzige Sorge war, ob der Dolmetscher einen Wagen und ausreichend Benzin aufgetrieben hatte, damit ich die Recherchen für meinen Dokumentarfilm für die BBC abschließen konnte. Er hätte längst da sein müssen, und mir kamen Zweifel: Würde ich nach England zurückfahren müssen, ohne mein Ziel erreicht zu haben? Ich hatte schon beträchtliche Summen für Auskünfte von Historikern, für die Ausarbeitung eines Drehbuchs, in Filmaufnahmen einiger Interviews investiert. Doch die BBC hatte, noch bevor es zu einem Vertrag kam, verlangt, dass ich zu »Draculas Schloss«, der Burg Bran, reiste und berichtete, in welchem Zustand sie sich befand. Die Reise kostete mehr, als ich erwartet hatte.

Ich versuchte, meine Freundin anzurufen: Mir wurde gesagt, ich müsse mit einer Wartezeit von einer Stunde rechnen, bis ich eine Leitung bekäme. Mein Dolmetscher könnte jeden Augenblick mit dem Wagen kommen. Ich beschloss also, kein Risiko einzugehen, da meine Zeit knapp bemessen war, und verzichtete auf den Anruf.

Ich versuchte, eine englische Zeitung zu bekommen, aber es war unmöglich. Um meine Nervosität zu unterdrücken, beobachtete ich diskret die anderen Gäste, die in der Lobby ihren Tee tranken und wahrscheinlich nur oberflächlich darüber informiert waren, was im vergangenen Jahr hier alles geschehen war: die Volksaufstände, die kaltblütigen Morde in Timisoara, die Schießereien auf den Straßen zwischen der Bevölkerung und der gefürchteten Geheimpolizei, die verzweifelt versuchte, die ihr entgleitende Macht zu behalten. Mir fiel eine Gruppe von drei Amerikanern auf, außerdem eine interessante Frau, die aber nicht von ihrer Modezeitschrift aufschaute, sowie eine sich laut unterhaltende Männerrunde, deren Sprache ich aber nicht identifizieren konnte.

Ich wollte gerade zum tausendsten Mal aufstehen und zur Eingangstür gehen, um nach dem Dolmetscher Ausschau zu halten, als sie hereinkam. Sie war Anfang zwanzig. Sie setzte sich und bestellte auf Englisch ein Frühstück. Keiner der anwesenden Männer schien ihre Ankunft bemerkt zu haben, nur die Frau mit der Modezeitschrift unterbrach ihre Lektüre.

Es mag an meiner Nervosität oder dem Ort gelegen haben, der mir allmählich Depressionen verursachte, jedenfalls nahm ich all meinen Mut zusammen und ging zu ihr.

»Verzeihen Sie, normalerweise tue ich so was nicht. Ich finde, dass das Frühstück die intimste Mahlzeit des Tages ist.«

Sie lächelte, stellte sich vor, und ich wurde sofort hellhörig. Es war so einfach gewesen – womöglich war sie eine Prostituierte. Doch ihr Englisch war perfekt, und sie war diskret gekleidet. Ich stellte keine weiteren Fragen und redete geradezu zwanghaft über mich. Gleichzeitig registrierte ich, dass die Frau am Nebentisch ihre Zeitschrift zur Seite gelegt hatte und unserer Unterhaltung folgte.

»Ich bin freier Produzent, arbeite für die BBC in London und versuche gerade nach Transsylvanien zu kommen …«

Ich sah, wie ihr Blick sich veränderte.

»… um einen Dokumentarfilm über den Vampirmythos zu drehen.«

Ich wartete: das Thema machte die Leute immer neugierig, sie aber verlor sofort das Interesse.

»Man braucht nur den Bus zu nehmen«, meinte sie. »Allerdings glaube ich nicht, dass Sie dort finden werden, was Sie suchen. Wenn Sie mehr über Dracula wissen wollen, dann lesen Sie das Buch von Bram Stoker. Der Autor ist übrigens nie dort gewesen.«

»Und Sie, kennen Sie Transsylvanien?«

»Ich weiß nicht.«

Das war keine Antwort. Vielleicht gab es ja trotz ihres britischen Akzents ein Sprachproblem.

»Ich bin auch auf dem Weg dorthin«, fuhr sie fort. »Mit dem Bus, selbstverständlich.«

Ihrer Kleidung nach zu urteilen war sie keine dieser Abenteurerinnen, die in der Welt herumreisen und die exotischsten Orte besuchen. Ich dachte wieder an meine Vermutung, sie könnte eine Prostituierte sein. Vielleicht versuchte sie, Kontakt aufzunehmen.

»Wie wäre es mit einer Mitfahrgelegenheit?«

»Ich habe meinen Fahrschein bereits gekauft.«

Ich ließ nicht locker, glaubte, die erste Ablehnung sei Teil des Spieles. Doch sie lehnte wieder ab und meinte, dass sie die Reise allein machen müsse. Ich fragte, woher sie käme, und bemerkte ein längeres Zögern, ehe sie antwortete:

»Aus Transsylvanien. Das sagte ich bereits.«

»Genau haben Sie das nicht gesagt. Aber in diesem Fall könnten Sie mir vielleicht helfen, geeignete Drehorte für meinen Film zu finden und…«

Etwas sagte mir, dass ich das Terrain noch etwas weiter sondieren sollte. Ich hatte immer noch die Vorstellung im Kopf, sie könnte eine Prostituierte sein, und es hätte mir gefallen, sehr gefallen, wenn sie mich begleitet hätte. Mit höflichen Worten lehnte sie mein Angebot ab. Jetzt mischte sich die Frau am Nebentisch ins Gespräch ein, als wollte sie die junge Frau schützen. Ich wurde offenbar als störend empfunden und beschloss daher, aufzustehen und zu gehen.

Mein Dolmetscher kam kurz darauf. Ganz außer Atem meinte er, er habe alles Notwendige bekommen, aber es würde alles etwas teurer werden (das hatte ich schon erwartet). Ich ging in mein Zimmer, nahm den bereits gepackten Koffer und setzte mich in einen klapprigen russischen Wagen.

Wir fuhren über Boulevards, auf denen es fast keinen Verkehr gab, und dabei merkte ich, dass ich neben meinem kleinen Fotoapparat, meinen Habseligkeiten, meinen Sorgen, Mineralwasserflaschen, Butterbroten auch noch die Erinnerung an eine Frau im Gepäck hatte, die mir nicht mehr aus dem Sinn ging.

In den folgenden Tagen, in denen ich das Drehbuch zur Dokumentation über den historischen Dracula vervollständigte und – wie erwartet – ergebnislos Bauern und Intellektuelle zum Mythos des Vampirs interviewte, dämmerte mir, dass ich nicht nur hier war, um einen Dokumentarfilm für das englische Fernsehen zu machen. Ich hätte gern diese abweisende junge Frau wiedergetroffen, der ich in der Hotellobby in Bukarest begegnet war und die sich in diesem Augenblick nicht weit von mir befinden musste. Ich kannte zwar nur ihren Namen, aber sie saugte wie einer dieser sagenumwobenen Vampire meine ganze Energie aus.

Das war verrückt, unsinnig und passte nicht in meine Welt und nicht in die aller anderen Menschen, die ich kannte.

Deidre O'Neill, bekannt als Edda

Ich habe Athena das erste Mal in der Lobby eines Hotels in Bukarest gesehen. Damals dachte ich mir, ich weiß zwar nicht, was sie hier macht, aber wie auch immer, sie muss ihren Weg bis zum Ende gehen. Ich musste die letzten Worte laut gesagt haben, denn sie schaute mich verblüfft an.

»Wer sind Sie?«

Ich gab keine Antwort, sondern sagte, ich hätte aus der

Frauenzeitschrift zitiert, die ich gerade las, und redete weiter über den vermeintlichen Artikel, bis der Mann, der an ihrem Tisch saß, sich erhob und ging.

»Falls Sie wissen möchten, was ich beruflich mache: Ich habe vor ein paar Jahren mein Medizinstudium abgeschlossen. Aber das interessiert Sie möglicherweise gar nicht.«

Ich machte eine Pause.

»Vielleicht möchten Sie ja eher wissen, was ich in diesem Land mache, das nach bleiernen Jahren wieder zum Leben erwacht.«

»Genau. Was machen Sie hier?«

Ich hätte sagen können: Ich bin zur Beerdigung meines Meisters gekommen, da ich fand, dass er diese Ehrung verdient hatte. Aber es wäre nicht klug gewesen, darüber zu sprechen. Zwar hatte sie keinerlei Interesse am Vampirismus gezeigt, den der Mann an ihrem Tisch erwähnt hatte. Aber beim Wort ›Meister‹ würde sie vielleicht doch stutzen. Da mein Schwur mir verbietet zu lügen, antwortete ich mit einer Halbwahrheit:

»Ich wollte sehen, wo ein Schriftsteller namens Mircea Eliade, von dem Sie wahrscheinlich noch nie etwas gehört haben, seine Jugend verlebt hat. Eliade, der einen großen Teil seines Lebens in Frankreich verbracht hat, war Spezialist für Mythen.«

Die junge Frau sah auf die Uhr und zeigte kein Interesse.

»Und mit Mythen meine ich nicht Vampire, sondern Menschen, die – sagen wir – dem Weg folgen, dem auch Sie folgen.«

Sie wollte gerade ihre Tasse zum Mund führen, hielt aber inne.

»Sind Sie von der Regierung? Oder sind Sie jemand, den meine Eltern beauftragt haben, mir zu folgen?«

Mir kamen Zweifel, ob ich das Gespräch weiterführen sollte. Ihre feindselige Haltung war vollkommen übertrieben. Doch ich konnte ihre Aura spüren, ihre Angst. Ich war wie sie gewesen, als ich in ihrem Alter war. Ich hatte wie sie innere und äußere Verletzungen, die mich dazu getrieben hatten, als Ärztin Menschen zu heilen, ihnen aber zugleich zu helfen, ihren spirituellen Weg zu finden. Ich wollte gerade sagen: »Ihre Verletzungen werden Ihnen helfen«, meine Zeitung nehmen und gehen…

Hätte ich das getan, wäre Athenas Weg möglicherweise ganz anders verlaufen. Sie würde heute noch mit dem Mann zusammenleben, den sie liebte, sich um ihren Sohn kümmern, vielleicht sogar die Besitzerin einer Immobilienfirma sein. Sie besaß alle, wirklich alle Voraussetzungen, um erfolgreich zu sein: Sie hatte genug gelitten, um ihre bitteren Erfahrungen zu ihren Gunsten zu nutzen, und es war nur eine Frage der Zeit, bis es ihr gelingen würde, ihre Unruhe zu verlieren und voranzuschreiten.

Doch was veranlasste mich, das Gespräch weiterzuführen? Die Antwort ist einfach: Neugier. Ich war von dieser starken Aura in der kalten Hotellobby fasziniert. Ich fuhr fort:

»Mircea Eliade hat Bücher mit seltsamen Titeln geschrieben: *Hexerei und kulturelle Strömungen* beispielsweise. Oder *Das Heilige und das Profane.* Mein Meister (ich sagte das aus Versehen, aber sie hatte es entweder nicht gehört oder tat so, als hätte sie es nicht bemerkt) liebte dessen Arbeit sehr. Und meine Intuition sagt mir, dass Sie sich für diese Themen interessieren.«

Sie sah wieder auf die Uhr.

»Ich bin auf dem Weg nach Sibiu«, sagte die junge Frau. »Mein Bus fährt in einer Stunde, ich werde meine Mutter suchen, wenn es das ist, was Sie wissen wollen. Und falls es Sie interessiert: Ich arbeite als Immobilienmaklerin im Nahen Osten und habe einen fast vierjährigen Sohn. Meine Eltern leben in London. Oder vielmehr meine Adoptiveltern, denn ich wurde als kleines Kind weggegeben. – Das wollten Sie doch wissen, oder?«

Ihre Intuition war wirklich hoch entwickelt, sie hatte sich unbewusst in mich hineinversetzt.

»Ja, das wollte ich wissen.«

»Mussten Sie von so weit herkommen, um über einen Schriftsteller zu forschen? Gibt es dort, wo Sie leben, keine Bibliotheken?«

»In der Tat hat dieser Schriftsteller nur bis zum Abschluss seines Studiums in Rumänien gelebt. Daher müsste ich, um mehr über seine Arbeit zu erfahren, nach Paris, London oder Chicago fahren, wo er übrigens gestorben ist. Ich betreibe keine Forschungen im herkömmlichen Sinne: Wie ich schon sagte, möchte ich die Welt, in die er hineingeboren wurde, kennenlernen. Ich möchte nachvollziehen, was ihn dazu bewegt hat, über Dinge zu schreiben, die mein Leben berühren und das Leben von Menschen, die ich achte.«

»Hat er auch über Medizin geschrieben?«

Es war besser, darauf keine Antwort zu geben. Mir war klar, dass sie das Wort »Meister« mitbekommen hatte, aber glaubte, es habe etwas mit meinem Beruf zu tun.

Die junge Frau erhob sich. Ich glaube, sie ahnte, worauf ich hinauswollte – ich konnte sehen, wie ihre Aura heller strahlte. Eine Aura kann ich nur wahrnehmen, wenn ich in der Nähe von jemandem bin, der mir sehr ähnlich ist.

»Hätten Sie Lust, mich zum Bahnhof zu begleiten?«, fragte sie.

Das hatte ich tatsächlich. Mein Flug würde erst am späten Abend gehen, und ein ganzer langer Tag lag vor mir. Zudem wollte ich mich gern weiter mit ihr unterhalten.

Sie ging hinauf in ihr Zimmer und kehrte mit ihren Koffern und vielen Fragen zurück. Kaum hatten wir das Hotel verlassen, begann sie das Gespräch:

»Ich habe ein paar Fragen an Sie. Vielleicht werde ich Sie in diesem Leben nie wiedersehen, daher möchte ich Sie bitten, mir ganz direkt zu antworten.«

Ich nickte.

»Sie haben all diese Bücher gelesen. Glauben Sie, dass Tanz uns in Trance versetzen und uns ein Licht sehen machen kann? Und dass wir mit diesem Licht nichts anfangen können, es sei denn, wir sind entweder zutiefst zufrieden oder tieftraurig?«

Die richtige Frage.

»Zweifellos. Aber nicht nur der Tanz. Alles, auf das wir uns konzentrieren können und was uns erlaubt, den Körper vom Geist zu trennen. Wie Yoga oder Beten oder die Meditation der Buddhisten.«

»Oder die Kalligraphie.«

»Daran hatte ich noch gar nicht gedacht, aber das ist durchaus möglich. In diesen Augenblicken lässt der Körper die Seele frei, sie steigt in den Himmel hinauf oder in die Hölle hinab. An beiden Orten lernt sie, was sie braucht, um entweder ihren Nächsten zu heilen oder ihn zu zerstören.

Aber mich interessieren diese individuellen Wege nicht mehr. Meiner Tradition zufolge brauche ich die Hilfe von – hören Sie mir überhaupt zu?«

»Nein.«

Sie war mitten auf der Straße stehengeblieben und schaute auf ein Mädchen, das verlassen wirkte. Sofort griff sie in ihre Tasche.

»Tun Sie das nicht«, sagte ich. »Schauen Sie auf die andere Straßenseite. Dort steht eine Frau mit bösem Blick. Sie hat dieses Kind dorthin gestellt, damit es …«

»Das ist mir egal.«

Die junge Frau holte ein paar Münzen aus der Tasche. Ich hielt ihre Hand fest.

»Lassen Sie uns das Mädchen zum Essen einladen. Das ist nützlicher.«

Ich lud das Kind ein, mit zu einem Imbiss zu kommen. Dort kaufte ich ihm ein Sandwich und gab es ihm. Das Mädchen lächelte und bedankte sich: Die Augen der Frau auf der anderen Straßenseite schienen vor Hass zu funkeln. Doch die grauen Augen der jungen Frau, die neben mir ging, verrieten Bewunderung für das, was ich eben getan hatte.

»Was haben Sie gerade gesagt?«

»Das ist nicht weiter wichtig. Wissen Sie übrigens, was vor ein paar Minuten passiert ist? Sie sind in die gleiche Trance gefallen, die der Tanz hervorruft.«

»Sie irren sich.«

»Ich irre mich keineswegs. Etwas hat Ihr Unterbewusstsein berührt. Vielleicht haben Sie sich selber gesehen. Wären Sie nicht adoptiert worden, hätten Sie auf dieser Straße gebettelt. In diesem Augenblick hat Ihr Gehirn nicht mehr reagiert. Ihr Geist ist aus Ihnen herausgetreten und ist in die Hölle gereist, ist dort den Dämonen Ihrer Vergangenheit begegnet. Deshalb haben Sie die Frau auf der anderen Straßenseite nicht bemerkt – Sie waren in Trance. In einer spontanen Trance, die Sie dazu trieb, etwas zu tun, was theoretisch gut, aber praktisch unnütz gewesen wäre. Als befänden Sie sich …«

»In einem der weißen Zwischenräume zwischen den Buchstaben. In dem Augenblick, in dem ein Ton verklingt und der nächste noch nicht begonnen hat.«

»Genau. Aber eine derartige Trance kann gefährlich sein.«

Ich hätte beinahe gesagt: »Diese Art von Trance wird von Angst hervorgerufen: Sie lähmt den Menschen, nimmt ihm seine Reaktionsfähigkeit, der Körper antwortet nicht, seine Seele ist nicht mehr da. Sie waren voller Schrecken angesichts all dessen, was hätte geschehen können, hätte das Schicksal Ihnen nicht Ihre Eltern geschenkt.« Aber sie hatte derweil die Koffer abgestellt und schaute mir ins Gesicht.

»Wer sind Sie? Warum sagen Sie mir das alles?«

»Mein bürgerlicher Name ist Deidre O'Neill. Angenehm. Und wie heißen Sie?«

»Athena. Aber in meinem Pass steht Sherine Khalil.«

»Wer hat Ihnen diesen Namen gegeben?«

»Niemand, der wichtig wäre. Aber ich habe nicht nach Ihrem Namen gefragt, ich habe gefragt, wer Sie sind. Ich wüsste auch gern, warum Sie mich angesprochen haben und warum ich ebenfalls den Wunsch verspürt habe, mit Ihnen zu reden. Liegt es daran, dass wir beide die einzigen Frauen in der Hotellobby waren? Ich glaube nicht: Sie sagen mir Dinge, die in meinem Leben einen Sinn ergeben.«

Sie nahm wieder ihre Koffer, und wir gingen weiter Richtung Bahnhof.

»Ich habe auch einen zweiten Namen. Edda. Aber er wurde nicht zufällig gewählt. Ebenso wenig wie ich glaube, dass uns der Zufall zusammengeführt hat.«

Vor uns lag der Eingang zum Bahnhof mit seinem regen Treiben: Militärs in Uniform, Bauern, hübsche Frauen, die aber gekleidet waren wie vor fünfzig Jahren, strömten heraus und hinein.

»Wenn uns nicht der Zufall zusammengeführt hat, was dann?«

Bis zur Abfahrt ihres Busses war es noch eine halbe Stunde, und ich hätte antworten können: die Große Mutter. Es gibt einige auserwählte Menschen, von denen ein ganz besonderes Leuchten ausgeht. Es ist ihnen bestimmt, einander zu begegnen. Sie – Sherine oder Athena – gehören dazu, allerdings müssen Sie noch viel an sich arbeiten, bis Sie die Energie, die Ihnen gegeben wurde, für sich nutzen können.

Ich hätte ihr erklären können, dass sie den klassischen Weg einer Hexe ging, deren Suche nach der höheren oder der niederen Welt durch das bestimmt wird, was ihre Persönlichkeit ausmacht. Am Ende aber zerstört sie fast immer ihr eigenes Leben – sie dient, gibt Energie weiter, bekommt aber keine zurück.

Ich hätte ihr erklären können, dass die Wege zwar ganz persönlich sind, es aber immer eine Wegstrecke gibt, in der Menschen sich zusammentun, zusammen feiern, ihre Schwierigkeiten besprechen und sich auf die Wiedergeburt der Großen Mutter vorbereiten. Dass die Verbindung mit dem Göttlichen Licht die größte Wirklichkeit ist, die ein Mensch je erfahren kann, und dass diese Verbindung dennoch der Tradition zufolge, der ich angehöre, nie ganz allein gelebt werden darf, weil es Jahre, Jahrhunderte der Verfolgung gab, die uns viel gelehrt haben.

»Wir könnten, bis der Bus abfährt, noch einen Kaffee zusammen trinken.«

Nein, das wollte ich nicht. Ich würde am Ende Dinge sagen, die zu diesem Zeitpunkt falsch verstanden werden würden.

»Bestimmte Menschen waren sehr wichtig für mein Leben«, fuhr Athena fort. »Mein Vermieter in London beispielsweise. Oder ein Kalligraph, den ich in der Wüste in der Nähe von Dubai kennengelernt habe. Wer weiß, vielleicht haben Sie mir Dinge zu sagen, die ich mit den beiden teilen kann, um alles das zu entgelten, was sie mich gelehrt haben.«

Sie hatte also bereits Meister gehabt: großartig! Ihr Geist war reif. Sie musste nur weiterlernen, sonst würde sie am Ende verlieren, was sie schon erreicht hatte. Aber war ich der richtige Mensch dafür?

Ich bat die Große Mutter darum, mich zu inspirieren, zu mir zu sprechen. Ich bekam keine Antwort – was mich nicht überraschte, weil sie mich immer so behandelte, wenn es darauf ankam, dass ich selber die Verantwortung für eine Entscheidung übernahm.

Ich reichte ihr meine Visitenkarte und bat sie um ihre. Sie gab mir eine Adresse in Dubai.

Ich beschloss, sie noch etwas auf die Probe zu stellen.

»Ist es nicht ein Zufall, dass sich drei Engländer in einer Hotellobby in Bukarest treffen?«

»Ihrem Namen nach zu urteilen, sind Sie Schottin. Der

Mann, der mich angesprochen hat, scheint in England zu arbeiten, aber ich weiß nichts über ihn.«

Sie atmete tief ein.

»Und ich bin … Rumänin.«

Ich ging nicht darauf ein, meinte aber, es sei jetzt Zeit für mich, ins Hotel zurückzukehren und meine Koffer zu packen.

Jetzt wusste sie, wo sie mich finden konnte, und wenn es vorherbestimmt war, würden wir uns wiedersehen. Man muss dem Schicksal Gelegenheit geben, in unser Leben einzugreifen und zu entscheiden, was für alle das Beste ist.

Vosho »Bushalo«, 65 Jahre alt, Restaurantbesitzer

Diese Westeuropäer kommen hier an und meinen, sie wüssten alles, meinen, sie hätten Anspruch auf eine bessere Behandlung, das Recht, uns mit Fragen zu bombardieren, und wir hätten gefälligst zu antworten. Und dann glauben sie noch, dass sie die Vergangenheit wiedergutmachen können, indem sie unseren Namen in »Volk der Reisenden« oder »die Roma« ändern.

Warum nennen sie uns nicht einfach weiter Zigeuner und hören mit diesen Legenden auf, die uns vor aller Welt immer als niederträchtige Menschen darstellen? Sie behaupten, wir seien aus der unerlaubten Verbindung einer Frau mit dem Dämon selbst hervorgegangen. Sie sagen, dass einer von uns die Nägel geschmiedet habe, mit denen Christus ans Kreuz geschlagen wurde, dass Mütter auf ihre Kinder achtgeben müssten, weil wir sie rauben und versklaven.

Damit haben sie die im Laufe der Geschichte an uns begangenen Massaker gerechtfertigt – im Mittelalter wurden wir wie die Hexen gejagt, jahrhundertelang wurde unsere Zeugenaussage vor deutschen Gerichten nicht angenommen. Als die Nazis Europa überfielen, war ich schon geboren und habe zusehen müssen, wie mein Vater das erniedrigende Symbol eines schwarzen Dreiecks auf seiner Kleidung tragen musste und in ein Konzentrationslager in Polen deportiert wurde. Von den Hunderttausenden zur Sklavenarbeit geschickten Zigeuner haben ganze 5000 überlebt, um die Geschichte zu erzählen.

Aber niemand, wirklich niemand will diese Geschichte hören.

In dieser von der Welt vergessenen Region, in der sich die meisten Zigeunerstämme niedergelassen haben, waren bis vor ein paar Jahren unsere Religion und Sprache verboten. Fragt man irgend jemanden in der Stadt, was er von den Zigeunern hält, wird er ohne nachzudenken sagen: »Das sind alles Diebe.« Obwohl wir versuchen, ein normales Leben zu führen, das ewige Umherziehen aufgeben und an Orten leben, in denen wir nicht sofort auffallen, geht der Rassismus weiter. Meine Kinder müssen sich in der Schule in die letzte Reihe setzen, und es vergeht keine Woche, in der sie nicht von jemandem beschimpft werden.

Außerdem wirft man uns vor, dass wir nie direkt auf Fragen nach unserer Herkunft antworten. Warum tun wir das wohl? Jedermann glaubt, einen Zigeuner erkennen zu können, jedermann weiß, wie man sich gegen unsere »bösen Taten« schützen kann.

Wenn dann eine junge gebildete Frau auftaucht und lächelnd erklärt, sie gehöre unserer Kultur und Rasse an, läuten bei mir die Alarmglocken. Sie könnte eine Abgesandte der Securitate sein, der Geheimpolizei dieses verrückten Diktators, des Conducators, des Genies der Karpaten, des Führers. Es heißt, er sei vor Gericht gestellt und erschossen worden, aber ich glaube das nicht. Sein Sohn hat in dieser Region immer noch Macht, obwohl er zurzeit verschwunden ist.

Die junge Frau lässt nicht locker: Sie lächelt, als wäre das, was sie da sagt, besonders lustig. Sie behauptet, ihre Mutter sei Zigeunerin, und sagt, sie sei auf der Suche nach ihr. Sie gibt den vollständigen Namen dieser Mutter an. Wie kann sie an diese Information herangekommen sein, wenn nicht durch die Securitate?

Es ist besser, die Leute, die Verbindung zur Regierung haben, nicht zu verärgern. Ich sage daher, dass ich von nichts weiß, nur ein Zigeuner bin, der beschlossen hat, ein ehrsames Leben zu führen. Doch die Frau ist beharrlich: Sie will ihre Mutter sehen. Ich weiß, von wem sie spricht, ich weiß auch, dass diese Person vor mehr als zwanzig Jahren ein Kind bekommen hat, das sie in einem Waisenhaus abgab und von dem sie nie wieder hörte. Wir waren wegen dieses Schmiedes, der sich für den Herrn der Welt hielt, gezwungen, sie in unserer Gemeinschaft zu belassen, obwohl sie ein uneheliches Kind bekommen hatte. Aber wer garantiert mir, dass die junge Frau, die vor mir steht, Lilianas Tochter ist? Wenn sie schon herauszufinden versucht, wer ihre Mutter ist, sollte sie wenigstens unsere Bräuche achten und nicht rotgekleidet herumlaufen, denn es ist nicht ihr Hochzeitstag. Sie sollte lange Röcke tragen, um Männer nicht auf wollüstige Gedanken zu bringen. Und sie hätte mich nie so ansprechen dürfen, wie sie es getan hat.

Wenn ich heute von ihr in der Gegenwartsform spreche, dann weil es für jene, die reisen, keine Zeit gibt – nur den Raum. Wir sind von sehr weit hergekommen. Einige behaupten, wir stammten ursprünglich aus Indien, andere sagen, wir kämen aus Ägypten. Tatsache aber ist, dass wir unsere Vergangenheit mit uns tragen, als wäre sie gerade eben geschehen. Und die Verfolgungen gehen noch immer weiter.

Die junge Frau versucht freundlich zu sein, zeigt, dass sie etwas über unsere Kultur weiß, was aber vollkommen nebensächlich ist. Sie sollte unsere Bräuche befolgen, das wäre wichtiger.

»Ich habe in der Stadt erfahren, dass Sie ein Rom Baro sind, der Stammesälteste. Ich habe viel über unsere Geschichte gelernt, bevor ich hierhergekommen bin.«

»Bitte, es ist nicht *unsere*, es ist meine, die meiner Frau, meiner Kinder, meines Stammes. Sie sind eine Europäerin. Sie sind nie auf der Straße mit Steinen beworfen worden wie ich. Da war ich gerade fünf Jahre alt.«

»Ich dachte, die Lage der Zigeuner habe sich allmählich gebessert.«

»Sie ist immer mal besser geworden, um anschließend wieder schlechter zu werden.«

Aber die Frau hört nicht auf zu lächeln. Sie bestellt einen Whisky. Unsere Frauen würden so etwas nie tun.

Wäre sie hier nur hereingekommen, um etwas zu trinken oder um Gesellschaft zu haben, würde ich sie einfach wie einen Gast behandeln. Ich habe gelernt, freundlich, aufmerksam und zuvorkommend zu sein, weil mein Geschäft davon abhängt. Wenn die Gäste meines Restaurants mehr über Zigeuner wissen möchten, erzähle ich ein paar Anekdoten, kündige die Musikgruppe an, die bald auftreten wird, mache ein paar Bemerkungen zu unserer Kultur, und sie verlassen das Restaurant in der Überzeugung, alles über uns zu wissen.

Doch die junge Frau ist nicht auf der Suche nach Touristenattraktionen: Sie behauptet, zu uns zu gehören.

Sie reicht mir noch einmal die Urkunde, die sie von der Regierung bekommen hat. Ich finde zwar, dass die Regierung tötet, stiehlt, lügt, aber sie wird doch nicht etwa so weit gehen, gefälschte Urkunden auszustellen, und die junge Frau ist wahrscheinlich wirklich Lilianas Tochter, denn auf der Urkunde steht ihr ganzer Name und ihr Geburtsort. Ich habe aus dem Fernsehen erfahren, dass das Genie der Karpaten, der Vater des Volkes, unser aller Conducator, derjenige, der uns Hunger leiden ließ, während er alles ins Ausland exportierte, derjenige, der Paläste mit vergoldetem Besteck besaß, während das Volk an Entkräftung starb – dass dieser Mann mit seiner verdammten Ehefrau der Securitate befohlen hat, Babys aus den Waisenhäusern zu holen, um sie vom Staat zu Mördern ausbilden zu lassen.

Sie nahmen nur Jungen mit. Die Mädchen ließen sie dort. Vielleicht ist sie ja wirklich die Tochter.

Ich werfe noch einmal einen Blick auf die Urkunde und überlege, ob ich ihr sagen soll, wo sich ihre Mutter befindet. Liliana verdient es, dieser gebildeten jungen Frau zu begegnen, die sagt, sie sei »eine von uns«. Liliana verdient es, dieser Frau in die Augen zu blicken. Ich glaube, sie hat genug gelitten, seitdem sie ihr Volk verraten, mit einem *gadjo* geschlafen, ihren Eltern Schande bereitet hat. Vielleicht ist jetzt der Augenblick gekommen, ihrer Hölle ein Ende zu bereiten, ihr zu zeigen, dass ihre Tochter überlebt hat, Geld verdient und ihr vielleicht sogar helfen kann, aus dem Elend herauszukommen, in dem sie lebt.

Vielleicht kann ich ja etwas für die Information verlangen. Vielleicht kann unser Stamm in Zukunft ein paar Vergünstigungen erhalten, denn wir leben in wirren Zeiten, in denen alle sagen, dass das Genie der Karpaten tot ist, sie zeigen uns sogar Bilder seiner Exekution. Aber er kann morgen wiederauferstehen, und dann war alles nichts als eine große Lüge, die jemand in seiner Umgebung inszeniert hat.

Die Musiker werden bald anfangen zu spielen. Ich rede jetzt besser mit ihr übers Geschäft.

»Ich weiß, wo diese Frau lebt. Und ich kann Sie zu ihr bringen.«

Ich rede jetzt in freundlicherem Ton mit ihr.

»Ich dachte mir schon so etwas«, entgegnet sie und streckt mir sehr viel mehr Geld hin, als ich verlangen wollte.

»Das reicht nicht einmal, um das Taxi bis dorthin zu bezahlen.«

»Sie erhalten noch einmal so viel, wenn ich an meinem Ziel angelangt bin.«

Ich spüre das erste Mal, dass sie zögert. Sie scheint Angst zu haben weiterzumachen. Ich nehme das Geld und verstaue es hinter dem Tresen.

»Morgen bringe ich Sie zu Liliana.«

Ihre Hände zittern. Sie bestellt noch einen Whisky, doch plötzlich tritt ein Mann in die Bar, erbleicht und geht geradewegs auf sie zu. Für mich sieht es so aus, als hätten die beiden sich vor kurzem kennengelernt, aber heute reden sie bereits miteinander, als seien sie alte Freude. In seinen Blicken liegt Begehren. Sie ist sich dessen bewusst und provoziert ihn noch mehr. Der Mann bestellt eine Flasche Wein, und die beiden setzen sich an einen Tisch, und mir scheint, sie hat die Geschichte mit ihrer Mutter schon vergessen.

Aber ich will die andere Hälfte des Geldes haben. Als ich den Wein an den Tisch bringe, frage ich sie nach dem Hotel, in dem sie abgestiegen ist, und sage ihr, dass ich am nächsten Morgen um zehn Uhr dort sein werde.

Heron Ryan, Journalist

Gleich beim ersten Glas Wein erzählte sie mir, obwohl ich sie selbstverständlich nicht danach gefragt hatte, dass sie einen Freund habe, der Inspektor bei Scotland Yard sei. Das war natürlich gelogen: Sie musste meine Blicke gedeutet haben und versuchte nur, mich von sich fernzuhalten.

Ich entgegnete, ich hätte eine Freundin, und damit stand es zwischen uns beiden unentschieden.

Zehn Minuten, nachdem die Musik angefangen hatte, stand Athena vom Tisch auf. Wir hatten wenig miteinander geredet – nicht über meine Forschungen über Vampire, nur Allgemeines, Eindrücke von der Stadt, Klagen zum Zustand der Straßen. Aber ganz unvermittelt sah ich – und alle im Restaurant mit mir – eine Göttin, die sich in ihrer ganzen Herrlichkeit zeigte, eine Priesterin, die Engel und Dämonen heraufbeschwor.

Sie hatte die Augen geschlossen und schien nicht mehr zu wissen, wer sie war, wo sie war, was sie auf der Welt suchte. Es war, als schwebte sie und riefe dabei ihre Vergangenheit herbei, als offenbarte sie ihre Gegenwart und sagte die Zukunft voraus. Sie verband Erotik und Keuschheit, Pornographie und Erleuchtung, sie war zugleich Anbetung Gottes und der Natur.

Die Leute hörten auf zu essen und sahen ihr zu. Sie folgte nicht mehr der Musik, jetzt versuchten die Musiker ihre Schritte zu begleiten, und das Restaurant im Keller eines alten Gebäudes in Sibiu wurde zu einem dieser ägyptischen Tempel, in denen sich die Jüngerinnen von Isis zu ihren Fruchtbarkeitsritualen versammelten. Der Geruch nach gegrilltem Fleisch und Wein verwandelte sich in den Duft von Weihrauch, der uns in die gleiche Trance versetzte, uns die Erfahrung vermittelte, aus der Welt heraus in eine unbekannte Dimension zu gelangen.

Die Saiten- und Blasinstrumente hatten aufgehört zu spielen, nur die Schlaginstrumente machten weiter. Athena tanzte entrückt, Schweiß rann ihr übers Gesicht, die nackten Füße stampften auf den Holzboden. Eine Frau erhob sich und band ihr sanft ein Tuch um Hals und Brüste, denn Athenas Bluse drohte ständig von der Schulter herunterzurutschen. Sie schien es nicht zu bemerken, sie war in anderen Sphären, drang in Welten vor, die unsere Welt fast berühren, uns aber immer verschlossen bleiben.

Die Leute im Restaurant begannen im Takt der Schlaginstrumente zu klatschen, und Athena tanzte schneller, nahm die Energie des Händeklatschens in sich auf, drehte sich um sich selbst, hielt sich in der Leere im Gleichgewicht, riss alles mit sich, was wir, die armen Sterblichen, der höchsten Gottheit darbieten sollten.

Und plötzlich blieb sie stehen. Alle hielten inne, auch die Musiker an den Perkussionsinstrumenten. Athena hielt ihre Augen weiterhin geschlossen. Tränen rollten ihr übers Gesicht. Sie hob die Arme zum Himmel und rief:

»Wenn ich sterbe, begrabt mich aufrecht, denn ich habe mein ganzes Leben lang auf Knien verbracht.«

Keiner sagte etwas. Sie öffnete die Augen, als würde sie aus einem tiefen Schlaf erwachen, und kam zum Tisch zurück, als wäre nichts geschehen. Das Orchester spielte wieder, Paare gingen auf die Tanzfläche und versuchten sich zu amüsieren, doch die Stimmung im Lokal hatte sich vollkommen verändert. Die Leute zahlten bald und begannen das Restaurant zu verlassen.

»Ist alles in Ordnung?«, fragte ich, als ich sah, dass Athena sich von der körperlichen Anstrengung erholte.

»Ich habe Angst. Ich habe den Ort gefunden, den ich gesucht habe, doch ich habe Angst, dorthin zu gehen.«

»Möchten Sie, dass ich Sie begleite?«

Sie schüttelte den Kopf. Aber sie fragte, in welchem Hotel ich sei. Ich gab ihr die Adresse.

In den darauffolgenden Tagen beendete ich die Recherchen zu meinem Film. Ich schickte meinen Dolmetscher mit dem Mietwagen nach Bukarest zurück und blieb nur in Sibiu, weil ich Athena noch einmal sehen wollte. Obwohl ich jemand bin, der sich immer vom Verstand leiten lässt, jemand, der weiß, dass man Liebe nicht nur einfach entdecken, sondern auch allmählich aufbauen kann, war mir klar, dass ich, wenn ich sie nicht wiedersehe, einen wichtigen Teil meines Lebens für immer in Transsylvanien lassen würde. Wie wichtig dieser Teil war, wurde mir allerdings erst sehr viel später klar. Ich quälte mich durch endlose, gleichförmige Stunden des Wartens, ging mehr als einmal zum Busbahnhof, um die Abfahrtszeiten der Busse nach Bukarest herauszufinden, gab für Telefongespräche mit der BBC und meiner Freundin mehr aus, als mein kleines Budget als freier Produzent erlaubte. Ich sagte, dass das Material noch nicht fertig sei, dass die Rumänen so kompliziert seien, sich immer aufregten, wenn jemand das schöne Transsylvanien mit der grauenhaften Geschichte von Dracula in Verbindung brachte. Am Ende konnte ich die Produzenten überzeugen, und sie ließen mich länger als ursprünglich geplant dort bleiben.

Athena und ich waren im gleichen Hotel untergebracht. Eines Tages erschien sie dann endlich in der Lobby, und unsere erste Begegnung schien ihr wieder einzufallen. Diesmal lud sie mich ein, mit ihr auszugehen, und ich versuchte meine Freude zu verbergen. Vielleicht spielte ich ja auch in ihrem Leben eine wichtige Rolle.

Später fand ich heraus, dass der Satz, den sie am Ende ihres Tanzes ausgerufen hatte, ein altes Zigeunersprichwort war.

Liliana, Schneiderin, Alter und Nachname unbekannt

Der einzige Stammesbrauch, den ich nicht befolgt habe, war, dass ich, als mein Kind geboren wurde, nicht meinen Mann an meiner Seite hatte. Aber die Hebammen sind gekommen, obwohl sie wussten, dass ich mit einem *gadjo*, einem Fremden, geschlafen hatte. Sie lösten mein Haar, trennten die Nabelschnur durch, gaben mir das Kind. In diesem Augenblick sollte, so verlangte es die Tradition, das Kind in ein Kleidungsstück seines Vaters gewickelt werden. Er hatte ein Tuch zurückgelassen, das mich an seinen Duft erinnerte und in das ich hin und wieder die Nase steckte, um ihn bei mir zu fühlen. Jetzt würde ich den Duft aber für immer verlieren.

Ich wickelte meine Tochter in das Tuch und legte sie auf den Boden, damit sie die Energie der Erde empfing. Ich saß bei ihr und wusste nicht, was ich fühlen, was ich denken sollte. Mein Entschluss war bereits gefasst.

Die Hebammen sagten, ich müsse einen Namen für sie wählen, ihn aber niemandem sagen. Er dürfe erst ausgesprochen werden, nachdem sie getauft war. Sie gaben mir geweihtes Öl und die Amulette, die ich ihr zwei Wochen später um den Hals binden sollte. Eine der Hebammen sagte, ich solle mir keine Sorgen machen, der ganze Stamm sei für mein Kind verantwortlich und ich müsse mich nur an die Kritik der anderen gewöhnen – sie würden schon irgendwann wieder damit aufhören. Sie rieten mir auch, das Haus nicht zwischen Abend- und Morgendämmerung zu verlassen, da die *tsinvari* – die bösen Geister – uns in dieser Zeit angreifen und Besitz von uns ergreifen würden und unser Leben in eine einzige Tragödie verwandeln würden.

Eine Woche später bin ich direkt nach Sonnenaufgang zu einem Adoptionszentrum in Sibiu gegangen, um meine Tochter dort auf die Schwelle zu legen in der Hoffnung, eine barmherzige Hand werde sie dort aufsammeln. Als ich es gerade tun wollte, packte mich eine Krankenschwester am

Arm und zog mich hinein. Sie beschimpfte mich, sagte mir, es würde immer jemand aufpassen, ob eine wie ich käme. Ich könne mich meiner Verantwortung, ein Kind auf die Welt gebracht zu haben, nicht einfach so entledigen. »Selbstverständlich war von einer Zigeunerin nichts anderes zu erwarten!«

Sie zwang mich, eine Karteikarte mit allen Angaben auszufüllen, und da ich nicht schreiben konnte, sagte sie noch einmal: »Selbstverständlich war von einer Zigeunerin nichts anderes zu erwarten! Und versuch bloß nicht, falsche Angaben zu machen, du kommst sonst ins Gefängnis.« Aus Angst habe ich am Ende die Wahrheit erzählt.

Ich schaute meine Tochter ein letztes Mal an und brachte nur heraus: »Mädchen ohne Namen, mögest du Liebe, sehr viel Liebe in deinem Leben finden.«

Ich verließ das Waisenhaus und ging viele Stunden lang durch den Wald. Ich erinnerte mich dabei an die Nächte meiner Schwangerschaft, in denen ich das Kind und den Mann, der es in meinen Leib gepflanzt hatte, liebte und hasste.

Wie jede Frau hatte ich immer davon geträumt, meinem Märchenprinzen zu begegnen, zu heiraten, mein Haus mit Kindern zu füllen, für meine Familie zu sorgen. Wie viele Frauen verliebte ich mich schließlich in einen Mann, der mir das nicht geben konnte – aber mit dem ich unvergessliche Augenblicke erlebte. Augenblicke, die ich dem Kind nicht würde verständlich machen können. Es würde immer innerhalb des Stammes stigmatisiert bleiben, eine *gadjo* und ein Mädchen ohne Vater. *Ich* hätte es ertragen, aber ich wollte nicht, dass sie das gleiche Leid erfuhr, das ich erfahren hatte, seit ich wusste, dass ich schwanger war.

Ich hatte geweint und mich selber bis aufs Blut gekratzt,

weil ich dachte, dass der Schmerz mich vielleicht ins Leben zurückbrächte, mich weniger grübeln und mich die Verachtung des Stammes aushalten ließe: Jemand würde sich um mein kleines Mädchen kümmern, und ich würde in der Hoffnung weiterleben, es einmal wiederzusehen, wenn es erwachsen war.

Ich setzte mich neben einen Baum auf den Boden und klammerte mich an den Stamm. Ich konnte nicht aufhören zu weinen. Doch als meine Tränen und das Blut meiner Wunden seine Borke berührten, ergriff mich eine eigenartige Ruhe. Mir war, als hörte ich eine Stimme, die mir sagte, dass ich mich nicht sorgen solle, dass mein Blut und meine Tränen mein Kind geläutert und mein eigenes Leid gelindert hätten. Seither erinnere ich mich immer an diese Stimme, wenn ich verzweifle, und werde wieder ruhig.

Daher war ich nicht überrascht, als ich mein Kind mit dem Rom Baro unseres Stammes kommen sah – der um einen Kaffee oder sonst etwas zu trinken bat, vielsagend lächelte und gleich wieder ging. Die Stimme hatte mir auch gesagt, mein Kind werde eines Tages wiederkommen. Und da stand sie vor mir. Ich sehe es jetzt, als würde es in diesem Augenblick geschehen. Sie ist hübsch, sieht ihrem Vater ähnlich. Ich weiß nicht, was sie für mich empfindet – vielleicht Hass, weil ich sie einst verlassen habe. Es bringt nichts, zu erklären, warum ich es getan habe. Niemand auf der Welt würde es verstehen.

Wir schauen einander eine Ewigkeit lang wortlos an – ohne zu lächeln, ohne zu weinen, einfach so. Ich spüre, wie ich von Liebe erfüllt werde, und weiß doch nicht, ob sie wissen will, was ich fühle.

»Hast du Hunger? Möchtest du etwas essen?«

Sie nickt.

»Du sprichst ja Englisch.«

Ich will schon sagen, »das war dein Vater«, halte mich aber zurück.

Wir treten in das kleine Zimmer, in dem ich lebe, das zugleich Wohn-, Schlafzimmer, Küche und Nähstube ist. Sie schaut sich entsetzt um, doch ich tue so, als bemerke ich es nicht. Ich gehe zum Herd, komme mit zwei Tellern dicker Gemüsesuppe wieder zurück. Wir essen schweigend, und während die Zeit vergeht, kommt mir alles vertraut vor: ich sitze da mit meiner Tochter, sie ist durch die Welt gewandert und ist nun zurückgekommen. Sie hat andere Wege kennengelernt und ist nach Hause zurückgekehrt. Ich weiß, dass dies eine Illusion ist, aber das Leben hat mir so viele Augenblicke harter Wirklichkeit geschenkt, dass Träumen wohltut. Anschließend mache ich einen starken Kaffee, und als ich gerade Zucker hineintun will, sagt sie:

»Ohne Zucker, bitte.«

Sie deutet auf ein Bild an der Wand. »Wer ist diese Heilige?«

»Die heilige Sara, die Schutzpatronin der Zigeuner. Ich hätte so gern ihre Kirche in Frankreich besucht, aber wir dürfen hier nicht weg. Ich würde keinen Pass bekommen, keine Erlaubnis …«

Fast hätte ich gesagt: »Selbst wenn ich einen Pass bekommen könnte, hätte ich kein Geld, um …« Doch ich breche den Satz ab. Sie könnte glauben, ich wolle etwas von ihr erbitten.

»… und meine Arbeit lässt mir keine Zeit.«

Wieder Schweigen. Sie zündet eine Zigarette an, trinkt ihren Kaffee. Ihr Blick drückt nichts aus, kein Gefühl.

»Hast du geglaubt, dass du mich eines Tages wiedersehen würdest?«

Ich sage ja. Außerdem hatte ich gestern vom Rom Baro erfahren, dass sie in seinem Restaurant war.

»Ein Unwetter naht. Möchtest du etwas ausruhen?«

»Nein, ich möchte lieber reden. Aber wieso soll ein Unwetter aufziehen. Der Wind ist doch nicht stärker oder schwächer als vorher?«

»... aber du wirst sicher müde sein«, fahre ich fort und tue so, als hätte ich ihren Einwurf nicht gehört. »Ruhe dich aus, bis das Unwetter vorüber ist. Es wird bald hier sein. Ich kenne mich damit aus. Und wie jedes Unwetter bringt es Zerstörung. Zugleich aber wässert es die Felder, und mit dem Regen kommt die Weisheit des Himmels auf die Erde herab. Doch wie jedes andere Unwetter wird es vorübergehen. Je heftiger es ist, umso rascher.«

Unwetter machen mir keine Angst. Und als hätte die heilige Sara mich erhört, fallen die ersten Tropfen auf das Wellblechdach. Als die junge Frau ihre Zigarette aufgeraucht hat, nehme ich sie bei der Hand und führe sie ins Schlafzimmer. Sie legt sich hin und schließt die Augen.

Ich weiß nicht, wie lange sie geschlafen hat. Ich habe sie angeschaut und dabei an nichts gedacht, und die Stimme, die ich einst im Wald gehört hatte, sagte mir, dass alles gut sei, dass ich mir keine Sorgen machen solle, dass die Veränderungen, die das Schicksal den Menschen bringt, von Nutzen sein können, sofern wir sie zu entschlüsseln vermögen. Ich weiß nicht, wer sie aus dem Waisenhaus geholt und aufgezogen und zu der unabhängigen Frau gemacht hat, die sie zu sein scheint. Ich sprach ein Gebet für diese Familie, die dafür gesorgt hatte, dass meine Tochter überlebte und ein besseres Leben hatte als ich. Während ich betete, überkamen mich Eifersucht, Verzweiflung, Reue, und ich hörte auf, mit der heiligen Sara zu sprechen. War es gut, dass meine Tochter zurückgekommen war? Dort, auf meinem Bett, lag alles, was ich verloren hatte und niemals wieder zurückerlangen würde.

Dort lag meine Tochter, das Ergebnis meiner Liebe. Ich war unwissend, und zugleich wurde mir alles offenbart. Ich durchlebte noch einmal die Augenblicke, in denen ich an Selbstmord gedacht, eine Abtreibung erwogen, mir vorgestellt hatte, diesen Winkel der Welt zu verlassen und zu Fuß dorthin zu gehen, wohin meine Füße mich tragen würden. Ich durchlebte noch einmal den Augenblick, in dem ich mein Blut und meine Tränen am Baum gesehen hatte, das Gespräch mit der Natur, das seither immer intensiver geworden war und niemals aufgehört hatte, wovon aber wenige aus meinem Stamm wussten. Mein Beschützer, der mich fand, als ich durch den Wald irrte, verstand das alles.

»Das Licht ist unbeständig, der Wind bringt es zum Erlöschen, der Blitz entzündet es, es ist nicht immer da – aber es lohnt sich, darum zu kämpfen«, hatte er gesagt.

Er war der Einzige, der mich akzeptierte und den Stamm davon überzeugte, dass ich weiterhin Teil ihrer Welt sein durfte. Der Einzige, der genügend moralische Autorität besaß, um zu verhindern, dass ich verstoßen wurde. Und der Einzige, der leider meine Tochter nicht kennenlernen würde, weil er gestorben ist. Ich habe um ihn geweint, während meine Tochter reglos auf meinem armseligen Bett lag, sie, die alle Bequemlichkeiten der Welt gewohnt sein dürfte. All die tausend Fragen waren wieder da: Wer waren ihre Adoptiveltern, wo lebte sie, hatte sie studiert, liebte sie jemanden, was waren ihre Pläne? Nicht ich war durch die Welt gereist, um sie zu finden, sondern sie. Daher stand es mir nicht zu, ihr Fragen zu stellen, sondern nur, ihre Fragen zu beantworten.

Sie öffnet die Augen. Ich überlege noch, ob ich ihr Haar berühren, ihr die Zärtlichkeit geben soll, die sich in all diesen Jahren in mir angesammelt hat, doch da ich nicht weiß, wie sie reagieren wird, lasse ich es bleiben. Eine Frage kann ich allerdings nicht zurückhalten:

»Bist du hierhergekommen, um zu erfahren, aus welchem Grund…«

»Nein. Ich will nicht wissen, warum eine Mutter ihre Tochter verlässt. Es gibt nichts, was das rechtfertigen könnte.«

Ihre Worte schneiden mir ins Herz, aber ich weiß nicht, was ich dazu sagen soll.

»Wer bin ich? Welches Blut fließt in meinen Adern? Gestern, nachdem ich erfahren habe, dass ich dich treffen könnte, habe ich panische Angst bekommen. Wo soll ich anfangen? Du kannst doch sicher wie alle Zigeunerinnen die Zukunft aus den Karten lesen, nicht wahr?«

»Das stimmt nicht. Das machen wir nur mit den *gadje*, den Fremden, um unseren Lebensunterhalt zu verdienen. Wir lesen niemals aus den Karten oder aus der Hand, um die Zukunft zu sehen, wenn es um jemanden aus unserem Stamm geht. Und du…«

»…ich gehöre zum Stamm. Auch wenn die Frau, die mich zur Welt brachte, mich weit weggeschickt hat.«

»Ja.«

»Was mache ich dann aber noch hier? Ich habe dein Gesicht gesehen, ich könnte wieder nach London zurückkehren, außerdem ist mein Urlaub bald zu Ende.«

»Möchtest du nicht wissen, wer dein Vater ist?«

»Das interessiert mich überhaupt nicht.«

Und plötzlich wird mir klar, wie ich ihr helfen kann. Es ist, als würde ich mit einer fremden Stimme sprechen:

»Verstehe besser, welches Blut in deinen Adern fließt und in deinem Herzen!«

Mein Meister spricht aus mir. Sie schließt die Augen wieder und schläft dann ununterbrochen fast zwölf Stunden lang.

Am nächsten Morgen will ich sie in die Umgebung von Sibiu führen, wo ein Freilichtmuseum mit Häusern aus der ganzen Region gebaut worden ist. Das erste Mal habe ich die Freude, ihr Frühstück zuzubereiten. Sie ist ausgeruhter, weniger angespannt und fragt mich über die Zigeunerkultur aus, will aber nichts über mich wissen. Sie erzählt auch etwas von sich, und ich erfahre, dass ich Großmutter bin! Sie sagt weder etwas über den Vater ihres Sohnes noch über ihre Adoptiveltern. Sie erzählt, dass sie an einem Ort, der sehr weit von hier entfernt liegt, Grundstücke verkauft und bald wieder an ihre Arbeit zurückmuss.

Ich biete ihr an, ihr beizubringen, wie man Amulette zum Schutz gegen das Böse macht, doch sie zeigt kein Interesse. Doch als ich ihr von Heilkräutern erzähle, bittet sie mich, ihr zu zeigen, wie man sie erkennt. In der Parkanlage, in der wir spazieren gehen, versuche ich, ihr all mein Wissen weiterzugeben, obwohl ich sicher bin, dass sie es vergessen wird, sobald sie in ihre Heimatstadt zurückkehrt, die, wie ich inzwischen weiß, London ist.

»Wir besitzen die Erde nicht: sie besitzt uns. Da wir früher unablässig reisten, gehörten wir allem, was uns umgab, und damit gehörte es zu uns: die Pflanzen, das Wasser, die Landschaften, durch die wir kamen. Unsere Gesetze waren die Gesetze der Natur: die Stärksten überleben, und wir, die Schwachen, die ewigen Verbannten, haben gelernt, unsere Kräfte zu verbergen, sie nur einzusetzen, wenn es unumgänglich ist.

›Wir glauben, dass Gott das Universum geschaffen hat. Gott ist das Universum, wir sind in ihm, er ist in uns.‹ Obwohl ...«

Ich breche ab. Doch dann fahre ich fort, denn dies ist eine Möglichkeit, meinem Beschützer Ehre zu erweisen.

»... obwohl wir ihn meiner Meinung nach Göttin, Mutter, nennen sollten. Mit Mutter meine ich nicht eine leibliche Mutter, sondern die Mutter, die in uns ist und uns schützt, wenn wir in Gefahr sind. Sie wird immer mit uns sein, wenn wir unsere täglichen Aufgaben freudig und mit Liebe erledigen. All diese Arbeit ist für uns keine Qual, sondern unsere Art, die Schöpfung zu preisen.«

Athena – so nennt sich meine Tochter – wendet den Blick zu ein paar Häusern.

»Was ist das? Eine Kirche?«

Die mit ihr verbrachten Stunden hatten mich stark gemacht. Ich frage sie, ob sie das Thema wechseln will. Sie überlegt einen Augenblick, bevor sie antwortet:

»Ich möchte alles hören, was du mir zu sagen hast. Obwohl das, was du gerade gesagt hast, nicht zu dem passt, was ich über die Tradition der Zigeuner gelesen habe, bevor ich hierhergekommen bin.«

»Mein Beschützer hat es mich gelehrt. Denn er wusste Dinge, die die Zigeuner nicht wissen. Und je mehr ich von ihm gelernt habe, umso stärker wurde ich mir der Kraft der Mutter bewusst – ausgerechnet ich, die ich das Muttersein abgelehnt habe.«

Ich packte die Zweige eines kleinen Busches.

»Wenn dein Sohn einmal Fieber hat, setze ihn neben eine junge Pflanze und schüttle deren Blätter. Das Fieber wird auf die Pflanze übergehen. Falls du unter Angstgefühlen leidest, tue das Gleiche.«

»Ich würde gern mehr über deinen Beschützer erfahren.«

»Er hat mir gesagt, dass die Schöpfung am Anfang sehr einsam war. Darauf schuf sich die Göttin jemanden, mit dem sie reden konnte. Beide schufen in einem Liebesakt ein drittes Wesen, und fortan vermehrten sich diese Wesen tausend-, millionenfach. Du hast mich nach der Kirche gefragt, die wir gerade gesehen haben: Ich weiß nichts über ihre Geschichte, und sie interessiert mich auch nicht. Mein Tempel ist die Natur, der Himmel, das Wasser des Sees und des Baches, der ihn nährt. Mein Volk sind die Menschen, die diese Vorstellung mit mir teilen, und nicht jene, mit denen mich Blutsbande verbinden. Meine Andacht besteht darin, mit diesen Menschen zusammen zu sein, alles, was mich umgibt, zu feiern. – Wann musst du wieder gehen?«

»Vielleicht schon morgen. Wenn ich dir nicht zur Last falle, würde ich gerne heute noch bleiben.«

Ein weiterer Stich in mein Herz, aber ich darf nichts sagen.

»Bleib, solange du willst. Ich möchte nur wissen, ob du mit den anderen deine Heimkehr feiern möchtest. Wenn du willst, kann ich das heute Abend arrangieren.«

Sie sagt nichts, und ich deute das als Ja. Wir machen uns auf den Heimweg. Ich bereite ihr wieder etwas zu essen. Sie sagt, sie muss ins Hotel in Sibiu fahren, um etwas zum Anziehen zu holen, und als sie wiederkommt, habe ich schon alles organisiert. Wir, meine Tochter, meine Leute und ich, begeben uns zu einem Hügel im Süden der Stadt und setzen uns um ein Feuer. Wir machen Musik, singen, tanzen, erzählen Geschichten. Sie sieht allem zu, beteiligt sich aber nicht, obwohl der Rom Baro gesagt hat, dass sie eine ausgezeichnete Tänzerin sei. Zum ersten Mal seit all diesen Jahren bin ich fröhlich, denn es ist mir gelungen, für meine Tochter eine Versammlung meiner Leute zu arrangieren und mit ihr das Wunder zu feiern, dass wir beide am Leben, gesund und in der Liebe der Großen Mutter geborgen sind.

Am Ende sagt sie, dass sie diese Nacht im Hotel schlafen wird. Ich frage, ob das ein Abschied sei. Sie sagt nein. Sie wird morgen wiederkommen.

Eine Woche verehren meine Tochter und ich allabendlich gemeinsam das Universum. An einem dieser Abende bringt sie einen Freund mit, erklärt aber ausdrücklich, dass er weder ihr Geliebter noch der Vater ihres Sohnes sei. Der Mann, der etwa zehn Jahre älter ist als sie, fragt, wen wir in unseren Ritualen verehren. Ich erkläre ihm, dass jemanden verehren meinem Beschützer zufolge bedeutet, ihn außerhalb unserer Welt zu stellen. Wir verehren nichts, sind nur eins mit der Schöpfung.

»Aber Sie beten doch?«

»Ich persönlich bete zur Heiligen Sara. Aber wir hier sind Teil des Ganzen, wir feiern, anstatt zu beten.«

Athena ist sicher stolz auf meine Antwort, sage ich mir. Tatsächlich aber habe ich nur die Worte meines Beschützers wiederholt.

»Und warum tut ihr es gemeinsam, man kann doch unsere Verbindung mit dem Universum auch allein feiern?«

»Weil die anderen ich sind und ich die anderen bin.«

In diesem Augenblick schaut mich Athena an, und ich spüre, dass diesmal ich ihr einen Stich ins Herz versetze.

»Ich reise morgen ab«, sagt sie.

»Komm und verabschiede dich von deiner Mutter, bevor du abreist.«

Es ist das erste Mal, dass ich dieses Wort benutze. Meine Stimme zittert nicht, mein Blick ist fest, und ich weiß, dass, was auch immer geschehen ist, die junge Frau dort das Blut meines Blutes, die Frucht meines Leibes ist. In diesem Augenblick verhalte ich mich wie ein kleines Mädchen, das eben gerade begriffen hat, dass die Welt nicht voller Gespenster und Verwünschungen ist, wie die Erwachsenen es ihm beibringen. Sie ist voller Liebe, unabhängig davon, wie sich die Liebe zeigt. Einer Liebe, die Fehler vergibt und von Sünden erlöst.

Sie umarmt mich lange. Dann rückt sie den Schleier zurecht, mit dem ich mein Haar bedecke – obwohl ich keinen Ehemann habe, verlangt der Brauch der Zigeuner, dass ich ihn trage, da ich keine Jungfrau mehr bin. Was wird die Zukunft für mich bereithalten außer der Abreise eines Menschen, den ich immer aus der Ferne geliebt und gefürchtet habe? Ich bin alle, und alle sind ich und meine Einsamkeit.

Am nächsten Tag erscheint Athena mit einem Blumenstrauß, stellt ihn in mein Zimmer und meint, ich müsse eine Brille tragen, da meine Augen von der Näharbeit immer schwächer würden. Athena fragt, ob sie und die Freunde, mit denen sie gefeiert hat, am Ende nicht Probleme mit dem Stamm bekämen. Ich sage nein, mein Beschützer sei ein sehr geachteter Mann gewesen, der viel gelernt habe, was wir nicht wissen, und Schüler auf der ganzen Welt hat. Und ich erzähle ihr, dass er kurz vor ihrer Ankunft verstorben ist.

»Eines Tages ist eine Katze zu ihm gekommen und hat ihn berührt. Für uns bedeutet das Tod, und wir waren alle sehr besorgt. Allerdings gibt es ein Ritual, um die Verwünschung aufzuheben.

Doch mein Beschützer sagte, es sei Zeit aufzubrechen, er müsse in Welten reisen, von deren Existenz er wusste. Er müsse als Kind wiedergeboren werden und zuvor ein wenig im Schoße der Mutter ruhen. Seine Beerdigung war einfach. Sie fand in einem Wald ganz hier in der Nähe statt. Aber es sind Menschen aus der ganzen Welt gekommen, um daran teilzunehmen.«

»War unter diesen Menschen auch eine etwa fünfunddreißigjährige schwarzhaarige Frau?«

»Ich kann mich nicht genau erinnern, aber es ist schon möglich. Warum möchtest du das wissen?«

»Ich habe im Hotel in Bukarest eine Frau getroffen, die mir erzählt hat, sie habe an der Beerdigung eines Freundes teilgenommen. Ich glaube, sie sagte so etwas wie ›mein Meister‹.«

Athena bittet mich, ihr noch mehr über die Zigeuner zu erzählen, aber ich weiß nicht viel mehr. Vor allem weil wir unsere Geschichte kaum kennen, von unseren Bräuchen und Traditionen einmal abgesehen. Ich schlage vor, sie solle nach Frankreich gehen und in meinem Namen der heiligen Sara im kleinen Ort Les Saintes-Maries-de-la-Mer einen Umhang bringen.

»Ich bin hierhergekommen, weil etwas in meinem Leben gefehlt hat. Ich musste unbedingt die leeren Stellen in mir füllen und hatte geglaubt, es würde reichen, nur dein Gesicht zu sehen. Doch das reichte nicht: ich musste auch herausfinden, ob ich … geliebt worden bin.«

»Du wirst geliebt.«

Ich mache eine lange Pause: Endlich habe ich aussprechen können, was ich ihr sagen wollte, seit ich sie hatte gehen lassen. Um zu verhindern, dass die Rührung sie überkommt, fahre ich fort:

»Ich möchte dich um etwas bitten.«

»Was du willst.«

»Ich möchte um Vergebung bitten.«

Sie beißt sich auf die Lippen.

»Ich war immer sehr unruhig. Ich arbeite viel, kümmere mich intensiv um meinen Sohn, tanze wie eine Wahnsinnige, habe Kalligraphie gelernt, besuche Kurse für Verkaufsförderung, lese ein Buch nach dem anderen. Alles, um jene Augenblicke zu vermeiden, in denen nichts passiert, denn diese leeren Stellen haben mir immer das Gefühl absoluter Leere gegeben, in dem es nicht das geringste bisschen Liebe gibt. Meine Eltern haben immer alles für mich getan, aber ich glaube, ich enttäusche sie ständig.

Doch hier, in der Zeit, die wir zusammen verbracht haben, in den Augenblicken, in denen ich mit dir die Große

Mutter verehrt habe, habe ich erlebt, wie diese leeren Stellen sich allmählich gefüllt haben. Zu Pausen wurden – zu dem Augenblick, in dem der Mann die Hand von der Trommel hebt, bevor er diese wieder kräftig schlägt. Ich glaube, ich kann jetzt gehen. Ich will damit nicht sagen, dass ich nun ruhiger geworden bin, denn mein Leben braucht den Rhythmus, an den ich mich gewöhnt habe. Aber ich gehe ohne Bitterkeit. Glauben alle Zigeuner an die Große Mutter?«

»Würdest du sie fragen, würde keiner ja sagen. Die Zigeuner übernehmen Glauben und Bräuche der Orte, an denen sie sich niederlassen. Aber es gibt etwas, das uns eint: die Verehrung der heiligen Sara und dass wir mindestens einmal im Leben eine Wallfahrt zu ihrem Grab in Les Saintes-Maries-de-la-Mer machen. Einige Stämme nennen sie Kali Sara, die schwarze Sara. Oder die heilige Jungfrau der Zigeuner. So wird sie in Lourdes genannt.«

»Ich muss jetzt gehen«, sagte Athena nach einer Weile. »Der Freund, den du neulich kennengelernt hast, wird mich begleiten.«

»Er scheint ein guter Mann zu sein.«

»Du sprichst wie eine Mutter.«

»Ich bin deine Mutter.«

»Und ich bin deine Tochter.«

Sie umarmt mich, diesmal mit Tränen in den Augen. Ich streiche ihr übers Haar, während ich sie in den Armen halte, wie ich es mir immer erträumt habe, seit das Schicksal – oder meine Angst – uns einst getrennt hat. Ich bitte sie, auf sich aufzupassen, und sie sagt, sie habe viel gelernt.

»Du wird noch viel mehr lernen, denn obwohl wir alle heute an unsere Häuser, Städte, Arbeitsplätze gebunden sind, hast du noch die Zeit der Reisen im Blut und das, was uns die Große Mutter auf unseren Wegen gelehrt hat, damit wir überleben konnten. Lerne weiter, aber lerne immer mit Menschen an deiner Seite. Bleibe auf dieser Suche nicht allein: Sonst wird, wenn du einen falschen Schritt tust, niemand da sein, um dich zurückzuführen.«

Sie weint immer noch, hält mich umarmt und ist drauf und dran, mich zu bitten, bei mir bleiben zu dürfen. Ich flehe meinen Beschützer an, mich keine Träne vergießen zu lassen, denn ich will das Beste für Athena, und ihr Schicksal ist, weiter voranzuschreiten. Hier in Transsylvanien würde sie außer meiner Liebe nichts weiter finden. Und obwohl ich glaube, dass die Liebe ein ganzes Leben rechtfertigt, bin ich mir vollkommen sicher, dass ich sie nicht bitten darf, ihre Zukunft zu opfern, um an meiner Seite zu bleiben.

Athena küsst mich auf die Stirn und geht, ohne adieu zu sagen. Vielleicht denkt sie, sie würde eines Tages zurückkommen. Seither hat sie mir zu jedem Weihnachtsfest genug Geld fürs ganze Jahr geschickt, damit ich nicht mehr nähen muss. Ich bin nie zur Bank gegangen, um ihre Schecks einzulösen, obwohl mich alle im Stamm deswegen für dumm halten. Zum letzten Weihnachtsfest hat sie mir keinen Scheck mehr geschickt. Sie hat wohl begriffen, dass ich das Nähen brauche, um zu füllen, was sie die »leeren Stellen« nennt.

Obwohl ich sie gern wiedersehen möchte, weiß ich, sie wird nie wieder zurückkommen. Sie wird inzwischen wohl eine große Managerin sein, mit dem Mann verheiratet, den sie liebt. Ich habe wahrscheinlich viele Enkelkinder, mein Blut wird nicht von dieser Erde verschwinden und meine Fehler vergeben werden.

Als Sherine unter Freudenschreien ins Haus stürmte, war mir klar, dass alles besser gelaufen war, als ich erwartet hatte. Gott hatte meine Gebete offenbar erhört, und sie musste nun nichts weiter über sich herausfinden. Nun konnte sie sich in ein normales Leben einfügen, ihren Sohn aufziehen, wieder heiraten und diese Unruhe hinter sich lassen, die sie euphorisch und deprimiert machte.

»Ich liebe dich, Mama.«

Nun war es an mir, sie fest in die Arme zu schließen. Wie viele Nächte hatte ich voller Angst wach gelegen und befürchtet, Sherine könnte jemanden schicken, um Viorel zu holen, und die beiden würden nie wieder zurückkehren.

Nachdem sie gegessen und gebadet hatte, berichtete sie über das Treffen mit ihrer leiblichen Mutter und schwärmte von den Landschaften Transsylvaniens – ich erinnerte mich nicht mehr genau daran, denn damals hatte ich Transsylvanien ja nur nach Waisenhäusern abgesucht. Dann fragte ich sie, wann sie nach Dubai zurückfahren wolle.

»Nächste Woche. Vorher muss ich noch nach Schottland fahren und dort jemanden treffen.«

»Einen Mann?«

»Eine Frau«, entgegnete sie. Möglicherweise hatte sie mein verschwörerisches Lächeln bemerkt. »Ich spüre, dass ich eine Mission habe. Während ich das Leben und die Natur feierte, habe ich Dinge herausgefunden, von denen ich glaubte, dass es sie nicht mehr gäbe. Was ich nur im Tanz zu finden glaubte, gibt es überall. Und es hat das Antlitz einer Frau: ich habe im …«

Ich erschrak. Zu Sherine sagte ich, ihre Mission sei es, ihren Sohn aufzuziehen, zu versuchen, in ihrer Arbeit immer besser zu werden, mehr Geld zu verdienen, Gott so, wie wir ihn kennen, zu verehren.

Doch Sherine hörte mir nicht zu.

»Es war während einer Nacht, in der wir um das Feuer herumsaßen, tranken, über Geschichten lachten, Musik hörten. Abgesehen von dem einen Mal in einem Restaurant, habe ich in all den Tagen, die ich dort verbrachte, nicht mehr den Drang verspürt zu tanzen – mir war, als müsste ich meine Energie für etwas anderes aufsparen. Plötzlich spürte ich, dass alles um mich herum quicklebendig war – die Schöpfung und ich waren eins. Ich habe vor Freude geweint, als die Flammen des Feuers sich in das Gesicht einer Frau verwandelten, die mich voller Mitgefühl anlächelte.«

Bei den Worten meiner Tochter überlief mich ein Schauer. Zigeunerzauberei, ganz bestimmt. Und zugleich kam mir das Bild Sherines als Schulmädchen wieder in den Sinn, das sagte, es habe eine »weißgekleidete Frau« gesehen.

»Lass dich nicht von diesen Dingen beeinflussen, das ist Teufelszeug. Du hast in unserer Familie immer gute Vorbilder gehabt. Kannst du nicht einfach ein normales Leben führen?«

Ich hatte mich offensichtlich zu früh gefreut, als ich annahm, die Suche nach ihrer leiblichen Mutter habe ihr gutgetan. Aber anstatt wie üblich aggressiv zu reagieren, lächelte sie weiter.

»Was ist denn normal? Warum ist Papa ständig mit Arbeit überlastet, obwohl wir genug Geld für drei Generationen haben? Er ist ein ehrbarer Mann, er hat sein Einkommen verdient, aber er sagt immer mit einem gewissen Stolz, dass er mit Arbeit überlastet ist. Wozu? Was will er erreichen?«

»Er ist ein Mann, der sein Leben in Würde führt.«

»Als ich noch bei euch lebte, hat er sich immer, wenn er nach Hause kam, nach meinen Hausaufgaben erkundigt, mir jede Menge Beispiele dafür aufgezählt, wie wichtig seine Arbeit für die Welt sei. Er stellte den Fernsehapparat an, machte Kommentare zur politischen Situation im Libanon, vor dem Einschlafen las er das eine oder andere Fachbuch, er war immer beschäftigt.

Und bei dir ist es genauso. Dank dir war ich in der Schule und bei Partys immer das am besten gekleidete Mädchen, du hast dich um die Ordnung im Haus gekümmert, warst immer freundlich, liebevoll und hast mich zu einem wohlerzogenen Menschen gemacht. Aber jetzt, wo das Alter kommt: Was wollt ihr aus eurem Leben machen, wo ich erwachsen und unabhängig bin?«

»Wir werden reisen. Uns die Welt ansehen, unsere verdiente Ruhe genießen.«

»Aber warum fangt ihr nicht damit an, solange ihr noch gesund seid?«

»Das habe ich mich auch schon gefragt. Aber ich merkte, dass Papa seine Arbeit brauchte – nicht wegen des Geldes, sondern weil er nützlich sein wollte, beweisen, dass auch ein Mann, der im Exil lebt, seinen Verpflichtungen nachkommt. Wenn er Urlaub nahm und in der Stadt blieb, hat er immer einen Weg gefunden, schnell im Büro vorbeizuschauen, die eine oder andere Entscheidung zu fällen, die durchaus hätte warten können, sich mit seinen Geschäftsfreunden zu treffen. Ich brachte ihn dazu, ins Theater, ins Kino und in Museen zu gehen, und er ging brav mit, aber ich fühlte, dass er sich langweilte. Sein Interesse galt nur der Firma, der Arbeit, den Geschäften.«

Zum ersten Mal redete ich mit meiner Tochter ganz offen wie mit einer Freundin.

»Willst du damit sagen, dass Papa auch zu füllen versucht, was ich die ›leeren Stellen‹ nenne?«

»Du kannst sicher sein, dass er an dem Tag, an dem er in Pension geht – allerdings glaube ich nicht, dass dieser Tag jemals kommen wird –, in Depressionen verfallen wird. Was wird er mit dieser Freiheit anfangen, die er so mühsam errungen hat? Alle werden ihn zu seiner großartigen Karriere beglückwünschen, zu dem Vermögen, das er uns hinterlässt, zu der Rechtschaffenheit, mit der er seine Firma geführt hat. Aber niemand wird Zeit für ihn haben. – Das Leben geht weiter, und alle sind ganz von ihrem eigenen Leben beansprucht.«

»Papa wird sich wieder wie ein Mensch im Exil fühlen, nur dieses Mal wird er kein Land haben, in das er sich flüchten kann.«

»Kannst du dir etwas Besseres vorstellen?«

»Ich habe nur eine Vorstellung: Ich möchte nicht, dass das mit mir passiert. Dafür bin ich zu unruhig, und, verstehe mich bitte nicht falsch, es ist nicht so, dass ihr als Vorbild versagt habt. Aber ich muss mich verändern. Schnell verändern.«

Deidre O'Neill, bekannt als Edda

Sie sitzt in vollkommener Dunkelheit.

Viorel hat selbstverständlich das Zimmer sofort verlassen. Die Nacht ist das Reich des Schreckens, der Ungeheuer aus der Vergangenheit, aus der Zeit, in der wir wie die Zigeuner umherzogen, wie mein ehemaliger Meister – die Große Mutter möge seiner Seele gnädig sein, und er möge, bis zu dem Augenblick, in dem er wiederkehrt, liebevoll behandelt werden.

Athena weiß nicht, was sie tun soll, seit ich das Licht gelöscht habe. Sie fragt nach ihrem Sohn, ich sage ihr, sie solle sich keine Sorgen machen und alles mir überlassen. Ich gehe hinaus, stelle den Fernseher an, suche einen Sender mit Zeichentrickfilmen, schalte den Ton ab. Was die Frauen wohl früher gemacht haben, wenn sie das Ritual machten, an dem Athena jetzt teilnehmen soll. Sie haben sicher auch ihre Kinder mitgebracht, nur gab es damals kein Fernsehen. Egal, das ist jetzt nicht mein Problem.

Ich werde in Athena etwas auslösen, das dem gleicht, was der Junge vor dem Fernsehschirm erlebt – durch eine Pforte in eine andere Realität zu gehen. Alles ist so einfach und zugleich so kompliziert! Einfach: Alles ist eine Frage der Einstellung. Ich werde nicht mehr nach Glück streben. Von nun an bin ich unabhängig, ich sehe das Leben mit eigenen Augen und nicht mit denen der anderen. Ich werde mich auf das Abenteuer einlassen, am Leben zu sein.

Und gleichzeitig kompliziert: Warum soll ich nicht nach Glück streben, wo doch alle Menschen immer sagen, dass es das einzig lohnende Ziel ist? Warum soll ich das Risiko eingehen, einen Weg zu beschreiten, den die anderen nicht zu gehen wagen?

Aber was ist eigentlich Glück?

Liebe, heißt es. Doch Liebe macht nicht glücklich und hat dies auch nie getan. Ganz im Gegenteil, Liebe bedeutet immer Angst, Kämpfe, viele durchwachte Nächte, in denen wir uns fragen, ob das, was wir tun, das Richtige ist. Die wahre Liebe besteht aus Ekstase und Agonie.

Dann also Friede. Macht Friede glücklich? Betrachten wir die Große Mutter, so herrscht bei ihr nie Frieden. Der Winter kämpft gegen den Frühling, die Sonne und der Mond begegnen einander nie, der Tiger verfolgt den Menschen, der Angst vor dem Hund hat, der die Katze verfolgt, die die Maus verfolgt, die den Menschen erschreckt.

Macht Geld glücklich? Nun ja: Dann würden alle Menschen, die genug Geld haben und sich einen hohen Lebensstandard leisten können, aufhören zu arbeiten. Aber sie arbeiten weiter, sind unruhiger als zuvor, als hätten sie Angst, alles zu verlieren. Geld bringt mehr Geld, das stimmt. Armut macht meist unglücklich. Dass aber Geld immer glücklich macht, stimmt nicht.

Mein Leben lang habe ich versucht, glücklich zu sein – jetzt will ich nur noch Freude empfinden. Freude ist wie Sex, sie beginnt und endet. Ich will Lust. Ich will Freude empfinden – aber Glück? In diese Falle tappe ich nicht mehr.

Wenn ich mit einer Gruppe von Menschen zusammen bin und sie mit der Frage provoziere, ob sie glücklich sind, sagen alle: »Ich bin glücklich.« Ich frage dann weiter: Ist das alles? Willst du nicht mehr, willst du nicht weiter wachsen? Darauf antworten alle: »Selbstverständlich.«

Ich lasse nicht locker: »Dann bist du nicht glücklich.« Sofort wechseln alle das Thema.

Ich gehe besser in den Raum zurück, in dem Athena sich jetzt befindet. Darin ist es stockdunkel. Sie hört meine Schritte, ein Streichholz wird angerissen, eine Kerze angezündet.

»Alles, was uns umtreibt, ist der Universelle Wunsch. Es ist nicht das Glück. Es ist das Wünschen an sich. Doch Wünsche sind immer etwas Unvollkommenes – werden sie erfüllt, hören sie auf, Wünsche zu sein, nicht wahr?«

»Wo ist Viorel?«

»Viorel geht es gut, er sieht fern. Ich möchte, dass du diese Kerze anschaust. Sage nichts. Glaube nur.«

»Was soll ich glauben?«

»Ich habe dich gebeten, nichts zu sagen. Glaube einfach – zweifle nichts an. Du lebst, und diese Kerze ist der einzige Punkt in deinem Universum – glaube daran. Vergiss für immer die Vorstellung, dass das Ziel über einen Weg erreicht werden muss. Wiederhole dies jeden Morgen: ›Ich bin angekommen.‹ Und du wirst sehen, dass es dann sehr viel einfacher ist, mit jeder einzelnen Sekunde deines Tages in Verbindung zu treten.«

Ich schweige eine Weile.

»Die Flamme der Kerze erleuchtet deine Welt. Frage sie: ›Wer bin ich?‹«

Ich warte noch einen Augenblick. Dann sage ich:

»Deine Antwort stelle ich mir folgendermaßen vor: Ich bin die und die, habe diese und jene Erfahrungen gemacht. Ich habe einen Sohn und arbeite in Dubai. Jetzt frage die Kerze noch einmal: ›Wer bin ich?‹«

Ich schweige erneut. Und sage dann:

»Du wirst geantwortet haben: Ich bin nicht zufrieden. Ich bin keine typische Mutter, die sich nur um das Kind, den Ehemann, um Haus und Garten kümmert und sich überlegt, wo die Familie die Sommerferien verbringen wird. War es das? Du kannst jetzt sprechen.«

»Du hast vollkommen recht.«

»Dann sind wir auf dem richtigen Weg. Du bist – genau wie ich – ein unzufriedener Mensch. Deine ›Realität‹ passt nicht zur ›Realität‹ der anderen. Und du hast Angst, dass dein Sohn den gleichen Weg gehen könnte, nicht wahr?«

»Das stimmt.«

»Dennoch weißt du, dass du nicht stehenbleiben darfst. Du kämpfst, hast aber deine Zweifel nicht im Griff. Schau diese Kerze genau an: In diesem Augenblick ist sie dein Universum. Sie bündelt deine Aufmerksamkeit, erleuchtet den Raum um dich herum nur schwach. Atme tief ein, behalte die Luft solange wie möglich in der Lunge, und atme dann wieder aus. Wiederhole das fünfmal.«

Sie gehorcht.

»Diese Übung wird deine Seele beruhigt haben. Nun erinnere dich an das, was ich gesagt habe: glaube. Glaube daran, dass du imstande bist, dass du bereits dort angelangt bist, wohin du wolltest. Wie du mir heute Nachmittag beim Tee erzählt hast, konntest du das Verhalten der Leute in der Bank, in der du gearbeitet hast, verändern, indem du ihnen beigebracht hast zu tanzen. Das stimmt doch?

Du hast alles verändert, weil du deine Realität durch den Tanz verändert hast. Du hast an die Geschichte mit dem Scheitelpunkt geglaubt, die ich interessant finde, obwohl ich noch nie davon gehört habe. Du tanzt gern, glaubst an das, was du tust. Man darf nicht an etwas glauben, was man nicht mag, verstehst du?«

Athena nickte, starrte weiter in die Flamme.

»Der Glaube ist kein Wunsch. Der Glaube ist Wille. Wünsche sind immer etwas, das erfüllt werden will, der Wille ist eine Kraft. Der Wille verändert den Raum um uns herum, so wie du es mit deiner Arbeit in der Bank getan hast. Aber dazu ist der Wunsch vonnöten. Konzentriere dich bitte auf die Kerze.

Dein Sohn hat den Raum verlassen und sieht fern, weil die Dunkelheit ihm Angst macht. Und warum? In das Dunkel können wir projizieren, was wir wollen, und im Allgemeinen projizieren wir nur unsere Gespenster, unsere Ängste. Das gilt für Kinder und Erwachsene gleichermaßen. Hebe langsam deinen rechten Arm.«

Ihr Arm ging in die Höhe. Ich bat sie, das Gleiche mit dem linken Arm zu machen. Ich schaue ihre Brüste genau an – sie sind viel schöner als meine.

»Du kannst die Arme wieder senken, aber langsam. Schließe die Augen, atme tief ein, ich werde das Licht anschalten. Das war's: Das Ritual ist zu Ende. Lass uns ins Wohnzimmer gehen.«

Athena hatte Mühe aufzustehen – ihre Beine waren wegen der Haltung, die ich ihr vorgegeben hatte, eingeschlafen.

Viorel schlief inzwischen tief und fest. Ich schaltete den Fernsehapparat aus, wir gingen in die Küche.

»Wozu war das alles gut?«, fragte sie.

»Nur um dich aus deiner alltäglichen Realität herauszuholen. Du hättest dich auch auf etwas anderes konzentrieren können, aber mir gefallen die Dunkelheit und die Flamme einer Kerze. Du willst sicher wissen, worauf ich hinauswill, nicht wahr?«

Athena sagte, sie sei mit ihrem Sohn im Arm fast drei Stunden mit der Bahn gereist. Eigentlich müsste sie packen, um zurück nach Dubai und an ihre Arbeit zu gehen. Sie hätte auch in ihrem Zimmer eine Kerze anschauen können, dafür hätte sie nicht extra bis nach Schottland kommen müssen.

»Doch, das war notwendig«, war meine Antwort. »Um zu erfahren, dass du nicht allein bist, dass andere Menschen mit demselben in Verbindung stehen wie du. Wenn du das begreifst, kannst du auch glauben.«

»Woran glauben?«

»Dass du auf dem richtigen Weg bist. Und wie ich schon vorher gesagt habe: dass du mit jedem Schritt ankommst.«

»Auf welchem Weg? Ich dachte, wenn ich erst meine Mutter in Rumänien gefunden hätte, würde ich endlich auch den Seelenfrieden finden, den ich so sehr brauche. Aber ich habe ihn nicht gefunden. Welchen Weg meinst du?«

»Keine Ahnung. Du wirst ihn nur finden, wenn du anfängst, selbst zu lehren. Wenn du nach Dubai zurückkommst, sieh zu, dass du einen Schüler oder eine Schülerin findest.«

»Was soll ich lehren, Tanz oder Kalligraphie?«

»Beides kannst du ja bereits. Du musst etwas lehren, was du nicht kannst oder weißt. Etwas, was die Große Mutter durch dich offenbaren möchte.«

Sie schaute mich an, als wäre ich verrückt geworden.

»Genau das«, setzte ich nach. »Warum habe ich dich wohl gebeten, die Arme zu heben und tief einzuatmen? Damit du glaubst, ich weiß etwas mehr als du. Aber das stimmt nicht.

Es war nur ein Mittel, dich aus deiner gewohnten Welt herauszureißen. Ich habe nicht gesagt, du sollst der Großen Mutter danken, ihr sagen, wie wunderbar sie ist, dass ihr Antlitz in den Flammen eines Feuers strahlt. Ich habe dich nur gebeten, diese sinnlose Geste zu machen, die Arme zu heben und dich auf eine Kerze zu konzentrieren. Es reicht, so oft wie möglich etwas zu tun, das nicht mit der Wirklichkeit übereinstimmt, die uns umgibt.

Wenn du beginnst, dir für deinen Schüler Rituale auszudenken, die er durchführen soll, wirst du geführt werden. Damit beginnt die Lehrzeit, hat mein Beschützer gesagt. Wenn du meinen Worten folgen willst, dann tu es. Wenn nicht, dann führe dein Leben so weiter wie bisher, und du wirst gegen eine Wand laufen, die ›Unzufriedenheit‹ heißt.«

Ich rief ein Taxi. Bis es kam, unterhielten wir uns noch ein wenig über Mode und Männer. Ich war mir absolut sicher, dass sie auf mich hören würde, vor allem weil sie zu der Art Menschen gehört, die sich keiner Herausforderung entziehen.

»Bringe den Menschen bei, anders zu sein. Nur das«, rief ich, während sich das Taxi entfernte.

Das ist Freude. Glück wäre, mit dem zufrieden zu sein, was sie bereits hat – eine Liebe, einen Sohn, eine Arbeit. Doch Athena ist genau wie ich nicht zu so einem Leben geboren.

Heron Ryan, Journalist

Selbstverständlich hätte ich nie zugegeben, dass ich verliebt war. Ich hatte eine Freundin, die mich liebte, mich ergänzte, in guten wie in schlechten Zeiten zu mir hielt.

Alle Begegnungen und Ereignisse in Sibiu waren Teil einer Reise. So etwas war mir schon häufiger passiert, wenn ich fern von zu Hause war: Wenn Menschen ihre gewohnte Welt verlassen, neigen sie dazu, abenteuerlustiger zu werden – Hemmungen und Alltagszwänge sind dann in weiter Ferne.

Zurück in England, erklärte ich als Erstes meinen Produzenten, dass es unsinnig sei, diesen Dokumentarfilm über den historischen Dracula zu machen, da nicht er, sondern das Buch eines verrückten Iren Transsylvanien, das in Wirklichkeit einer der schönsten Flecken der Erde sei, seinen finsteren Ruf eingebracht habe. Die Produzenten waren natürlich keineswegs erfreut, doch ihre Meinung war mir zu jenem Zeitpunkt gleichgültig. Ich gab das Fernsehen auf und begann bei einer der wichtigsten Zeitungen der Welt zu arbeiten.

Damals wurde mir klar, dass ich Athena gern wiedersehen würde.

Ich rief sie an und schlug einen gemeinsamen Spaziergang vor, bevor sie nach Dubai zurückkehrte. Sie war einverstanden, bestand aber darauf, mich durch London zu führen.

Wir stiegen in den erstbesten Bus, uns war egal, wohin er fuhr. Wir suchten eine mitreisende Dame aus und beschlossen, dort auszusteigen, wo sie aussteigen würde. Sie verließ den Bus an der Haltestelle Temple und wir also auch. Wir kamen an einem Bettler vorbei, der Geld von uns haben wollte. Wir gaben ihm nichts, gingen weiter und hörten ihn hinter uns herschimpfen.

Wir sahen jemanden, der versuchte, eine Telefonzelle zu zerstören. Ich überlegte, die Polizei zu rufen, doch Athena hinderte mich daran. Vielleicht war gerade die Liebe seines Lebens zerbrochen, und er musste seine Gefühle herauslassen. Oder, wer weiß, vielleicht hatte er niemanden, mit dem er reden konnte, und konnte nicht zulassen, dass die anderen ihn dadurch demütigten, dass sie dasselbe Telefon dazu benutzten, um über Liebe – oder Geschäfte – zu sprechen.

Athena bat mich, die Augen zu schließen und genau zu beschreiben, was wir beide anhatten. Zu meiner Überraschung lag ich nur bei wenigen Details richtig.

Sie fragte mich, was auf meinem Schreibtisch lag. Ich sagte, Papiere, die zu ordnen ich zu faul gewesen sei.

»Haben Sie sich einmal vorgestellt, dass diese Papiere ein Leben, Geschichten haben und Gefühle, Wünsche, von denen sie erzählen könnten? Ich glaube, Sie schenken dem Leben nicht die Aufmerksamkeit, die es verdient.«

Ich versprach ihr, die Papiere auf meinem Schreibtisch genau durchzusehen, wenn ich am nächsten Tag in die Redaktion gehen würde.

Ein Touristenpaar mit einem Stadtplan fragte uns nach dem Weg zu einer bestimmten Sehenswürdigkeit. Athena beschrieb ihn ihnen genau, allerdings vollkommen falsch.

»Sie haben sie in die falsche Richtung geschickt.«

»Das ist egal. Sie werden sich verlaufen, und es gibt nichts Besseres, um interessante Orte zu entdecken. Lassen Sie ein wenig Phantasie in Ihr Leben. Über unseren Köpfen gibt es nur einen einzigen Himmel, über den die gesamte Menschheit aufgrund jahrtausendelanger Beobachtung bereits viel Wissen gesammelt hat. Ich aber werde alle Dinge, die ich über die Sterne gelernt habe, vergessen, und dann werden sie wieder zu Engeln oder zu Kindern oder zu irgendetwas, das ich in diesem Augenblick glauben möchte. Das macht mich nicht dümmer: es ist nur ein Spiel, aber es kann mein Leben bereichern.«

Am nächsten Tag behandelte ich in der Redaktion jedes Papier auf meinem Schreibtisch, als wäre es eine direkt an mich gerichtete Botschaft und nicht ein an meine Zeitung gerichteter Text.

Mittags hatte ich ein Gespräch mit dem Redaktionsleiter. Ich schlug ihm vor, einen Artikel über die Göttin zu schreiben, die von den Zigeunern verehrt wird. Er hielt das für eine ausgezeichnete Idee, und ich bekam den Auftrag, über die Feiern in Les Saintes-Maries-de-la Mer, dem Mekka der Zigeuner, zu berichten.

So unglaublich das klingen mag, aber Athena hatte nicht die geringste Lust, mich zu begleiten. Sie sagte, ihr Freund – jener fiktive Inspektor, den sie benutzte, um mich auf Abstand zu halten – wäre nicht damit einverstanden, dass sie mit einem anderen Mann auf Reisen gehe.

»Aber Sie haben doch Ihrer Mutter versprochen, der heiligen Sara einen Umhang zu bringen.«

»Ich habe es versprochen, falls die Stadt auf meinem Weg liegt. Aber das tut sie jetzt nicht. Wenn ich eines Tages dort vorbeikomme, werde ich es tun.«

Vor ihrer Rückkehr nach Dubai am kommenden Sonntag wollte sie mit ihrem Sohn nach Schottland fahren, um die Frau wiederzusehen, die wir in Bukarest getroffen hatten. Ich erinnerte mich nicht ans sie, aber möglicherweise gab es neben diesem Geisterfreund auch eine Geisterfreundin, die als Entschuldigung herhalten musste, und ich beschloss, nicht nachzufragen. Aber ich war eifersüchtig, weil sie es vorzog, mit anderen Menschen zusammenzusein.

Ich wunderte mich über meine Eifersucht und beschloss, notfalls in den Nahen Osten zu fahren, um sie wiederzusehen. Ich könnte ja einen Artikel über den dortigen Immobilienboom schreiben, von dem jemand im Wirtschaftsressort der Zeitung erzählt hatte. Solange mich das Athena näher brachte, würde ich sogar Abhandlungen über Grundstücke, Wirtschaft, Politik und Erdöl schreiben.

Die Reise nach Les Saintes-Maries-de-la-Mer erbrachte einen ausgezeichneten Artikel. Der Legende zufolge war Sara eine Zigeunerin, die in einer kleinen Stadt am Meer lebte, als Jesu Tante, Maria Salome, mit anderen von den Römern verfolgten Flüchtlingen dort landete. Sara half ihnen und ließ sich am Ende zum Christentum bekehren.

Beim Fest, an dem ich teilnehmen konnte, wurden Teile der Skelette der beiden Frauen, die unter dem Altar begraben liegen, aus einem Reliquiar herausgeholt und emporgehoben, um die vielen Gruppen zu segnen, die mit ihren bunten Kleidern, ihrer Musik und ihren Instrumenten aus allen Ecken Europas gekommen waren. Dann wurde die mit kostbaren Umhängen geschmückte Statue Saras aus der Krypta der Kirche geholt – wo sie stand, da der Vatikan sie nie heiliggesprochen hat – und in einer Prozession durch die mit Rosen bedeckten Gassen ans Meer getragen. Vier Zigeuner in traditionellen Gewändern legten die Reliquien in ein Boot voller Blumen, gingen ins Wasser und stellten die Ankunft der Flüchtlinge und die Begegnung mit Sara nach. Dann folgten Musik, Festivitäten und Gesänge, und als Mutproben für die Männer wurden Stiere durch die Gassen getrieben.

Ein Historiker, Antoine Locadour, hat mir für meinen Artikel interessante Informationen über die weibliche Gottheit geliefert. Diesen für die Reisebeilage geschriebenen Artikel habe ich dann nach Dubai geschickt. Daraufhin erhielt ich nur ein paar freundliche Zeilen, mit denen Athena sich bedankte; weiter schrieb sie nichts.

Wenigstens hatte ich damit eine Bestätigung dafür, dass die Adresse stimmte, die sie mir gegeben hatte.

Antoine Locadour, 74 Jahre alt, Historiker, I.C.P., Frankreich

Es ist einfach, in Sara eine der vielen schwarzen heiligen Jungfrauen zu sehen, die auf der Welt verehrt werden. Sara-la Kâli war der Legende zufolge adliger Herkunft und in den Geheimnissen der Welt bewandert. Meiner Meinung nach ist sie eine der vielen Verkörperungen einer weiblichen Gottheit, die die Große Mutter oder Göttin der Schöpfung genannt wird.

Es überrascht mich übrigens nicht, dass sich immer mehr Menschen für heidnische Traditionen interessieren. Warum sie das tun? Weil mit Gottvater immer die Strenge und die Disziplin des Kultus assoziiert wird. Die Mutter-Gottheit hingegen steht dafür, dass die Liebe wichtiger ist als alle uns bekannten Verbote und Tabus.

Das Phänomen ist nicht neu: Immer wenn die Regeln einer Religion strenger werden, neigt eine große Gruppe von Menschen dazu, in der Verbindung mit dem Spirituellen nach mehr Freiheit zu suchen. So war es auch im Mittelalter, als die katholische Kirche immer höhere Steuern erhob und prächtige Klöster erbauen ließ. Die Reaktion darauf war jenes ›Hexerei‹ genannte Phänomen, das in verschiedenen Traditionen die Jahrhunderte überlebt hat, obwohl es bekämpft und unterdrückt wurde, da die Kirche darin etwas Aufrührerisches sah.

In den heidnischen Traditionen ist die Anbetung der Natur wichtiger als die Verehrung heiliger Bücher. Die Göttin ist in allem, und alles ist Teil der Göttin. Die Welt ist nur ein Ausdruck ihrer Güte. Es gibt viele philosophische Systeme – wie beispielsweise den Taoismus oder den Buddhismus –, die die Vorstellung einer Unterscheidung zwischen Schöpfer und Geschaffenem nicht kennen. Die Menschen versuchen nicht, das Geheimnis des Lebens zu entschlüsseln, sondern wollen Teil desselben sein. Auch im Taoismus und im Buddhismus besagt das zentrale Prinzip – obwohl es darin keine weibliche Gottesfigur gibt –, dass ›alles eins ist‹.

Im Kultus der Großen Mutter gibt es nicht mehr das, was wir ›Sünde‹ nennen und was gemeinhin eine Übertretung willkürlicher moralischer Gesetze ist. Geschlechtsleben und Bräuche sind freier, da sie Teil der Natur sind und daher nicht als Frucht des Bösen angesehen werden können.

Das neue Heidentum zeigt, dass der Mensch imstande ist, ohne institutionalisierte Religion zu leben, und zugleich seine spirituelle Suche fortsetzen kann, um sein Leben zu rechtfertigen. Wenn Gott die Mutter ist, dann reicht es, sich zu versammeln und sie durch Rituale zu verehren, die ihre weibliche Seele befriedigen, wie Tanz, Feuer, Wasser, Luft, Erde, Gesang, Musik, Blumen, Schönheit.

Diese Tendenz hat in den letzten Jahren ungeheuer zugenommen. Vielleicht befinden wir uns in einem wichtigen Moment der Weltgeschichte, in dem sich endlich der Geist mit der Materie verbindet und beide sich verändern. Zugleich wird es, das nehme ich zumindest an, eine heftige Reaktion der institutionalisierten Religionen geben, die immer mehr Gläubige verlieren. Der Fundamentalismus wird wachsen und sich weltweit ausbreiten.

Als Historiker begnüge ich mich damit, Daten zu sammeln und diesen Gegensatz zwischen den strengen Regeln der institutionalisierten Religionen und den freieren Formen der Anbetung zu analysieren. Den Gegensatz zwischen einem Gott, der die Welt kontrolliert, und der Göttin, die Teil der Welt ist. Den Gegensatz zwischen Menschen, die sich in freien Gruppen versammeln und deren Anbetungsform spontan ist, und jenen, die sich in geschlossenen Kreisen treffen, in denen sie lernen, was sie tun dürfen und was nicht.

Ich würde das gern positiv sehen und darin die Meinung bestätigt finden, dass der Mensch endlich seinen Weg in die spirituelle Welt gefunden hat. Aber die Vorzeichen stimmen nicht gerade optimistisch: Eine neue konservative Welle der Verfolgung könnte, wie schon in der Vergangenheit, den Kult der Mutter wieder ersticken.

Andrea McCain, Theaterschauspielerin

Es ist äußerst schwierig, eine Geschichte neutral zu erzählen, in die man selbst verwickelt ist, die mit Bewunderung begann und im Groll endete. Aber ich werde es versuchen. Ich werde mich ehrlich bemühen, Athena so zu beschreiben, wie ich sie bei unserer ersten Begegnung in der Victoria Street gesehen habe.

Sie war, wie sie mir später erzählt hat, gerade aus Dubai zurückgekehrt und hatte neben einer Menge Geld, das sie dort verdient hatte, den Wunsch mitgebracht, alles, was sie gelernt hatte, mit anderen zu teilen. Dieses Mal sei sie nur vier Monate im Nahen Osten geblieben: Sie habe Grundstücke für den Bau von zwei Supermärkten verkauft und dafür eine enorm hohe Kommission erhalten, die, wie sie sagte, für sie und ihren Sohn zum Leben in den drei kommenden Jahren ausreichen würde. Sie könne diese Arbeit jederzeit wiederaufnehmen, jetzt aber sei der Augenblick gekommen, die Gegenwart zu nutzen, intensiv zu leben, solange sie noch jung sei, und alles, was sie gelernt hatte, anderen beizubringen.

Sie empfing mich eher kühl.

»Was führt Sie zu mir?«

»Ich spiele im Theater, und wir wollen ein Stück über das weibliche Antlitz Gottes aufführen. Ein Freund, der Journalist ist, hat mir erzählt, dass Sie in der Wüste gelebt, eine Zeitlang in den Karpaten bei den Zigeunern verbracht haben und einiges über dieses Thema wissen.«

»Ist das Theaterstück, das Sie aufführen möchten, der einzige Grund, warum Sie hergekommen sind, um etwas über die Große Mutter zu erfahren?«

»Gegenfrage: Was hat Sie dazu gebracht, etwas über sie erfahren zu wollen?«

Athena stutzte, schaute mich von Kopf bis Fuß an und lächelte.

»Sie haben recht. Das hier war meine erste Lektion als

Meisterin: Unterrichte den, der lernen will. Der Grund ist gleichgültig.«

»Wie bitte?«

»Ach, nichts.«

»Der Ursprung des Theaters ist heilig. Es begann im antiken Griechenland mit Hymnen an Dionysos, den Gott des Weines, der Wiedergeburt und der Fruchtbarkeit. Man vermutet jedoch, dass die Menschen seit Urzeiten ein Ritual kannten, in dem sie so taten, als seien sie jemand anderes, und so versuchten, mit dem Heiligen in Verbindung zu treten.«

»Zweite Lektion, danke sehr.«

»Ich verstehe Sie nicht. Ich bin hierhergekommen, um etwas zu lernen, nicht um zu lehren.«

Die Frau begann mich zu ärgern. Vielleicht meinte sie das ja ironisch.

»Meine Beschützerin…«

»Beschützerin?«

»… irgendwann erkläre ich es Ihnen. Meine Beschützerin hat gesagt, dass ich das, was ich brauche, nur lerne, wenn ich dazu von außen angestoßen werde. Und seit ich aus Dubai zurückgekehrt bin, sind Sie der erste Mensch, der mir begegnet ist, um mir das zu zeigen. Was meine Beschützerin gesagt hat, ergibt jetzt einen Sinn.«

Ich erklärte ihr, dass ich im Rahmen meiner Vorstudien für das Stück mehrere Meister befragt hätte. Doch an dem, was sie lehrten, sei nichts Besonderes gewesen; allerdings war meine Neugier umso größer geworden, je tiefer ich in das Thema eindrang. Ich sagte ihr auch, ich hätte den Eindruck gewonnen, dass alle Menschen, die mit der Großen

Mutter zu tun hatten, überspannt seien und etwas orientierungslos wirkten.

»Inwiefern?«

Was Sex betraf, beispielsweise. In einigen Gruppen, die ich aufgesucht habe, war Sex vollkommen verboten. In andern wiederum herrschte vollkommene sexuelle Freiheit, manchmal kam es sogar zu Orgien. Athena wollte Einzelheiten wissen – mir war nicht klar, ob sie mich ausfragte, um mich zu prüfen, oder weil sie keine Ahnung von dem hatte, was in diesen Gruppen vorging.

Noch bevor ich Athena antworten konnte, fragte sie schon weiter.

»Wenn Sie tanzen, haben Sie dann sinnliche Gefühle? Fühlen Sie dann, dass Sie eine größere Energie herbeirufen? Wenn Sie tanzen, gibt es da Augenblicke, in denen Sie aufhören, Sie selber zu sein?«

Ich wusste nicht, was ich sagen sollte. Tatsächlich war in den Nachtclubs, den Partys bei Freunden beim Tanzen immer Sinnlichkeit im Spiel gewesen – ich fing an, die Männer zu provozieren, mir gefiel es, in ihren Augen das Begehren zu sehen. Je später es wurde, desto mehr trat ich in Verbindung mit mir selber. Die Tatsache, ob ich jemanden verführte oder nicht, wurde immer nebensächlicher …

Athena fuhr fort. »Der Tanz ist ein Ritual, genau wie das Theater. Außerdem ist er eine uralte Form, sich dem Partner zu nähern. Als würden die Fäden, die uns mit dem Rest der Welt verbinden, von Vorurteilen und Ängsten befreit. Wenn Sie tanzen, können Sie es sich leisten, Sie selbst zu sein.«

Ich begann ihr mit Respekt zuzuhören.

»Später werden wir dann wieder zu denjenigen, die wir

vorher waren. Verstörte Menschen, die vorgeben, wichtiger zu sein, als sie sich selber empfinden.«

Genauso fühlte ich mich auch immer. Oder sollten gar alle das Gleiche erleben?

»Haben Sie einen Freund?«

Mir fiel wieder ein, dass in einer Gruppe, in die ich gegangen war, um die ›Tradition der Gaia‹ zu lernen, einer der ›Druiden‹ gebeten hatte, vor seinen Augen Liebe zu machen. Ich fand es lächerlich und erschreckend – wie konnten diese Leute es wagen, die spirituelle Suche für ihre niedrigsten Triebe zu missbrauchen?

»Haben Sie einen Freund?«, fragte Athena erneut.

»Ja.«

Sie sagte nichts weiter. Sie legte nur die Hand an die Lippen, dass ich schweigen solle.

Und plötzlich wurde mir bewusst, dass es unheimlich schwierig war, schweigend neben jemandem zu sitzen, den man gerade erst kennengelernt hatte. Man neigt dann dazu, über irgendetwas zu reden, egal, was – das Wetter, Probleme mit dem Verkehr, die besten Restaurants. Wir saßen beide auf dem Sofa ihres vollkommen weißen Wohnzimmers, in dem es einen CD-Player und ein kleines CD-Regal gab. Es gab weder irgendwo Bücher noch Bilder an den Wänden. Da sie viel gereist war, hatte ich Gegenstände und Souvenirs aus dem Nahen Osten erwartet.

Aber es war alles leer, und dazu kam jetzt noch die Stille.

Athenas graue Augen starrten mich an, aber ich hielt ihrem Blick stand und wandte mich nicht ab. Vielleicht war es eine instinktive Reaktion, um klarzustellen, dass ich keine Angst hatte, sondern der Herausforderung ins Gesicht blickte. Nur wurden die Situation, das Schweigen, das weiße Zimmer und der Verkehrslärm draußen allmählich unwirklich. Wie lange noch würden wir dasitzen und nichts sagen?

Ich begann meinen Gedanken nachzuhängen. War ich nur auf der Suche nach Material für mein Stück zu Athena gekommen, oder ging es mir wirklich um die Kenntnisse, das Wissen, die … Kräfte? Mir war nicht klar, was mich dazu gebracht hatte, zu einer …

Zu einer was? Zu einer Hexe zu gehen?

Träume aus meiner Jugend fielen mir wieder ein: Wer wollte damals nicht gern einer echten Hexe begegnen, wer wollte nicht Magie lernen, von den Freundinnen voller Respekt und Furcht angesehen werden? Wer hatte sich nicht als Heranwachsende mit der Tausende Jahre dauernden Unterdrückung der Frau beschäftigt? Dieser Phase war ich zwar längst entwachsen, ich tat, was ich wollte, und behauptete mich in einem so schwierigen Feld wie dem Theater – aber warum war ich dann nie zufrieden? Warum suchte ich immer wieder … neue Herausforderungen?

Wir waren etwa gleich alt … oder war ich sogar älter? Jetzt trennte uns weniger als eine Armeslänge, und mir wurde etwas mulmig. War sie womöglich lesbisch?

Ich wusste, ohne den Blick zu wenden, wo die Tür war, und würde jederzeit gehen können. Niemand hatte mich gezwungen, in diese Wohnung zu kommen, jemanden zu treffen, den ich nie zuvor gesehen hatte, und dort Zeit zu verplempern, nichts zu sagen und überhaupt nichts dazuzulernen. Worauf wollte sie hinaus?

Ging es ihr um das Schweigen? Meine Muskeln verkrampften sich allmählich. Ich fühlte mich allein, schutzlos. Ich hatte den verzweifelten Wunsch zu sprechen, oder ich musste unbedingt meinen Geist davon abbringen, mir ständig zu sagen, dass alles mich bedrohte. Wie sollte ich wissen, wer ich war? Wir sind, was wir sagen!

Sie hatte mich nicht über mein Leben ausgefragt. Sie hatte lediglich wissen wollen, ob ich einen Freund habe. Ich versuchte mehr über das Theater zu sagen, aber ich brachte keinen Ton heraus. Nur zu gern hätte ich von ihr erfahren, was an den Geschichten über ihre Zigeunerabstammung dran war, über das, was in Transsylvanien, dem Land der Vampire, geschehen war.

Die Gedanken rissen nicht ab. Wie viel würde mich die Beratung kosten? Ich erschrak. Das hätte ich vorher fragen sollen. Vielleicht ein kleines Vermögen? Und wenn ich nicht zahlen würde, würde sie mich dann mit einem Zauber belegen, der mich am Ende zerstörte?

Ich wollte aufstehen, mich bedanken und sagen, dass ich nicht gekommen sei, um zu schweigen. Wenn man zu einem Psychiater geht, muss man reden. Wenn man in eine Kirche geht, hört man eine Predigt. Wenn man Magie sucht, trifft man auf einen Meister, der einem die Welt erklären möchte und einem eine Reihe von Ritualen an die Hand gibt. Aber Schweigen? Und warum störte mich das dermaßen?

Eine Frage ergab die andere – meine Gedanken überstürzten sich. Ich hätte gern gewusst, wozu es gut war, dass wir beide dasaßen und nichts sagten. Plötzlich, nach endlosen Minuten, in denen weiterhin nichts geschehen war, lächelte sie.

Ich lächelte auch und entspannte mich.

»Versuchen Sie, anders zu sein. Nur das.«

»Nur das? Bedeutet Schweigen, anders zu sein? Ich stelle

mir vor, dass in diesem Augenblick Tausende von Seelen in London verrückt danach sind, mit jemandem zu sprechen, und Sie sagen mir jetzt, dass das Schweigen den Unterschied ausmacht?«

»Jetzt, wo Sie sprechen und das Universum neu ordnen, werden Sie am Ende davon überzeugt sein, dass Sie recht haben und ich unrecht. Aber eines haben Sie gesehen: Schweigen ist anders.«

»Es ist unangenehm. Es bringt einem nichts bei.«

Meine Bemerkung schien sie nicht zu kümmern.

»An welchem Theater arbeiten Sie?«

Endlich fing sie an, sich für mein Leben zu interessieren! Ich wurde wieder ein Mensch mit einem Beruf und allem, was noch dazugehört! Ich lud sie zu einer Aufführung des Stückes ein, das gerade auf dem Spielplan stand – nur so konnte ich mich rächen, nämlich indem ich Athena zeigte, dass ich etwas konnte, was sie nicht konnte. Dieses Schweigen hatte ein Gefühl von Demütigung in mir hinterlassen.

Sie fragte, ob sie ihren Sohn mitbringen dürfe. Ich verneinte, das Stück sei etwas für Erwachsene.

»Na gut, ich kann ihn bei meiner Mutter lassen. Ich bin ewig lang nicht mehr im Theater gewesen.«

Sie verlangte nichts für die Beratung. Als ich die andern Mitglieder meines Ensembles wiedersah, erzählte ich ihnen von meiner Begegnung mit diesem geheimnisvollen Wesen. Meine Kollegen waren wahnsinnig neugierig darauf, Athena kennenzulernen, die jemanden bei einem ersten Treffen nur darum gebeten hatte zu schweigen.

Wie versprochen, erschien Athena zu der Aufführung. Sie sah sich das Stück an, und anschließend kam sie in die Garderobe, um mich zu begrüßen. Sie sagte nicht, ob es ihr gefallen hatte. Meine Kollegen schlugen vor, sie in die Bar einzuladen, in die wir immer nach der Vorstellung gingen. Anstatt zu schweigen, begann sie dort gleich über eine Frage zu sprechen, die bei unserer ersten Begegnung ohne Antwort geblieben war.

»Niemand, nicht einmal die Große Mutter, würde es je wollen, dass Sexualität nur in rituellem Rahmen ausgelebt wird. Es muss immer Liebe dabei sein. Sie haben mir erzählt, dass Sie solche Leute getroffen haben. Seien Sie vorsichtig.«

Meine Kollegen verstanden überhaupt nichts, aber ihnen gefiel das Thema, und sie begannen, Athena mit Fragen zu bombardieren. Etwas störte mich: Athenas Antworten waren sehr technisch, als hätte sie in dem Bereich, über den sie sprach, nicht viel Erfahrung. Sie erzählte etwas vom Spiel der Verführung, über Fruchtbarkeitsrituale und schloss mit einer griechischen Sage – wahrscheinlich, weil ich bei unserer ersten Begegnung erzählt hatte, dass die Ursprünge des Theaters im antiken Griechenland liegen. Sie wird daraufhin die ganze Woche damit verbracht haben, etwas über das Thema zu lesen.

»Nach Jahrhunderten männlicher Herrschaft kehren wir zum Kult der Großen Mutter zurück. Die Griechen nannten sie Gaia, und der Mythos besagt, dass sie zusammen mit Eros, dem Gott der Liebe, aus dem Chaos geboren wurde, der Leere, die vorher im Universum herrschte. Und Gaia brachte das Meer und den Himmel hervor.«

»Wer war der Vater?«, fragte einer meiner Freunde.

»Niemand. Es gibt ein Fachwort dafür, Parthenogenese, was bedeutet, ohne männliches Zutun zu gebären. Es gibt auch einen mystischen Begriff dafür, den wir eher gewohnt sind: die unbefleckte Empfängnis.

Von Gaia stammen alle Götter ab, die später die griechische Mythologie bevölkern sollten – auch unser teurer Dionysos, euer Schutzpatron. Doch Gaia geriet in Vergessenheit, je mehr der Mann die öffentlichen Angelegenheiten in den Dörfern und Städten bestimmte. Gaia wurde von Zeus, Ares, Apollo und anderen ersetzt, die alle sehr kompetent waren, aber nicht die magische Kraft der Mutter besaßen, die der Ursprung gewesen war.«

Anschließend fragte uns Athena über die Theaterarbeit aus. Der Direktor fragte sie, ob sie uns nicht ein paar Stunden geben wolle.

»Worüber?«

»Über das, was Sie wissen.«

»Wenn ich ehrlich sein soll, habe ich das, was ich über die griechische Mythologie weiß, in einer Woche gelernt. Ich lerne alles in dem Maße, wie ich es brauche, genau wie Edda es mir gesagt hat.«

Also hatte ich doch recht gehabt!

»Aber ich kann mit Ihnen teilen, was mich das Leben gelehrt hat.«

Alle waren einverstanden. Niemand fragte, wer Edda war.

Deidre O'Neill, bekannt als Edda

Ich habe damals, als sie zum zweiten Mal zu mir kam, zu Athena gesagt: Du hättest nicht herzukommen brauchen, nur um mich dummes Zeug zu fragen. Wenn eine Gruppe beschlossen hat, dich als Lehrerin anzunehmen, warum nutzt du die Gelegenheit nicht, um zu einer Meisterin zu werden?

Tue, was ich immer getan habe.

Versuche, dich gut zu fühlen, selbst wenn du findest, dass du das Allerletzte bist: Glaube nicht, dass du nicht in Ordnung bist. Lasse die Große Mutter von deinem Körper und deiner Seele Besitz ergreifen, überlasse dich ihr durch Tanz oder Schweigen oder die ganz gewöhnlichen Dinge des Lebens – wie beispielsweise den Sohn zur Schule zu bringen, das Abendessen zuzubereiten, die Wohnung aufzuräumen. Alles ist Anbetung – wenn du deinen Geist auf den Augenblick konzentrierst.

Versuche niemanden von was auch immer zu überzeugen. Wenn du etwas nicht weißt, dann versuche, es herauszubekommen. Doch während du etwas tust, sei wie ein ruhig strömender Fluss, und überlasse dich einer höheren Energie. Glaube – das habe ich dir schon bei unserer ersten Begegnung gesagt.

Glaube an deine Fähigkeiten.

Anfangs wirst du verwirrt sein, unsicher. Später wirst du annehmen, dass alle denken, sie würden betrogen. Nichts davon stimmt: Du hast das Wissen, du musst dir dessen nur bewusst sein. Der Geist aller Menschen auf diesem Planeten lässt sich leicht von negativen Gedanken beeinflussen, alle fürchten sich vor Krankheit, einer Invasion, einem Überfall, dem Tod. Versuche, ihnen die verlorene Freude wiederzugeben.

Sei deutlich.

Programmiere dich jede Minute des Tages neu mit Gedanken, die dich wachsen lassen. Wenn du ärgerlich bist und durcheinander, dann versuche, über dich selber zu lachen. Lache laut, lache viel über dich, diese Frau, die sich sorgt, ängstigt und findet, dass ihre Probleme die wichtigsten der Welt sind. Lache über die lächerliche Situation, denn du bist die Verkörperung der Großen Mutter, glaubst aber noch, dass Gott ein Mann ist, der unendlich viele Regeln festsetzt. Im Grunde genommen lassen sich die meisten unserer Probleme genau darauf zurückführen: auf das Befolgen von Regeln.

Konzentriere dich.

Wenn du findest, dass du dein Interesse nicht auf etwas fokussieren kannst, dann konzentriere dich auf die Atmung. Durch deine Nase strömt die Luft, die Energie der Großen Mutter, in dich hinein. Höre auf das Pochen deines Herzens, folge den Gedanken, die du nicht kontrollieren kannst, halte den Wunsch im Zaum, sofort aufzustehen und etwas ›Nützliches‹ zu machen. Sitze ein paar Minuten am Tag einfach nur da, ohne etwas zu tun. Nutze dies, so gut du kannst.

Wenn du das Geschirr abwäscht, bete. Danke dafür, dass du Geschirr hast, das du waschen kannst. Es bedeutet, dass auf ihm zuvor etwas zu essen gewesen war, das jemanden ernährt hat, dass du liebevoll für einen oder mehrere Menschen gesorgt, gekocht, den Tisch gedeckt hast. Stell dir vor, wie viele Millionen Menschen in diesem Augenblick überhaupt nichts haben, das sie waschen könnten, oder niemanden haben, für den sie den Tisch decken könnten.

Natürlich sagen die Frauen: Ich werde nicht abwaschen, sollen das doch die Männer tun. Nun, das sollen sie ruhig tun, wenn sie wollen, aber darin sehe ich noch keine Gleichberechtigung. Es ist kein Fehler, einfache Dinge zu verrichten – auch wenn es heißen würde, ich arbeite gegen die Sache der Frauen, wenn ich morgen einen Artikel über all das veröffentlichen würde.

So ein Unsinn! Als wäre Geschirr abwaschen, einen Büstenhalter tragen oder Türen öffnen oder schließen etwas, das mich in meiner Eigenschaft als Frau erniedrigen würde. Ehrlich gesagt, liebe ich es, wenn ein Mann mir die Tür aufhält: Vordergründig bedeutet die Geste zwar: ›Sie ist schwach, daher muss ich das tun.‹ In meiner Seele hingegen steht: ›Ich werde wie eine Göttin behandelt, ich bin eine Königin.‹

Ich bin nicht da, um ausschließlich für die weibliche Sache zu arbeiten, denn Männer und Frauen sind gleichermaßen eine Verkörperung der Großen Mutter, der Göttlichen Einheit. Niemand kann größer sein als das.

Ich würde zu gern zusehen, wenn du unterrichtest, was du gerade lernst: das ist das Ziel des Lebens – die Offenbarung! Du wirst zu einem Kanal, hörst dich selber, bist über dich selber überrascht, über das, was du kannst. Erinnerst du dich an die Arbeit in der Bank? Vielleicht hast du es ja nie begriffen, aber es war die Energie, die durch deinen Körper, deine Augen, deine Hände floss.

Du würdest sagen: ›Das stimmt nicht ganz, es war der Tanz.‹

Der Tanz funktioniert nur als ein Ritual. Was ist ein Ritual? Es bedeutet, etwas Monotones in etwas zu verwandeln, das anders ist, rhythmisch, die Einheit kanalisieren kann. Daher bestehe ich darauf: Sei anders. Du kannst es bei den einfachsten Verrichtungen sein, beispielsweise auch, wenn du Geschirr abwäschst. Bewege einfach die Hände so, dass sie niemals eine Geste wiederholen – aber halte einen Takt ein.

Wenn du glaubst, dass es hilft, dann versuche dir Blumen, Vögel oder Bäume in einem Wald vorzustellen. Stelle dir keine einzelnen Dinge vor wie jene Kerze, auf die du dich konzentriert hast, als du das erste Mal hier warst. Versuche an etwas Kollektives zu denken. Und weißt du, was du dann bemerken wirst? Dass nicht du es bist, die über deine Gedanken entscheidet.

Ich werde dir ein Beispiel geben: Stelle dir einen Schwarm fliegender Vögel vor. Wie viele Vögel hast du gesehen? Elf, neunzehn, fünf? Du hast eine Vorstellung, weißt aber die genaue Anzahl nicht. Nun, woher stammt diese Vorstellung? Jemand hat sie dorthin gesetzt. Jemand, der die genaue Anzahl der Vögel, der Bäume, der Steine, der Blumen kennt. Jemand, der im Bruchteil von Sekunden von dir Besitz ergreift und seine Macht zeigt.

Du bist, was du zu sein glaubst.

Wiederhole nicht immer wieder wie jene Menschen, die an das ›positive Denken‹ glauben, dass du geliebt wirst, stark oder fähig bist. Du brauchst das nicht zu sagen. Du weißt es bereits. Und wenn du zweifelst – und ich denke, das wird in diesem Entwicklungsstadium häufig passieren –, dann tue, was ich dir vorgeschlagen habe. Anstatt den Versuch zu unternehmen, zu beweisen, dass du besser bist, als du denkst, lache einfach. Lache über deine Sorgen, deine Unsicherheit. Betrachte deine Ängste mit Humor. Anfangs ist das schwierig, aber allmählich wirst du dich daran gewöhnen.

Jetzt aber fahr wieder zurück nach London, und triff jene Menschen, die glauben, du wüsstest alles. Rede dir selber ein, sie hätten recht – denn wir alle wissen alles – man muss nur daran glauben.

Glaube.

Gruppen sind sehr wichtig, das habe ich schon bei unserer ersten Begegnung in Bukarest gesagt. Denn sie zwingen uns, an uns selber zu arbeiten. Wenn du allein bist, bleibt dir nichts anderes übrig, als über dich selber zu lachen. Aber wenn du mit anderen zusammen bist, wirst du erst recht lachen und anschließend handeln. Gruppen sind eine Herausforderung. Gruppen erlauben uns, Wesensverwandte zu finden. Gruppen schaffen eine kollektive Energie, in der die Ekstase sehr viel einfacher zu erreichen ist, da sich alle gegenseitig anstecken.

Selbstverständlich können Gruppen uns auch zerstören. Aber: Es gehört zum Leben, es macht den Menschen aus, mit anderen Menschen zusammen zu sein. Und wenn es jemandem nicht gelingt, seinen Überlebensinstinkt gut auszubilden, dann hat er nicht verstanden, was die Große Mutter sagt.

Du hast Glück. Eine Gruppe hat dich gebeten, ihr etwas beizubringen – und das wird dich zu einer Meisterin machen.

Heron Ryan, Journalist

Vor dem ersten Treffen mit den Schauspielern hat Athena mich in meiner Wohnung besucht. Seit ich den Artikel über Sara veröffentlicht hatte, war sie überzeugt davon, dass ich sie verstand – was überhaupt nicht stimmte. Ich war nur daran interessiert, ihre Aufmerksamkeit zu wecken. Der einzige Grund für meinen Versuch zu akzeptieren, dass es eine unsichtbare Wirklichkeit gab, die in unser Leben eingriff, war eine Liebe, gegen die ich mich wehrte, die aber unmerklich wuchs und mich zu zerstören drohte.

Dabei war ich mit meiner Welt völlig zufrieden, wollte mich überhaupt nicht verändern, obwohl etwas in mir mich dazu drängte.

»Ich habe Angst«, sagte sie, kaum dass sie hereingekommen war. »Aber ich muss weitermachen, tun, was meine innere Stimme mir sagt. Ich muss meiner inneren Stimme vertrauen.«

»Sie haben eine große Lebenserfahrung, haben bei den Zigeunern, bei den Derwischen in der Wüste gelernt, bei …«

»Zuerst einmal: Das stimmt so nicht. Was heißt überhaupt lernen: Wissen anhäufen? Oder sein Leben verändern?«

Ich schlug Athena vor, an diesem Abend gemeinsam etwas zu essen und tanzen zu gehen. Sie nahm die Einladung zum Abendessen an, wollte aber nicht tanzen.

Während sie in meiner Wohnung umherging, kam sie erneut auf ihre Frage zurück. »Bedeutet lernen, Dinge in ein Regal zu räumen oder sich alles Überflüssigen zu entledigen?«

In meinen Regalen standen all die Werke, die ich über viele Jahre gekauft, gelesen und mit meinen Anmerkungen versehen hatte. Sie verkörperten meine Bildung, zeigten meine Persönlichkeit und waren meine wahren Meister.

»Wie viele Bücher haben Sie da? Mehr als tausend, nehme ich an. Und dennoch werden Sie die meisten nie wieder aufschlagen. Sie bewahren das alles auf, weil Sie nicht glauben.«

»Ich glaube nicht?«

»Sie glauben nicht, Punktum. Wer glaubt, wird lesen, wie ich über das Theater gelesen habe, nachdem Andrea mir etwas über dessen Entstehung erzählt hat. Aber wichtiger als das Lesen ist das Sprechen, und aus mir spricht die Große Mutter. Und während man spricht, findet man etwas heraus. Etwas herauszufinden, bedeutet, die leeren Stellen auszufüllen. Wie ein Leser beispielsweise, der die vom Schriftsteller absichtlich geschaffenen ›leeren Stellen‹ ausfüllt, indem er sich selber etwas vorstellt, seine eigene Phantasie benutzt. Und hat man einmal damit angefangen, diese Stellen auszufüllen, beginnt man an die eigenen Fähigkeiten zu glauben.

Wie viele Menschen würden nicht gern all die Bücher lesen, die Sie dort stehen haben, doch sie können sie sich nicht leisten? Währenddessen stehen Ihre Bücher wie tot im Regal und dienen nur dazu, die Freunde zu beeindrucken, die Sie besuchen. Alle Ihre Bücher sind ungenutzte Energie. Vielleicht glauben Sie ja auch, dass Sie zwar aus Ihren Büchern schon etwas gelernt haben, aber vielleicht noch einmal etwas in ihnen nachschlagen müssen.«

Ich fand, sie ging ziemlich hart mit mir ins Gericht. Aber das faszinierte mich.

»Finden Sie, dass ich diese Bibliothek nicht brauche?«

»Ich finde schon, dass Sie lesen sollten, aber Sie brauchen all diese Bücher nicht aufzubewahren. Wäre es zu viel verlangt, wenn wir auf dem Weg ins Restaurant die meisten Bücher an die Leute verteilen, die uns unterwegs begegnen?«

»Die Bücher würden nicht in meinen Wagen passen.«

»Dann mieten wir eben einen Lastwagen.«

»Na, dann würden wir wohl nie im Restaurant ankommen. Ich dachte, Sie sind hierhergekommen, weil Sie sich unsicher fühlen, und nicht, um mir zu sagen, was ich mit meinen Büchern machen soll. Ohne meine Bücher würde ich mir nackt vorkommen.«

»Unwissend, wollten Sie sagen.«

»Ungebildet, wenn Sie das richtige Wort suchen.«

»Dann ist Ihre Bildung nicht in Ihrem Herzen, sondern steht auf den Regalen in Ihrer Wohnung.«

Das reichte. Ich ging zum Telefon und reservierte einen Tisch. Ich sagte, wir würden in einer Viertelstunde kommen. Athena wollte offenbar ausweichen – weil sie sich zutiefst verunsichert fühlte, war sie zum Angriff übergegangen und lenkte damit von sich ab. Sie brauchte einen Mann an ihrer Seite – und wer weiß, vielleicht sondierte sie ja gerade bei mir, wie weit sie gehen konnte, und benutzte weibliche Tricks, um herauszufinden, was ich alles für sie tun würde.

Immer wenn ich mich in ihrer Gegenwart befand, war es so, als bekäme mein Leben einen Sinn. Wollte sie das hören? Nun, das würde ich ihr beim Abendessen gestehen. Ich würde fast alles tun – sogar die Frau verlassen, mit der ich jetzt zusammen war, aber meine Bücher weggeben – niemals.

Im Taxi sprachen wir wieder über die Theatergruppe. Dabei war ich in diesem Augenblick bereit, etwas zu tun, was ich noch nie getan hatte – über Liebe zu sprechen, was für mich unendlich viel schwieriger war, als über Marx, Jung, die Labour Party in England zu schreiben oder mich mit alltäglichen Problemen einer Zeitungsredaktion herumzuschlagen.

»Machen Sie sich keine Sorgen«, sagte ich und hätte am liebsten ihre Hand genommen. »Es wird alles gutgehen. Sprechen Sie morgen vor der Theatergruppe über Kalligraphie! Sprechen Sie übers Tanzen! Sprechen Sie über Dinge, von denen Sie etwas verstehen.«

»Täte ich das, würde ich niemals herausfinden, was ich nicht weiß. Wenn ich morgen auf der Bühne stehe, muss ich meinen Verstand zum Schweigen bringen und mein Herz sprechen lassen. Aber es ist das erste Mal, dass ich so etwas tue, und ich habe Angst.«

»Möchten Sie, dass ich mitkomme?«

Sie sagte sofort ja. Im Restaurant bestellten wir Wein. Ich trank, weil ich Mut brauchte, um zu sagen, was ich fühlte. Es erschien mir verrückt, jemanden zu lieben, den ich nicht einmal richtig kannte. Sie trank, weil sie Angst davor hatte, über etwas zu sprechen, über das sie nichts wusste.

Beim zweiten Glas bemerkte ich, dass sie mit den Nerven am Ende war. Ich versuchte, ihre Hand zu ergreifen, aber sie entzog sie mir sanft.

»Ich darf keine Angst haben.«

»Selbstverständlich dürfen Sie das, Athena. Auch ich habe oft Angst. Aber auch dann mache ich weiter und stelle mich den Herausforderungen.«

Ich bemerkte, dass ich ebenfalls mit den Nerven am Ende war. Ich goss unsere Gläser abermals voll – immer wieder kam der Kellner, um zu fragen, was wir essen wollten, und ich sagte ihm, wir würden die Speisen später auswählen.

Ich redete zwanghaft über alles, was mir gerade in den Sinn kam. Athena hörte höflich zu, aber sie schien weit weg in einem düsteren, von Gespenstern bevölkerten Universum zu sein. Unvermittelt erzählte sie mir dann wieder etwas über die Frau in Schottland und was diese ihr gesagt hatte. Ich fragte, ob es sinnvoll sei, etwas zu lehren, über das man selbst nichts wisse.

»Hat Ihnen jemals jemand beigebracht zu lieben?«, fragte sie zurück.

Sollte sie meine Gedanken gelesen haben?

»Aber dennoch sind Sie wie jeder andere Mensch fähig zu lieben. Wie haben Sie es gelernt? Sie haben es nicht gelernt. Sie glauben. Sie glauben, und daher lieben Sie.«

»Athena ...« Ich zögerte, aber es gelang mir, den Satz zu Ende zu bringen, obwohl ich etwas anderes hatte sagen wollen. » ... vielleicht sollten wir etwas zu essen bestellen.«

Ich merkte, dass ich noch nicht bereit war, über Dinge zu sprechen, die meine Welt durcheinanderbrachten. Ich rief den Kellner, bestellte Vorspeisen, dann noch mehr Vorspeisen, ein Hauptgericht, einen Nachtisch und eine weitere Flasche Rotwein. Je länger das Abendessen dauern würde, umso besser.

»Sie sind eigenartig. Liegt es etwa an dem, was ich über Bücher gesagt habe? Ach, machen Sie, was Sie wollen, ich bin nicht hier, um Ihre Welt zu verändern. Wenn ich nicht aufpasse, gebe ich Ihnen noch ungefragt Ratschläge.«

Meine Welt verändern – wenige Augenblicke zuvor hatte ich genau daran gedacht.

»Athena, Sie erzählen mir immer ... also, ich möchte über etwas sprechen, was in dieser Bar in Sibiu passiert ist, mit der Zigeunermusik ...«

»Im Restaurant, wollten Sie sagen.«

»Ja, im Restaurant. Vorhin haben wir über Bücher geredet, über Dinge, die sich anhäufen und Platz brauchen. Vielleicht haben Sie ja recht. Es gibt etwas, das ich Ihnen, seit ich Sie an jenem Tag habe tanzen sehen, geben möchte. Das lastet immer mehr auf meinem Herzen.«

»Ich weiß nicht, worüber Sie reden.«

»Selbstverständlich wissen Sie es. Ich meine eine Liebe, die ich ganz allmählich in mir entdecke und die ich mit allen Mitteln zu zerstören versuche, bevor sie sich ganz offenbart. Ich möchte sie Ihnen geben. Es ist etwas von mir, das ich aber nicht besitze. Meine Liebe gehört nicht allein Ihnen, denn es gibt jemanden in meinem Leben, aber ich wäre glücklich, wenn Sie sie trotzdem annehmen.

Ein libanesischer Dichter, Khalil Gibran, hat einmal gesagt: *›Es ist gut zu geben, wenn jemand darum bittet, aber es ist noch besser, jemandem, der um nichts gebeten hat, alles geben zu können.‹* Wenn ich nicht gesagt hätte, was ich Ihnen gerade gesagt habe, wäre ich nur ein Zuschauer dessen, was passiert – aber ich wäre nicht derjenige, der es erlebt.«

Ich atmete tief ein: Der Wein hatte mich lockerer gemacht.

Athena trank ihr Glas ganz aus, und ich tat es ihr nach. Der Kellner kam mit den Speisen, kommentierte die Gerichte, erklärte uns die Zutaten und die Zubereitungsweise. Wir blickten einander starr in die Augen. Andrea hatte mir erzählt, dass Athena das gemacht habe, als sie sich zum ersten Mal getroffen hatten, und sie war überzeugt gewesen, dass Athena sie damit hatte einschüchtern wollen.

Das Schweigen war schrecklich. Ich stellte mir schon vor, dass sie aufstehen und von ihrem angeblichen Freund bei Scotland Yard reden oder sagen würde, dass sie sich zwar sehr geschmeichelt fühle, jetzt aber gehen wolle, weil sie sich noch auf den nächsten Tag vorbereiten müsse.

»Aber gibt es überhaupt etwas, das man behalten könnte? Alles, was wir besitzen, wird eines Tages weggegeben. Die Bäume geben, um weiterleben zu können, denn behalten hieße, ihrem Leben ein Ende zu bereiten.«

Obwohl ihre Stimme leise und wegen des Weins etwas langsam war, brachte sie alle um uns herum zum Schweigen.

»Doch das größte Verdienst gehört nicht dem Gebenden, sondern dem Empfänger, der etwas annimmt, ohne sich als Schuldner zu fühlen. Der Mensch gibt wenig, wenn er nur über die materiellen Güter verfügt, die er besitzt. Aber er gibt viel, wenn er sich selber gibt.«

Sie sagte das alles, ohne zu lächeln. Ich hatte das Gefühl einer Sphinx gegenüberzusitzen.

»Diese Sätze sind ebenfalls von dem Dichter, den Sie zitiert haben. Ich habe sie in der Schule gelernt, aber ich brauche das Buch nicht, in dem sie stehen. Ich habe die Worte in meinem Herzen bewahrt.«

Sie trank noch ein wenig. Ich ebenfalls. Ich konnte sie jetzt schlecht fragen, ob sie akzeptierte oder nicht. Aber ich fühlte mich leichter.

»Vielleicht haben Sie ja recht. Ich werde meine Bücher einer öffentlichen Bibliothek schenken und nur ein paar behalten, die ich ganz bestimmt wieder lesen möchte.«

»Möchten Sie jetzt wirklich darüber reden?«

»Nein. Ich weiß nur nicht, wie ich das Gespräch weiterführen soll.«

»Nun, dann lassen Sie uns einfach essen und die Speisen genießen. Das ist doch eine gute Idee, nicht wahr?«

Nein, das war keine gute Idee. Ich wollte etwas anderes hören. Aber ich hatte Angst zu fragen, daher redete ich weiter über Bibliotheken, über Bücher, über Dichter. Ich redete zwanghaft, während es mir leidtat, dass ich so viele Speisen bestellt hatte – jetzt war ich es, der am liebsten hinausgerannt wäre, weil ich nicht wusste, wie ich mich weiter verhalten sollte.

Am Ende musste ich ihr versprechen, sie ins Theater zu begleiten und an ihrer ersten Unterrichtsstunde teilzunehmen. Ich wertete das als Zeichen, dass sie mich brauchte, dass sie das Geschenk annahm, das ich ihr machen wollte, seit ich sie in einem Restaurant in Transsylvanien hatte tanzen sehen. Damals war dieser Wunsch noch unbewusst gewesen, erst an diesem Abend war ich imstande, ihn ganz zu begreifen.

Oder zu glauben, wie Athena sagen würde.

Andrea McCain, Schauspielerin

Selbstverständlich war es meine Schuld. Hätte ich sie nicht darum gebeten, wäre Athena niemals an jenem Morgen im Theater erschienen. Sie forderte uns auf, uns auf den Bühnenboden zu legen, uns vollkommen zu entspannen und gleichzeitig unseren Atem und jeden einzelnen Körperteil bewusst wahrzunehmen.

»Entspannen Sie jetzt die Schenkel…«

Wir gehorchten alle, als hätten wir eine Göttin vor uns, jemanden, der mehr wusste als wir alle zusammen, obwohl wir diese Art Übung vorher schon Hunderte von Malen gemacht hatten. Wir waren alle neugierig, was dann kommen würde.

»... nun entspannen Sie das Gesicht, atmen Sie tief ein.«

Glaubte sie wirklich, sie würde uns etwas Neues beibringen? Wir hatten einen Vortrag, eine Vorlesung erwartet! – Ich darf mich jetzt nicht aufregen, kehren wir also in die Vergangenheit zurück! – Wir entspannten uns, und dann kam dieses Schweigen, das uns vollkommen durcheinanderbrachte. Als ich später mit meinen Kollegen darüber sprach, bestätigten sie, dass sie das Gefühl gehabt hätten, die Übung sei nun zu Ende, man könne sich wieder hinsetzen, sich umschauen, aber niemand tat es. Wir alle blieben endlose fünfzehn Minuten in einer Art erzwungenen Meditation liegen.

Dann kam wieder ihre Stimme:

»Sie hatten genug Zeit, um an mir zu zweifeln. Der eine oder andere hat Ungeduld gezeigt. Aber jetzt werde ich nur noch um eines bitten: Wenn ich bis drei gezählt habe, stehen Sie bitte auf und seien Sie anders. – Ich sage nicht, seien Sie jemand anderes, ein Tier, ein Haus. Vermeiden Sie das anzuwenden, was Sie in Schauspielkursen gelernt haben – ich bitte Sie hier nicht darum, als Schauspieler zu agieren und Ihre Fähigkeiten zu zeigen. Ich will, dass Sie aufhören, Sie selber zu sein, und sich in etwas Unbekanntes verwandeln.«

Wir hatten die Augen geschlossen, lagen auf dem Boden, und niemand wusste, wie der andere reagieren würde. Athena spielte mit dieser Ungewissheit.

»Ich werde ein paar Worte sagen, und Sie werden Bilder zu diesen Begriffen assoziieren. Vergessen Sie nicht, dass Sie von Vorurteilen vergiftet sind und sich, wenn ich ›Schicksal‹ sage, wahrscheinlich die Zukunft Ihres Lebens vorstellen werden. Wenn ich ›Rot‹ sage, womöglich mit psychoanalytischen Interpretationen beginnen. Das will ich nicht. Ich will, wie ich bereits gesagt habe, dass Sie anders sind.«

Sie konnte nicht einmal richtig erklären, was sie wollte. Da niemand sich beschwerte, war ich mir sicher, dass alle einfach nur höflich sein wollten, keiner aber Athena ein zweites Mal einladen würde. Und mir würden sie anschließend vorwerfen, ich sei naiv gewesen, sie überhaupt eingeladen zu haben.

»Dies ist das erste Wort: heilig.«

Um mich nicht zu langweilen, spielte ich mit: Ich stelle mir meine Mutter, meinen Freund, meine zukünftigen Kinder, eine brillante Karriere vor.

»Machen Sie eine Geste, die ›heilig‹ bedeutet.«

Ich kreuzte meine Arme über der Brust, als würde ich alle mir lieben Menschen umarmen. Später erfuhr ich, dass die meisten die Arme zu einem Kreuz ausgebreitet hatten und ein junges Mädchen die Beine gespreizt hatte, als würde sie Liebe machen.

»Entspannen Sie sich wieder. Vergessen Sie wieder alles, und lassen Sie die Augen geschlossen. Die Gesten, die Sie gemacht haben, zeigen mir, dass Sie eine feste Vorstellung von dem haben, was Sie unter ›heilig‹ verstehen. Das soll keine Kritik sein, aber genau darauf bin ich heute nicht aus. Daher bitte ich Sie, beim nächsten Wort nicht an die übliche Definition zu denken, sondern Ihre Wahrnehmungskanäle so zu öffnen, dass die Vergiftung durch die gewohnte Realität verschwindet. Abstrahieren Sie, dann können Sie in die Welt eintreten, in die ich Sie führen möchte.«

Den letzten Satz hatte sie mit solcher Autorität gesagt,

dass sich alles veränderte. Die Stimme wusste jetzt, wohin sie uns führen wollte. Da sprach die Meisterin anstelle einer Vortragenden.

»Erde«, sagte sie.

Und plötzlich begriff ich, wovon sie sprach. Nicht meine Vorstellungskraft war mehr wichtig, sondern mein Körper, der Kontakt zum Boden hatte. Ich war die Erde.

»Machen Sie eine Geste, die Erde darstellt.«

Ich bewegte mich nicht. Ich war der Boden der Bühne.

»Ausgezeichnet«, sagte sie. »Niemand hat sich bewegt. Alle haben zum ersten Mal das gleiche Gefühl erlebt. Anstatt etwas zu beschreiben, haben Sie es in eine Vorstellung verwandelt.«

Dann schwieg sie wieder – fünf endlose Minuten. Die Stille verunsicherte uns. Uns war nicht klar, ob Athena eine Ahnung hatte, wie sie weitermachen wollte, oder ob sie wusste, dass wir gewohnt waren, schnell und zügig zu arbeiten.

»Gleich sage ich das dritte Wort.«

Sie machte eine Pause.

»Mittelpunkt.«

Ich spürte, wie meine ganze Lebensenergie zum Bauchnabel strömte, und es war so, als strahlte dort ein gelbes Licht. Das machte mir Angst: Wenn mich jemand berühren würde, könnte ich sterben.

»Die Geste des Mittelpunkts!«

Der Satz kam wie ein Befehl. Ich legte sofort die Hände auf den Leib, um mich zu schützen.

»Ausgezeichnet«, sagte Athena, »Sie können sich hinsetzen.«

Ich öffnete die Augen und bemerkte, dass die Scheinwerfer hoch oben über der Bühne gelöscht waren. Ich rieb mir das Gesicht, stand vom Boden auf. Meine Kollegen wirkten überrascht.

»War das der Vortrag?«, fragte der Regisseur.

»Wenn Sie wollen, nennen Sie es Vortrag.«

»Danke, dass Sie gekommen sind. Wenn Sie erlauben, werden wir jetzt mit der Probe für das nächste Stück beginnen.«

»Aber ich bin noch nicht fertig.«

»Verschieben wir das auf ein anderes Mal.«

Die Reaktion des Regisseurs schien alle zu verwirren. Wir hatten zwar anfangs gezweifelt, aber am Ende hatte es uns gefallen – es war etwas anderes, nichts, das mit dem Spielen von Dingen oder Personen zu tun hatte, nichts, wobei man sich Bilder wie Apfel oder Kerzen vorstellen sollte. Nichts, bei dem man im Kreis saß und einander die Hände gab und so tat, als würde man ein heiliges Ritual durchführen. Es war einfach etwas Unsinniges, und wir hätten gerne gewusst, wo es hinführte.

Athena bückte sich ohne irgendeine Gefühlsregung, um ihre Tasche zu nehmen. In diesem Augenblick hörten wir eine Stimme aus dem Parkett.

»Wunderbar!«

Heron war mit ihr gekommen. Der Regisseur wirkte besorgt, denn er wusste, dass Heron die Theaterkritiker seiner Zeitung gut kannte – und ausgezeichnete weitere Medienkontakte hatte.

»Sie waren keine Individuen mehr, sondern die Verkörperung von Begriffen! Schade, dass die Schauspieler nun wieder an ihre Arbeit müssen, aber machen Sie sich keine Sorgen, Athena, wir werden eine andere Gruppe finden, in der ich das Ende Ihres Vortrags erleben kann. Ich habe da meine Kontakte.«

»Moment mal«, sagte der Regisseur und schaute in unsere verblüfften Gesichter. »Wer weiß, vielleicht könnten wir ja die heutige Probe verschieben und …«

»Lassen Sie nur, ich muss sowieso zurück in die Redaktion. Machen Sie Ihre Proben wie gewohnt. Ich bin gerade auf eine ausgezeichnete Story gestoßen.«

Athena kümmerte sich nicht um den Wortwechsel zwischen den beiden Männern, stieg von der Bühne herunter und begleitete Heron. Wir fragten den Regisseur, wieso er so reagiert habe.

»Bei allem Respekt vor Andrea, aber ich fand, dass unser Gespräch in der Bar sehr viel ergiebiger war als der Unsinn, den wir gerade gemacht haben. Habt ihr gesehen, wie sie schwieg? Sie hatte keine Ahnung, was sie als Nächstes tun würde!«

»Aber ich habe etwas Eigenartiges gespürt«, sagte einer der älteren Schauspieler. »Als sie ›Mittelpunkt‹ gesagt hat, konzentrierte sich meine Lebenskraft im Bauchnabel. So etwas habe ich noch nie erlebt.«

»Bist du dir sicher?«, fragte eine Schauspielerin, die, dem Ton ihrer Stimme nach zu urteilen, das Gleiche gespürt hatte.

»Diese Frau kommt mir vor wie eine Hexe«, sagte der Regisseur. »Und jetzt los, zurück an die Arbeit!«

Wir begannen mit Stretching, Aufwärmen, Meditation, strikt nach Handbuch. Es folgten noch ein paar Improvisationen, und dann begannen wir mit der Lektüre des neuen Textes. Athena schien sich ganz allmählich aufzulösen, alles war wieder so wie gewohnt – die Vorbereitung einer Theateraufführung, bei der Schauspieler seit jeher so tun, als wären sie jemand anderes.

Aber das war nur gespielt. Athena war anders, und ich beschloss, sie noch einmal zu besuchen, nicht zuletzt, weil der Regisseur sie eine Hexe genannt hatte.

Heron Ryan, Journalist

Unwillkürlich hatte ich genau befolgt, was Athena den Schauspielern befohlen hatte, hatte ihr in allem gehorcht – nur war ich dazu sitzen geblieben. Ich hielt die Augen offen, um mitzubekommen, was auf der Bühne geschah. Als sie »Geste des Mittelpunkts« sagte, legte ich die Hand auf meinen Bauchnabel und sah zu meiner Überraschung, dass alle, auch der Regisseur, dasselbe taten. Was war da passiert?

Am Nachmittag des gleichen Tages hatte ich die entsetzlich langweilige Aufgabe, über den Besuch eines Staatschefs in England zu schreiben, eine wahre Geduldsprobe. In einer Pause zwischen mehreren Telefongesprächen beschloss ich, meine Redaktionskollegen zu fragen, welche Geste sie machen würden, wenn ich sie bitten würde, die Mitte zu bezeichnen. Die meisten machten Scherze über politische Parteien. Einer zeigte zum Mittelpunkt der Erde. Niemand, wirklich niemand sah im Bauchnabel den Mittelpunkt von was auch immer.

Als ich nach Hause kam, hatte Andrea schon ein Bad genommen, den Tisch gedeckt und wartete mit dem Abendessen auf mich. Sie öffnete eine Flasche sehr teuren Weins, füllte zwei Gläser und reichte mir eines.

»Na, wie war das Abendessen gestern?«

Wie lange kann ein Mensch mit einer Lüge leben? Ich wollte die Frau, die mir gegenübersaß, nicht verlieren, sie hatte durch dick und dünn zu mir gehalten, auch dann, wenn ich fand, dass mein Leben keinen Sinn hatte. Ich liebte sie, doch ich tauchte immer mehr in eine verrückte Welt ein. Mein Herz war nicht bei ihr, es versuchte widerstrebend groß genug für zwei Menschen zu sein.

Da ich niemals riskieren würde, was ich sicher hatte, für etwas Unsicheres aufzugeben, versuchte ich herunterzuspielen, was im Restaurant passiert war. Zumal weil es kaum mehr als einen Austausch von Verszitaten eines libanesischen Dichters gegeben hatte.

»Es ist nicht einfach, mit Athena auszukommen.«

Andrea lachte.

»Und gerade deshalb werden Männer sie wahnsinnig interessant finden. Sie weckt in euch diesen Beschützerinstinkt, den ihr zwar habt, aber immer weniger einsetzt.«

Es war besser, das Thema zu wechseln. Ich war mir schon immer sicher gewesen, dass Frauen die übernatürliche Fähigkeit besaßen zu wissen, was in der Seele eines Mannes vor sich geht. Sie sind alle Hexen.

»Ich habe zu dem, was heute im Theater passiert ist, ein paar Nachforschungen angestellt. Du hast es nicht mitbekommen, aber ich hatte während der Übungen die ganze Zeit die Augen offen.«

»Du hältst immer die Augen offen. Ich glaube, das gehört

zu deinem Beruf. Und du wirst mir erzählen, dass sich alle gleich verhalten haben. Wir haben nach den Proben, in der Bar, lange darüber gesprochen.«

»Ein Historiker hat mir gesagt, dass es im Apollotempel in Delphi, in dem die Zukunft vorausgesagt wurde, einen Marmorstein gab, der ›Omphalos‹, Erdnabel, genannt wurde. Berichte aus dem antiken Griechenland besagen, dass dort das Zentrum der Welt war. Ich habe noch ein paar weitere Nachforschungen angestellt: In Petra, in Jordanien, gibt es einen weiteren ›konischen Nabel‹, der nicht nur den Mittelpunkt des Planeten symbolisiert, sondern den des gesamten Universums. Sowohl der Nabel von Delphi als auch der von Petra versuchten jene Achse sichtbar zu machen, durch die die Energie der Welt fließt, indem sie sichtbar machten, was sich nur auf der, sagen wir mal, ›unsichtbaren Ebene‹ offenbarte. Auch Jerusalem wird ›Nabel der Welt‹ genannt, ebenso eine Insel im Pazifischen Ozean und ein weiterer Ort, den ich vergessen habe – weil ich ihn niemals damit in Verbindung gebracht habe.«

»Der Tanz.«

»Wie bitte?«

»Ach nichts.«

»Ich denke, ich weiß, was du sagen wolltest: die orientalischen Bauchtänze, die ältesten bekannten Tänze, in denen alles um den Bauchnabel kreist. Ich wollte das nicht erwähnen, weil ich dir erzählt habe, dass ich Athena in Transsylvanien tanzen gesehen habe. Sie war bekleidet, allerdings …«

»… begann die Bewegung am Bauchnabel und breitete sich dann über den Rest des Körpers aus.«

Sie hatte recht.

Ich wechselte schnell das Thema, redete über meinen Tag in der Redaktion, wir tranken ein wenig und landeten schließlich im Bett, während es anfing zu regnen. Ich bemerkte, dass Andreas Körper im Augenblick des Orgasmus um den Bauchnabel kreiste – ich hatte das schon Hunderte von Malen miterlebt, aber nie darauf geachtet.

Antoine Locadour, Kulturhistoriker

Die Telefonate, in denen er mich bat, das Material bis zum Ende der Woche zu beschaffen, müssen Heron ein Vermögen gekostet haben. Er ließ nicht locker wegen dieser Geschichte mit dem Bauchnabel, die ich vollkommen uninteressant und unromantisch fand. Aber die Engländer sehen nun mal die Dinge anders als die Franzosen, und anstatt Fragen zu stellen, habe ich nachgeforscht, was die Wissenschaft dazu sagt.

Wenn es um Monumente oder Dolmen ging, konnte ich sie historisch einordnen. Aber Herons Fragen überschritten meinen Wissenshorizont. Diesbezüglich schienen die alten Kulturen ausnahmsweise mal einer Meinung zu sein. Sie benutzten dasselbe Wort, um die Orte zu bezeichnen, die sie für heilig hielten. Das war mir bislang nicht aufgefallen, und das Thema begann mich zu interessieren. Als ich die vielen Übereinstimmungen sah, machte ich mich auf die Suche nach dem alles verbindenden roten Faden: das Verhalten des Menschen und sein Glaube.

Die erste und logischste Erklärung verwarf ich sofort wieder: Wir werden durch die Nabelschnur ernährt, sie ist der Mittelpunkt der Erde. Ein befreundeter Psychologe, den ich darauf ansprach, sagte mir sofort, diese Theorie ergäbe überhaupt keinen Sinn. Die in der ersten Phase des Lebens im Mittelpunkt stehende Nabelschnur werde nach der Geburt durchtrennt, und das Gehirn und das Herz träten dann als Mittelpunkt an ihre Stelle.

Wenn uns etwas interessiert, scheint sich alles, was uns umgibt, darauf zu beziehen. (Die Mystiker nennen das ›Zeichen‹, die Skeptiker ›Zufälle‹ und die Psychologen ›Fokus‹. Die Definition der Historiker dazu steht allerdings noch aus. Die müsste ich noch finden.) Eines Abends ist meine heranwachsende Tochter mit einem Piercing im Bauchnabel nach Hause gekommen.

»Warum hast du das getan?«

»Weil ich Lust dazu hatte.«

Eine absolut glaubhafte Erklärung, auch für einen Historiker, der für alles eine Ursache finden muss. Als ich in ihr Zimmer kam, fiel mein Blick auf das Poster ihrer Lieblingssängerin: Der Bauch war nackt, und der Bauchnabel schien, auch auf diesem Foto an der Wand, der Mittelpunkt der Welt zu sein.

In einem seiner Anrufe hatte mir Heron erzählt, was im Theater passiert war, wie die Leute spontan und unerwartet auf die gleiche Weise reagiert hatten. Aus meiner Tochter war nichts weiter herauszubekommen, also beschloss ich, Fachleute zu befragen.

Niemand schien der Frage besondere Beachtung zu schenken, bis auf meinen Freund François Shepka, einen indischen Psychologen, der revolutionär neue Therapiekonzepte entwickelte. Ihm zufolge brachte es nichts, die Patienten in ihre Kindheit zurückzuführen, um Traumata zu lösen. Viele Probleme, die das Leben gelöst hatte, würden so nur wiederbelebt werden, und die Menschen würden ihren Eltern die Schuld an ihrem Scheitern und ihren Niederlagen geben. Shepka befand sich im Krieg mit den psychoanalytischen Gesellschaften Frankreichs, und ein Gespräch über ein albernes Thema – wie den Bauchnabel – schien für ihn eine entspannende Abwechslung zu sein.

Ich traf mich mit Shepka, der von dem Thema angetan war, aber nicht gleich zur Sache kam. In einem langen Gespräch gab er mir folgende Informationen: Einem der am meisten geachteten Psychoanalytiker der Geschichte, dem Schweizer Carl Gustav Jung, zufolge trinken wir alle aus derselben Quelle. Sie heißt ›Weltenseele‹. Auch wenn wir immer versuchen, unabhängige Individuen zu sein, ist uns ein Teil der Erinnerung gemeinsam. Alle suchen das Ideal der Schönheit, des Tanzes, der Gottheit, der Musik.

Die Gesellschaft hingegen macht es sich zur Aufgabe, zu definieren, wie sich diese Ideale auf der realen Ebene manifestieren. So ist heutzutage das Schönheitsideal, dünn zu sein, während vor Tausenden von Jahren die Göttinnen auf den Bildnissen dick waren. Ähnlich verhält es sich mit dem Glück: Unser Unbewusstes sorgt durch eine Reihe von Regeln, dass wir uns das Glück versagen.

Jung teilte die Entwicklung des Individuums in vier Etappen auf: Die erste war die Persona – die Maske, die wir täglich tragen, indem wir vorgeben, der zu sein, der wir sind. Wir glauben, dass die Welt von uns abhängt, dass wir großartige Eltern sind und unsere Kinder uns nicht verstehen, dass unsere Chefs ungerecht sind, dass der Traum des Menschen darin besteht, nie zu arbeiten und das ganze Leben lang zu reisen. Viele Menschen bemerken, dass an dieser Geschichte etwas nicht stimmt. Aber da sie nichts ändern wollen, schlagen sie sich solche Gedanken bald wieder aus dem Kopf. Nur wenige versuchen herauszubekommen, was nicht stimmt, und finden am Ende den Schatten.

Der Schatten ist unsere dunkle Seite, die unser Handeln und unser Verhalten diktiert. Wenn wir versuchen, uns von der Persona zu befreien, zünden wir ein Licht in uns an und sehen die Spinnweben, die Feigheit, die Engherzigkeit. Der Schatten ist da, um unsere Weiterentwicklung zu verhindern – und normalerweise gelingt es ihm. Wir kehren eilig zu dem zurück, was wir waren, bevor wir anfingen zu zweifeln. Allerdings gelangen einige nach dem Zusammenstoß mit ihren Spinnweben zu einem Entschluss und sagen: »Ja, ich habe eine ganze Reihe Fehler, aber ich bin würdig, ich will weiterkommen.«

In diesem Augenblick verschwindet der Schatten, und wir treten in Verbindung mit der Seele.

Das Wort Seele ist bei Jung nicht religiös belegt. Er spricht von der Rückkehr zur Weltenseele, der Quelle des Wissens. Die Instinkte schärfen sich, die Gefühle sind radikal, die Zeichen des Lebens sind wichtiger als die Logik, die Wahrnehmung der Wirklichkeit ist nicht mehr so starr.

Wir haben Umgang mit Dingen, an die wir nicht gewöhnt sind, reagieren für uns selber überraschend.

Wenn es uns gelingt, diesen unaufhörlichen Energiestrom zu kanalisieren, entdecken wir, dass er sich zu einem festen Mittelpunkt in uns entwickelt – Jung nennt ihn in Bezug auf die Männer den Alten Weisen und in Bezug auf die Frauen die Große Mutter.

Dies zuzulassen, ist jedoch mit Risiken verbunden. Im Allgemeinen neigen diejenigen, die in diese Phase kommen, dazu, sich als Heilige, Geisterbezwinger, Propheten zu sehen. Es braucht viel Reife, um mit der Energie der Alten Weisen oder der Großen Mutter umzugehen.

»Jung ist verrückt geworden«, sagte Shepka, nachdem er mir die vier vom Schweizer Psychoanalytiker beschriebenen Phasen erklärt hatte. »Als er mit seinem Alten Weisen in Verbindung getreten ist, hat er angefangen zu behaupten, er werde durch einen Geist namens Philemon geführt.«

»Und am Ende ...«

»... kommen wir zum Symbol des Bauchnabels. Nicht nur Menschen, auch Gesellschaften entwickeln sich in diesen vier Schritten. Die westlichen Zivilisationen haben eine Persona, Vorstellungen, die uns leiten.

In ihrem Versuch, sich den Veränderungen anzupassen, treten unsere Zivilisationen mit dem Schatten in Verbindung – wir erleben große Massendemonstrationen, in denen die kollektive Energie sowohl zum Guten als auch zum Bösen manipuliert werden kann. Aus irgendeinem Grund befriedigen Persona und Schatten die Menschen nicht mehr. Es ist der Augenblick gekommen, einen Sprung zu wagen, bei dem das Unbewusste sich mit der Seele verbindet. Neue Werte bilden sich heraus.«

»Das habe ich bemerkt. Ich habe festgestellt, dass es ein Wiederaufleben der Verehrung der weiblichen Seite Gottes gibt.«

»Ein sehr gutes Beispiel. Und am Ende dieses Prozesses wird, damit diese neuen Werte ihren Platz finden und behalten, die gesamte Menschheit mit dem Symbolischen in

Verbindung treten – mit Hilfe der verschlüsselten Sprache, mit der die heutigen Generationen mit dem Wissen ihrer Vorfahren Kontakt aufnehmen. Eines der Symbole der Wiederbelebung ist der Bauchnabel. Auf den Bauchnabel des indischen Gottes Vishnu, der für Schöpfung und Zerstörung verantwortlich ist, setzt sich der Gott, der in jedem Zyklus alles beherrschen wird. Die Yogis halten den Bauchnabel für eines der Chakren, einen der heiligen Punkte des Körpers. Primitivere Völker errichteten Monumente an dem Ort, den sie für den Nabel der Welt hielten. In Südamerika sagen Menschen in Trance, dass die wahre Form des Menschen ein leuchtendes Ei sei, das sich mit den andern durch Fasern verbindet, die aus seinem Bauchnabel kommen.

Auch das Mandala, eine Zeichnung, deren Herstellung eine meditative religiöse Übung ist, stellt einen Bauchnabel dar.«

Diese Informationen habe ich umgehend nach England übermittelt und merkte dazu noch an, dass die Frau, der es gelinge, in einer Gruppe die gleiche unsinnige Reaktion hervorzurufen, eine ungeheure Macht besitzen müsse. Es würde mich im Übrigen nicht wundern, wenn sie eine Art Paranormale wäre. Ich schlug Heron vor, sie näher zu studieren.

Ich hatte über dieses Thema zuvor nie nachgedacht und würde es wahrscheinlich auch gleich wieder vergessen. Meine Tochter fand, ich würde mich merkwürdig verhalten. Sie hatte mir auch irgendwann einmal vorgeworfen, ich würde nur an mich selber denken, immer nur Nabelschau betreiben.

Deidre O'Neill, bekannt als Edda

»Es ist alles schiefgelaufen: Wie konntest du mir nur in den Kopf setzen, dass ich lehren könnte? Warum sollte ich mich vor anderen lächerlich machen? Ich sollte dich aus meinem Gedächtnis streichen. Als man mir beigebracht hat zu tanzen, habe ich getanzt. Als man mir beigebracht hat, Buchstaben zu malen, habe ich es gelernt. Aber du bist krank: Du hast verlangt, dass ich etwas versuche, was über meine Grenzen hinausgeht. Deshalb habe ich mich in den Zug gesetzt und bin hierhergekommen – du sollst sehen, wie sehr ich dich hasse.«

Athena weinte hemmungslos. Sie redete etwas zu laut, und ihr Atem roch nach Wein. Zum Glück hatte sie den Sohn bei ihren Eltern gelassen! Ich bat sie hereinzukommen. Ein solcher Aufstand vor meiner Wohnungstür wäre nur Wasser auf die Mühle meiner Nachbarn, die sowieso schon behaupteten, ich würde Männer und Frauen empfangen und große Sexorgien im Namen Satans organisieren.

Aber sie blieb vor meiner Tür stehen und schrie:

»Es ist deine Schuld! Deinetwegen habe ich mich lächerlich gemacht!«

Ein Fenster ging auf. Dann ein weiteres. Ich zog Athena vorsichtig die paar Stufen zum Eingang hinauf, und wir traten ins Haus. Ich machte ihr einen Tee nach einem geheimen Rezept, das mein Beschützer mir gegeben hatte. Ich stellte ihr die Tasse hin, die sie in einem Zug austrank. Ich nahm das als Vertrauensbeweis.

»Warum bin ich so«, fuhr sie fort.

Die Wirkung des Alkohols ließ offenbar nach.

»Es gibt Männer, die mich lieben. Ich habe einen Sohn,

der mich anbetet und in mir ein Vorbild für sein eigenes Leben sieht. Ich habe Adoptiveltern, die ich als meine wahre Familie empfinde und die bereit wären, für mich ihr Leben zu lassen. Ich habe die leeren Stellen in meiner Vergangenheit ausgefüllt, indem ich meine leibliche Mutter gesucht und gefunden habe. Ich habe genügend Geld, um drei Jahre lang nichts zu tun – und ich bin nicht zufrieden.

Ich fühle mich elend, schuldig, weil Gott mich mit Schicksalsschlägen gesegnet hat, die ich überwinden konnte, und mit Wundern, die ich bestaunt habe – aber ich bin nie zufrieden! Ich will immer mehr. Ich hätte nicht in dieses Theater gehen und der Liste meiner Siege eine Frustration hinzufügen sollen!«

»Glaubst du, dass das, was du getan hast, nicht richtig war?«

Sie hielt inne und schaute mich verblüfft an.

»Warum fragst du mich das?«

Ich wartete nur auf ihre Antwort.

»Doch, es war richtig. Ich war mit einem Journalisten zusammen dort hingekommen, hatte nicht die geringste Ahnung, was ich machen würde, aber plötzlich spürte ich die Gegenwart der Großen Mutter an meiner Seite, die mich führte, mich lehrte, machte, dass meine Stimme eine Sicherheit ausstrahlte, die ich, wie ich im Innersten wusste, gar nicht besaß.«

»Und warum beklagst du dich dann?«

»Weil niemand mich verstanden hat!«

»Ist das denn so wichtig? So wichtig, dass du deswegen bis hierher nach Schottland kommst und mich vor aller Welt beschimpfst?«

»Selbstverständlich ist das wichtig! Wenn du alles riskierst, wenn du weißt, dass du das Richtige machst, warum wirst du dann nicht wenigstens dafür geliebt oder bewundert?«

Das war also das Problem. Ich nahm sie bei der Hand und führte sie in dasselbe Zimmer, in dem sie vor ein paar Wochen die Kerze betrachtet hatte. Ich bat sie, sich zu setzen und sich etwas zu beruhigen – obwohl ich mir sicher war, dass der Tee schon wirkte. Ich ging in mein Schlafzimmer, holte einen runden Spiegel und hielt ihn ihr vor das Gesicht.

»Du hast alles erreicht und hast um jeden Zoll deines Territoriums gekämpft. Nun schau dir deine Tränen an. Schau dir dein Gesicht an und die Bitterkeit, die es zeigt. Schau die Frau dort im Spiegel genau an. Lache diesmal nicht, sondern versuche sie zu verstehen.«

Ich gab ihr ausreichend Zeit, um meinen Anweisungen zu folgen. Als ich bemerkte, dass sie in die gewünschte Trance verfiel, fuhr ich fort:

»Was ist das Geheimnis des Lebens? Nennen wir es einfach ›Gnade‹ oder ›Segnung‹. Alle sind darauf aus, mit dem zufrieden zu sein, was sie haben. Nur ich nicht. Nur du nicht. Nur ein paar Menschen nicht, die, wie wir beide auch, im Namen einer größeren Sache Opfer bringen müssen.

Unsere Phantasie übersteigt die uns umgebende Welt, wir gehen über unsere Grenzen hinaus. Einst wurde das ›Hexerei‹ genannt – doch zum Glück haben sich die Dinge verändert, sonst stünden wir jetzt schon auf dem Scheiterhaufen. Lange nachdem die letzten Hexen auf dem Scheiterhaufen starben, versuchte die Wissenschaft, das unangepasste Verhalten der sogenannten Hexen zu erklären, und zwar durch etwas, das gemeinhin als ›weibliche Hysterie‹ bezeichnet wurde. Diese bringt heutzutage nicht den Feuertod mit sich, schafft aber doch einige Probleme – vor allem am Arbeitsplatz.

Aber mach dir nichts daraus. Bald wird es ›Weisheit‹ genannt werden. Blick in den Spiegel: Wen siehst du da?«

»Eine Frau.«

»Und was noch?«

Sie zögerte etwas. Ich ließ nicht locker, und sie antwortete schließlich:

»Noch eine Frau. Aber die wahrhaftiger, klüger ist als ich. Als wäre es eine Seele, die mir nicht gehört, aber Teil von mir ist.«

»Genau. Jetzt werde ich dich bitten, dir eines der wichtigsten Symbole der Alchimie vorzustellen: eine Schlange, die einen Kreis bildet und ihren eigenen Schwanz verschlingt. Kannst du dir das vorstellen?«

Sie nickte.

»So ist das Leben von Menschen, die so sind wie du und ich. Sie zerstören und bauen die ganze Zeit. Alles in ihrem Leben verläuft so: vom Verlassenwerden zur Begegnung, von der Scheidung zu einer neuen Liebe, von der Bankfiliale in die Wüste. Nur eines bleibt in deinem Leben unverändert: dein Sohn. Er ist der rote Faden in allem, respektiere das.«

Sie fing wieder an zu weinen. Aber es waren andere Tränen.

»Du bist hierhergekommen, weil du das Gesicht einer Frau in den Flammen gesehen hast. Lass dich nicht von dem bedrücken, was andere denken, denn in ein paar Jahren oder ein paar Jahrzehnten oder in ein paar Jahrhunderten wird sich das Denken geändert haben. Lebe jetzt, was die anderen Menschen erst in der Zukunft leben werden.

Was willst du? Du kannst nicht einfach nur glücklich sein wollen, denn das ist leicht und langweilig. Du kannst nicht nur einfach lieben wollen, weil das unmöglich ist. Was willst du? Du willst dein Leben rechtfertigen? Dann lebe es so intensiv wie möglich. Das ist zugleich eine Falle und Ekstase. Versuche auf die Gefahr zu achten, und lebe die Freude, das Abenteuer, die Frau zu sein, die hinter dem Bild verborgen ist, das dir der Spiegel zeigt.«

Ihre Augen schlossen sich, aber ich wusste, dass meine Worte in ihre Seele eingedrungen waren und dort wirken würden.

»Wenn du das Wagnis eingehen willst, weiter zu unterrichten, dann tue es. Willst du es nicht, dann möchte ich dir an dieser Stelle sagen, dass du schon viel weiter gegangen bist als die meisten Menschen.«

Athenas Körper entspannte sich. Ich legte den Arm um sie, und sie schlief an mich gelehnt ein.

Ich flüsterte ihr ein paar tröstende Worte ins Ohr, denn ich hatte diese Phasen selber durchgemacht und wusste, wie schwer es war. Mein Beschützer hatte mir erklärt, wie diese Phasen verliefen, und genau so hatte ich es am eigenen Leibe erfahren. Von der Anspannung zur Entspannung. Von der Entspannung in die Trance. Von der Trance zum intensiveren Kontakt mit den Menschen. Von diesem Kontakt ausgehend wieder zur Anspannung und so fort, wie die Schlange, die sich in den Schwanz beißt.

Das war nicht einfach – vor allem, weil es bedingungslose Liebe verlangte, die weder das Leiden, die Ablehnung noch den Verlust fürchtet.

Aber wer seinen Durst erst einmal mit diesem Wasser gelöscht hat, dem wird es unmöglich sein, aus anderen Quellen zu trinken.

Andrea McCain, Schauspielerin

Ich hatte Athena angerufen und ihr gesagt, dass ich sie gern treffen würde, und da lud sie mich ein, mit ihr zum Winterschlussverkauf in einem großen Kaufhaus an der Knightsbridge zu gehen. Mir wäre es lieber gewesen, wenn wir zusammen einen Tee getrunken oder in einem ruhigen Restaurant etwas gegessen hätten.

»Neulich hast du von Gaia gesprochen, die sich selbst geschaffen hat, einen Sohn bekam, aber keinen Mann dazu brauchte. Du hast zu Recht gesagt, dass die Große Mutter ihren Platz am Ende den männlichen Gottheiten überließ. Aber du hast Hera vergessen, die übrigens von deiner Lieblingsgöttin abstammt. Hera ist wichtiger, denn sie ist pragmatischer. Sie beherrschte den Himmel und die Erde, die Jahreszeiten und die Stürme. Ebenfalls den Griechen zufolge, die du zitiert hast, besteht die Milchstraße, die wir am Himmel sehen, aus Milch, die aus ihrer Brust geflossen ist. Sie muss, nebenbei gesagt, sehr schöne Brüste gehabt haben, denn der allmächtige Zeus hat sich eigens in einen Vogel verwandelt, um Hera lieben zu können, ohne abgewiesen zu werden.«

Wir gingen während des Gesprächs durch das Kaufhaus. Athena hatte ihren Sohn mitgebracht.

»Viorel könnte in dieser Menschenmenge verlorengehen.«

»Keine Angst. Das wird er schon nicht. Erzähl weiter.«

»Hera hat den Trick bemerkt und Zeus gezwungen, sie zu heiraten. Doch gleich nach der Eheschließung hat der große König des Olymps sein Playboyleben wiederaufgenommen und alle Göttinnen und Menschenfrauen verführt, denen er begegnete. Hera dagegen blieb ihm treu, sie meinte sogar, anstatt die Schuld bei ihrem Mann zu suchen, die Frauen müssten sich besser benehmen.«

»Tun wir das nicht alle?«

Ich wusste nicht, worauf Athena hinauswollte, daher fuhr ich fort, als hätte ich nicht gehört, was sie gesagt hatte.

»Bis es Hera zu viel wurde und sie beschloss, es Zeus mit gleicher Münze heimzuzahlen und einen Gott oder einen Mann zu finden und ihn mit in ihr Bett zu nehmen. – Könnten wir uns nicht irgendwohin setzen und einen Kaffee trinken?«

Wir waren inzwischen in der Dessousabteilung angekommen.

»Ist das nicht hübsch?«, fragte sie mich, ohne auf meine Bitte einzugehen, und hielt ein aufreizendes hautfarbenes Set aus BH und Höschen hoch.

»Sehr. Wird es dann jemand sehen, wenn du es trägst?«

»Aber klar doch, glaubst du, ich sei eine Heilige? Aber erzähl weiter von Hera.«

»Zeus war über Heras Verhalten erschrocken. Aber jetzt, wo sie bereits so weit gegangen waren, kümmerte sie sich weniger um ihre Ehe. – Hast du tatsächlich einen Freund?«

Athena blickte um sich. Erst als sie sich versichert hatte, dass Viorel sie nicht hören konnte, antwortete sie knapp:

»Ja, habe ich.«

»Wieso habe ich ihn noch nie gesehen?«

Sie ging zur Kasse, zahlte die Wäsche und steckte sie in die Handtasche.

»Erzähl schnell noch die Geschichte von Hera zu Ende. Viorel wird ungeduldig. Ich glaube, er hat Hunger, und außerdem interessieren ihn griechische Sagen überhaupt nicht.«

»Das Ende ist etwas verrückt: Aus Angst, seine Liebste zu verlieren, tat Zeus so, als habe er vor, ein zweites Mal zu heiraten. Als Hera davon erfuhr, begriff sie, dass sie zu weit gegangen war – sie akzeptierte die Geliebten ihres Mannes, eine Trennung kam für sie nicht in Frage.«

»Nicht besonders originell.«

»Hera beschloss, um Zeus einen Streich zu spielen, sich an den Ort zu begeben, an dem die Hochzeit stattfinden sollte. Die Zeremonie hatte bereits begonnen, da musste Zeus feststellen, dass er um die Hand einer Statue angehalten hatte.«

»Was hat Hera getan?«

»Sie hat gelacht. Das hat das Eis zwischen den beiden gebrochen, sie wurde wieder zur Herrin des Olymps.«

»Großartig. Und wenn dir das eines Tages passiert…?«

»Wie bitte?«

»Wenn dein Mann eine andere Frau hat, dann vergiss nicht zu lachen.«

»Ich bin keine Göttin. Ich würde ihn nicht so davonkommen lassen. Warum bekommt man übrigens deinen Freund nie zu Gesicht?«

»Weil er immer viel zu tun hat.«

»Wo hast du ihn kennengelernt?«

Sie blieb stehen.

»Ich habe ihn in der Bank kennengelernt, in der ich damals arbeitete, er hatte dort ein Konto. Und jetzt entschuldige mich bitte: Viorel will nach Hause. Außerdem hast du recht, er könnte sich in der Menschenmenge verlieren, wenn ich nicht richtig aufpasse. Nächste Woche gibt es bei mir zu Hause ein Treffen. Du bist natürlich eingeladen.«

»Ich weiß, wer es organisiert hat.«

Athena gab mir zwei verlogene Wangenküsse und ging. Zumindest hatte sie meine Botschaft verstanden.

Am gleichen Nachmittag sagte mir der Regisseur im Theater, er sei über mein Verhalten verärgert: ich hätte eine Gruppe organisiert, um diese Frau zu besuchen. Ich erklärte ihm, es sei nicht meine Idee gewesen – Heron sei von dieser Geschichte mit dem Bauchnabel fasziniert gewesen und habe mich gefragt, ob einige der Schauspieler bereit seien, jenen unterbrochenen Vortrag fortzusetzen.

»Aber er sagt dir doch nicht etwa, was du zu tun hast, oder?«

Selbstverständlich nicht, aber dass er allein zu Athena ging, war nun wirklich das Letzte, was ich mir wünschte.

Die Schauspieler hatten sich bereits versammelt. Es war eine weitere Lesung des Stückes angesetzt gewesen. Aber der Regisseur hatte offensichtlich beschlossen, das Programm zu ändern.

»Wir werden heute noch eine Psychodrama-Übung machen.« Dazu bestand keine Notwendigkeit. Wir wussten schon alle, wie sich die Personen in den Situationen verhalten würden, die der Autor vorgegeben hatte.

»Darf ich ein Thema vorschlagen?«

Alle drehten sich zu mir um. Der Regisseur schien überrascht zu sein.

»Soll das eine Meuterei werden?«

»Lass es mich erklären: Wir schaffen eine Situation, in der es einem Mann nach langen Kämpfen gelingt, eine Gruppe von Menschen zusammenzubringen, um ein für die Gemeinschaft wichtiges Ritual zu feiern, das mit der Ernte des nächsten Jahres zu tun haben könnte. Nun kommt aber eine Fremde in das Dorf, und wegen ihrer Schönheit und der Legenden, die sich um sie ranken – es heißt, sie sei eine Göttin in Menschengestalt –, löst sich die Gruppe auf, die der Mann zusammengeführt hatte, damit sie die Bräuche seines Dorfes aufrechterhielten, und trifft sich mit der neu Angekommenen.«

»Aber das hat überhaupt nichts mit dem Stück zu tun, das wir gerade proben!«, sagte eine meiner Kolleginnen.

Der Regisseur hingegen hatte die Botschaft verstanden.

»Das ist eine ausgezeichnete Idee, wir können gleich anfangen.«

Er wandte sich an mich:

»Du, Andrea, wirst diejenige sein, die das Neue vorstellt, das die Dorfbewohner so fasziniert. Und ich werde der gute Mann sein, der versucht, die Bräuche aufrechtzuerhalten. Die Gruppe selber wird aus Paaren bestehen, die Kirchgänger sind, sich sonnabends zu Gemeindearbeiten zusammenfinden und sich gegenseitig helfen.«

Wir legten uns erst einmal auf den Boden, entspannten uns und begannen anschließend mit der Übung, die im Grund genommen sehr einfach ist: Die zentrale Figur (in diesem Fall ich selber) schafft Situationen, und die anderen reagieren darauf.

Nach Beendigung der Entspannungsübung wurde ich zu Athena. In meiner Vorstellung wanderte sie wie Satan durch die Welt auf der Suche nach Untertanen für ihr Reich. Sie tat es aber in der Gestalt von Gaia, der Göttin, die alles weiß und alles geschaffen hat. Fünfzehn Minuten lang bildeten sich die ›Paare‹, lernten sich kennen, erfanden eine gemeinsame Geschichte, in der es Kinder, Bauernhöfe, Verständnis und Freundschaft gab. Als ich spürte, dass das neu geschaffene Universum bereit war, setzte ich mich in eine Ecke der Bühne und begann, von Liebe zu sprechen.

»Ihr lebt hier alle in einem kleinen Dorf, und ich bin eine Fremde. Ihr habt dieses Dorf nie verlassen, wisst nicht, was jenseits der Berge geschieht. Deshalb möchtet ihr erfahren, was ich euch zu sagen habe. Und ich sage euch: Es besteht keine Notwendigkeit, die Erde zu preisen. Sie wird immer großzügig zu dieser Gemeinschaft sein. Wichtig ist es, den Menschen zu preisen. Ihr sagt, ihr liebt es zu feiern. Ihr benutzt das falsche Wort – Lieben ist eine Beziehung zwischen Menschen. Ihr wollt, dass die Erde fruchtbar wird und die Ernte reichlich und beschließt daher, die Erde zu lieben? Auch das ist Unsinn: Die Liebe ist kein Wunsch, ist kein Wissen, ist nicht Bewunderung. Die Liebe ist ein Feuer, dessen Flammen wir nicht sehen können. Daher irrt ihr euch, wenn ihr glaubt, dass ich hier fremd bin: Mir ist alles vertraut, denn ich komme mit dieser Kraft, mit dieser Flamme zu euch, und wenn ich wieder gehe, wird keiner von euch sein wie vorher. Ich bringe die wahre Liebe, nicht die, von der euch Bücher und Märchen erzählen.«

Der ›Mann‹ eines der ›Paare‹ starrte mich gebannt an. Seine ›Frau‹ war darüber sichtlich verärgert.

Während des Rests der Übung tat der Regisseur – oder besser gesagt der gute Mann – alles nur Erdenkliche, um den Leuten zu erklären, wie wichtig es sei, die Bräuche zu wahren, die Erde zu preisen, sie zu bitten, dieses Jahr so großzügig zu sein wie im vergangenen. Ich hingegen redete nur von Liebe.

»Er sagt, die Erde verlange Rituale? Nun, ich versichere euch: Wenn ihr ausreichend Liebe füreinander empfindet, wird die Ernte reichlich sein, denn die Liebe ist ein Gefühl, das alles verändert. Aber was sehe ich? Freundschaft. Die Leidenschaft ist seit langem erloschen, weil ihr euch schon aneinander gewöhnt habt. Nur deshalb gibt die Erde, was sie schon im vergangenen Jahr gegeben hat. Und nur deshalb beklagt ihr euch tief in eurer Seele darüber, dass sich in eurem Leben nichts verändert. Warum? Weil ihr versucht, die Kraft zu kontrollieren, die alles verändert, damit euer Leben ohne große Herausforderungen weitergehen kann.«

Der gute Mann erklärte daraufhin:

»Unsere Gemeinschaft hat immer überlebt, weil sie die Gesetze achtet, und sogar die Liebe wird durch sie geleitet. Derjenige, der sich verliebt, ohne das Wohl der Gemeinschaft im Auge zu behalten, wird stets in Angst leben: in Angst, seine Gefährtin zu verletzen, seine neue Leidenschaft zu erzürnen, alles zu verlieren, was er aufgebaut hat. Eine Fremde ohne Bindungen und ohne Geschichte kann sagen, was sie will, aber sie kennt die Schwierigkeiten nicht, die wir bewältigen mussten, bevor sie zu uns kam. Sie kennt die Opfer nicht, die wir für unsere Kinder bringen mussten. Sie weiß nicht, dass wir unermüdlich arbeiten, damit die Erde sich großzügig zeigt, der Friede mit euch ist, die Vorräte für morgen gehortet werden.«

Eine Stunde lang verteidigte ich die alles verschlingende Leidenschaft, während der gute Mann über das Gefühl sprach, das Frieden und Ruhe bringt. Am Ende stand ich allein da und redete, während die Gemeinschaft sich um ihn scharte.

Ich hatte meine Rolle mit Begeisterung und einem Glauben gespielt, den ich bei mir nicht vermutet hatte. Dennoch verließ die Fremde das Dorf, ohne jemanden überzeugt zu haben.

Und das machte mich sehr, sehr zufrieden.

Heron Ryan, Journalist

Ein alter Freund von mir sagt immer: »Man lernt 25 Prozent von einem Meister, 25 Prozent, indem man auf sich selbst hört, 25 Prozent von Freunden und 25 Prozent durch die Zeit.« Bei dem ersten Treffen in Athenas Wohnung, bei dem sie die unterbrochene Unterrichtsstunde im Theater fortsetzen wollte, haben wir alle etwas von … – ja, von wem überhaupt? – gelernt.

Sie empfing uns in dem kleinen Wohnzimmer ihrer Wohnung mit ihrem Sohn. Mir fiel als Erstes auf, dass das Zimmer vollkommen weiß und – abgesehen von einem Sofa, einem Regal mit einer Musikanlage und einem Stapel CDs – leer war. Ich wunderte mich, dass Viorel dabei war, der sich bei einem Seminar doch bestimmt langweilen würde. Ich hoffte, dass

Athena da weitermachen würde, wo sie aufgehört hatte. Aber sie hatte offenbar etwas anderes im Sinn. Sie sagte, sie werde Musik aus Sibirien auflegen, alle sollten einfach nur zuhören.

Mehr nicht.

»Meditation ist nichts für mich«, sagte sie. »Dabei sitzen Leute mit geschlossenen Augen, einem Lächeln auf den Lippen, mit ernstem Gesicht aufrecht da, auf überhaupt nichts konzentriert, und sind überzeugt davon, mit Gott oder der Göttin in Verbindung zu sein. Wir werden wenigstens Musik miteinander hören.«

Wieder dieses unbehagliche Gefühl, als würde Athena nicht genau wissen, was sie machte. Aber fast alle Schauspieler aus dem Theater waren da, auch der Regisseur – der Andrea zufolge das feindliche Terrain sondierte.

Die Musik endete.

»Tanzen Sie dieses Mal gegen den Rhythmus der Musik.«

Athena stellte die CD noch einmal an, diesmal aber viel lauter, und begann ihren Körper unrhythmisch zu bewegen. Nur ein älterer Schauspieler, der im Stück einen betrunkenen König darstellte, machte, was sie gesagt hatte. Niemand sonst bewegte sich: Alle wirkten etwas gehemmt. Jemand schaute auf die Uhr – es waren erst zehn Minuten vergangen.

Athena hörte mit dem Tanzen auf und blickte um sich.

»Warum stehen Sie alle so da?«

»Es kommt mir … etwas lächerlich vor, das zu tun«, hörte man die schüchterne Stimme einer Schauspielerin sagen. »Uns hat man beigebracht, dass Harmonie wichtig ist und nicht das Gegenteil.«

»Machen Sie einfach, was ich sage. Brauchen Sie eine intellektuelle Erklärung? Gut, ich gebe sie Ihnen: Veränderungen vollziehen sich nur, wenn wir etwas machen, das gegen alles verstößt, was wir sonst gewohnt sind.«

Dann wandte sie sich an den »betrunkenen König«:

»Warum haben Sie sich darauf eingelassen, gegen den Rhythmus der Musik zu tanzen?«

»Das war für mich kein Problem: Ich kann nämlich nicht tanzen.«

Alle lachten, und die schwarze Wolke, die im Raum gehangen hatte, verschwand wieder.

»Also gut, ich fange noch einmal an. Sie machen entweder, was ich Ihnen vorschlage, oder gehen einfach – diesmal bin ich es, die bestimmt, wann das Seminar zu Ende ist. Gegen das anzugehen, was er schön findet, verlangt vom Menschen viel aggressive Energie. Genau das werden wir heute entwickeln. Wir werden schlecht tanzen. Allesamt.«

Es würde nur eine weitere neue Erfahrung sein, und um höflich zu sein, tanzten alle. Ich kämpfte mit mir, denn eigentlich wollte ich zu der wunderbaren, mysteriösen Perkussionsmusik tanzen und nicht gegen sie. Ich fühlte mich dabei so, als würde ich die Musiker, die sie spielten, den Komponisten, der sie sich ausgedacht hatte, angreifen. Mein Körper kämpfte immer wieder gegen das Fehlen von Harmonie, und ich zwang ihn, sich so zu verhalten, wie Athena es verlangt hatte. Viorel tanzte auch, lachte die ganze Zeit, setzte sich aber irgendwann auf das Sofa, vielleicht weil er erschöpft war. Die CD wurde unvermittelt gestoppt.

»Warten Sie!«

Alle warteten.

»Ich werde etwas tun, was ich noch nie getan habe.«

Sie schloss die Augen und vergrub das Gesicht in den Händen.

»Ich habe auch noch nie gegen den Rhythmus getanzt...«

Aber, wie es schien, war es ihr schlechter bekommen als uns.

»Es geht mir nicht gut.«

Der Regisseur und ich gingen auf Athena zu. Andrea sah mich irgendwie wütend an, aber ich ging trotzdem zu ihr. Noch bevor ich sie berührte, sagte sie uns, wir sollten an unsere Plätze zurückkehren.

»Will jemand etwas sagen?« Ihre Stimme klang zerbrechlich, zittrig, sie hielt das Gesicht immer noch in den Händen vergraben.

»Ich möchte etwas sagen.«

Es war Andrea.

»Bitte kümmere dich erst einmal um meinen Sohn. Ich kann jetzt nicht.«

Viorel wirkte erschrocken. Andrea setzte ihn auf ihren Schoß und streichelte ihn.

»Was wolltest du sagen?«

»Nichts. Ich habe es mir anders überlegt.«

»Das Kind hat dich dazu gebracht. Aber rede ruhig weiter.«

Langsam nahm Athena die Hände vom Gesicht, hob den Kopf und sah ganz fremd aus.

»Ich werde nichts sagen.«

»In Ordnung. Und du«, sie wies auf den alten Schauspieler, »solltest morgen zum Arzt gehen. Deine Schlaflosigkeit, dass du ständig ins Bad musst, das ist etwas Ernstes. Es ist ein Prostatakrebs.«

Der Mann wurde leichenblass.

»Und du«, sie wies auf den Regisseur, »stehe zu deiner sexuellen Identität. Habe keine Angst. Akzeptiere, dass du Frauen nicht magst, dass du Männer liebst.«

»Was sagen Sie da …«

»Unterbrich mich nicht. Ich sage das nicht wegen Athena. Ich meine nur deine sexuellen Neigungen: Du liebst Männer, und ich finde nichts Falsches daran.«

Ich sage das nicht wegen Athena?! Aber sie war doch Athena!

»Und du«, sie wies auf mich, »komm her! Knie vor mir nieder!«

Ich gehorchte, hatte aber Angst wegen Andrea und schämte mich vor den anderen.

»Senke den Kopf. Ich möchte deinen Nacken berühren.«

Ich spürte den Druck ihrer Finger, sonst nichts. Wir verharrten fast eine Minute lang so, dann ließ sie mich aufstehen und an meinen Platz zurückkehren.

»Du wirst nie wieder Schlaftabletten brauchen. Von heute an wirst du wieder ohne schlafen können.«

Ich sah Andrea an – ich erwartete, sie würde etwas dazu sagen, aber ihr Blick zeigte, dass sie genauso verblüfft war wie ich.

Eine der Schauspielerinnen hob die Hand.

»Ich möchte etwas sagen. Aber ich muss wissen, an wen ich mich wende.«

»Hagia Sophia.«

»Ich möchte wissen, ob …«

Es war die Jüngste in unserer Gruppe. Sie blickte unsicher

um sich, aber der Regisseur machte ihr mit dem Kopf ein Zeichen fortzufahren.

»... ob es meiner Mutter gutgeht.«

»Sie ist an deiner Seite. Gestern, als du das Haus verlassen hast, hat sie dich dazu gebracht, deine Handtasche zu vergessen. Du bist zurückgegangen, um sie zu holen, und hast festgestellt, dass der Haustürschlüssel in der Wohnung war und du nicht hineinkonntest. Du hast eine Stunde gebraucht, um einen Schlüsseldienst zu holen, anstatt zu deiner Verabredung zu gehen, den Mann zu treffen, der auf dich wartete, den Job zu bekommen, den du so gern gehabt hättest. Wäre aber alles so gelaufen, wie du es am Morgen geplant hattest, wärest du sechs Monate später bei einem Autounfall ums Leben gekommen. Gestern hat die vergessene Handtasche dein Leben verändert.«

Die junge Frau begann zu weinen.

»Möchte noch jemand etwas fragen?«

Eine weitere Hand ging in die Höhe. Es war der Regisseur.

»Liebt er mich?«

Dann stimmte es also. Die Geschichte mit der Mutter der jungen Frau hatte im Zimmer Gefühlschaos ausgelöst.

»Du hast die Frage falsch gestellt: Du musst herausfinden, ob du in der Lage bist, ihm die Liebe zu geben, die er braucht. Und was auch immer geschieht, wird gut sein. Zu wissen, dass man fähig ist zu lieben, ist ausreichend.«

Diese Worte waren auch an mich gerichtet. Und Athena – oder wer auch immer das war – wandte sich an Andrea.

»Du!«

Das Blut gefror mir in den Adern.

»Du wirst die Welt verlieren, die du dir geschaffen hast.«

»Was meinst du mit ›Welt‹?«

»Das ist etwas, von dem du glaubst, dass du es besitzt. Du hast deine Welt in Fesseln gelegt, weißt aber, dass du sie befreien musst. Ich weiß, dass du verstehst, was ich sage, obwohl du gewünscht hast, es nie zu hören.«

»Ich verstehe es.«

Ich war mir sicher, dass sie von mir sprachen. War das alles nur eine Inszenierung Athenas?

»Jetzt ist Schluss«, sagte sie. »Bringt mir das Kind.«

Viorel wollte nicht zu ihr, ihn hatte die Verwandlung seiner Mutter erschreckt. Doch Andrea nahm ihn zärtlich bei der Hand und brachte ihn zu ihr.

Athena – oder Hagia Sophia oder Sherine, wer auch immer das war – machte mit dem Kind, was sie schon mit mir getan hatte: Sie legte ihre Hand auf seinen Nacken.

»Erschrick nicht wegen der Dinge, die du siehst, mein Sohn. Versuche nicht, sie von dir zu weisen, denn sie werden so oder so verschwinden. Nutze die Gegenwart der Engel, solange du kannst. In diesem Augenblick hast du Angst, aber nicht so viel Angst wie du hättest, wenn du hier allein wärst. Du hast aufgehört zu lachen und zu tanzen, als ich deine Mutter umfangen und gebeten habe, aus ihrem Mund sprechen zu dürfen. Ich wusste, dass sie es mir erlauben würde, sonst hätte ich es nicht getan. Ich bin immer als Licht erschienen und werde weiterhin Licht sein, aber heute habe ich beschlossen zu sprechen.«

Der Junge umarmte sie.

»Ihr könnt gehen. Lasst mich mit ihm allein.«

Wir verließen nacheinander die Wohnung, ließen die Frau

mit dem Kind zurück. Im Taxi nach Hause versuchte ich mit Andrea ins Gespräch zu kommen, aber sie bat mich, nicht über das zu sprechen, was gerade geschehen war.

Ich schwieg. Meine Seele füllte sich mit Traurigkeit: Andrea zu verlieren, war schwer. Andererseits spürte ich einen unendlichen Frieden – die Ereignisse hatten Veränderungen hervorgerufen, und mir blieb die unangenehme Aufgabe erspart, der Frau, die ich liebte, zu eröffnen, dass ich noch in jemand anderen verliebt sei.

Also sagte ich nichts. Zu Hause stellte ich den Fernseher an. Andrea nahm ein Bad. Ich schloss die Augen, und als ich sie wieder öffnete, war das Zimmer von Licht durchflutet. Es war bereits Tag, ich hatte fast zehn Stunden lang geschlafen. Neben mir lag ein Kärtchen, auf das Andrea geschrieben hatte, sie habe mich nicht wecken wollen und sei direkt ins Theater gegangen. Der Kaffee stehe auf dem Tisch. Es war ein romantisches Kärtchen mit einem Lippenstiftabdruck und einem kleinen Herzaufkleber.

Andrea war keineswegs bereit, ihre Welt aufzugeben. Sie würde kämpfen. Und mein Leben würde sich in einen Alptraum verwandeln.

Am Nachmittag rief sie an, und ihre Stimme war wie sonst. Andrea erzählte mir, dass dieser eine Schauspieler tatsächlich zum Arzt gegangen sei, der eine Tastuntersuchung vorgenommen und entdeckt habe, dass seine Prostata ungewöhnlich entzündet war. Der nächste Schritt sei eine Blutuntersuchung gewesen, bei der eine beträchtliche Erhöhung des Wertes eines Proteins namens PSA festgestellt worden sei. Es wurde eine Biopsie vorgenommen, und es hieß, aller Wahrscheinlichkeit handele es sich um einen bösartigen Tumor.

»Der Arzt hat gesagt: Sie haben Glück; auch wenn die Lage nicht gerade rosig ist, kann der Tumor noch operiert werden, und es gibt eine neunundneunzigprozentige Heilungschance.«

Deidre O'Neill, bekannt als Edda

Was heißt hier Hagia Sofia? Sie selbst war es gewesen, Athena, aber sie hatte den Grund des Flusses berührt, der in ihrer Seele fließt – sie war in Verbindung mit der Großen Mutter getreten.

Sie hatte nur in eine andere Realität geschaut. Die Mutter der jungen Frau lebte, weil sie tot war, an einem zeitlosen Ort und konnte daher Ereignisse abwenden. Wir Menschen aber werden immer darauf beschränkt sein, nur die Gegenwart zu kennen. Das ist, nebenbei gesagt, nicht wenig: eine Krankheit im Inkubationsstadium zu erkennen, bevor sie sich verschlimmert. Nervenzentren berühren und die Energieblockaden lösen, das liegt innerhalb unserer Möglichkeiten.

Natürlich sind viele von uns auf dem Scheiterhaufen gestorben, andere wurden verbannt, und viele von uns haben den Funken der Großen Mutter in ihrer Seele am Ende verborgen und unterdrückt. Ich habe nie versucht, Athena dazu zu bringen, in Kontakt mit der Macht zu treten. Sie selbst hat beschlossen, es zu tun, denn die Große Mutter hatte ihr schon mehrere Zeichen gegeben: Sie war ein Licht gewesen, als Athena tanzte, sie hatte sich in Buchstaben verwandelt, als Athena Kalligraphie lernte, sie war in den Flammen eines

Feuers und in einem Spiegel aufgetaucht. Allerdings war meiner Schülerin nicht klar, wie sie die Große Mutter in ihr Leben integrieren sollte, bis sie dann etwas getan hatte, was diese ganze Folge von Ereignissen ausgelöst hatte.

Athena, die immer sagte, es käme darauf an, anders zu sein, war im Grunde ein Mensch wie jeder andere Sterbliche auch. Sie hatte ihren eigenen Rhythmus, ihr eigenes Tempo, mit dem sie durchs Leben ging. War sie neugieriger als andere? Vielleicht. War es ihr gelungen, ihre Schwierigkeiten zu überwinden, die darin bestanden, sich als Opfer zu fühlen? Ganz bestimmt. Verspürte sie den Drang, mit anderen, seien es Bankangestellte oder Schauspieler, zu teilen, was sie gerade lernte? In den meisten Fällen lautete die Antwort ja. Ansonsten habe ich versucht, sie anzuregen, und ihr klargemacht, dass es wichtig sei, nicht einsam zu sein, denn dazu seien wir nicht geschaffen. Wenn wir uns mit dem Blick der anderen ansehen würden, könnten wir uns selber erkennen.

Aber mehr kann ich nicht tun.

Weil die Große Mutter sich an jenem Abend offenbaren wollte, hat sie Athena möglicherweise eingeflüstert: ›Gehe gegen alles an, was du bislang gelernt hast – du, die du eine Meisterin des Rhythmus bist, lasse diesen durch deinen Körper fließen, gehorche ihm aber nicht.‹ Deshalb hat Athena diese Übung vorgeschlagen: ihr Unbewusstes war darauf vorbereitet, die Große Mutter in ihr Leben zu integrieren, aber sie befand sich noch immer im Einklang mit den alten Schwingungen und verhinderte so, dass etwas von außen Kommendes sich manifestieren konnte.

Mir ist es ähnlich ergangen: Die beste Art zu meditieren, in Kontakt mit dem Licht zu kommen, war für mich Stricken gewesen, etwas, das meine Mutter mir als Kind beigebracht hatte. Ich konnte Maschen zählen, die Nadeln bewegen, durch Wiederholung und Harmonie schöne Dinge schaffen. Eines Tages bat mich mein Beschützer, gegen alle Regeln zu stricken! Das war äußerst schwierig für mich, denn ich strickte mit Liebe, Geduld und Hingabe. Dennoch bestand er darauf, dass ich eine durch und durch schlechte Strickarbeit anfertigen sollte.

Zwei Stunden lang fand ich das lächerlich, absurd, mein Kopf schmerzte, aber ich durfte nicht zulassen, dass die Nadeln meine Hände führten. Jeder kann mal etwas falsch machen, warum hatte mich mein Beschützer dann gebeten, es absichtlich falsch zu machen? Weil er wusste, wie unendlich wichtig mir Symmetrie und Harmonie waren.

Und plötzlich geschah es: Ich ließ die Nadeln ruhen und spürte eine ungeheure Leere, die allmählich von einer warmen, liebenden, vertrauten Gegenwart ausgefüllt wurde. Um mich herum war alles anders, und ich spürte den Drang, Dinge zu sagen, die ich in meinem normalen Zustand zu sagen nie gewagt hätte. Ich war jedoch nicht bewusstlos – ich wusste, dass ich ich selber war, obwohl ich – nehmen wir dieses Paradox einmal hin – nicht diejenige war, die ich sonst war.

Daher kann ich ›sehen‹, was während des Treffens in Athenas Wohnung geschehen ist, obwohl ich nicht dabei war. Da war Athenas Seele, die dem Klang der Musik folgte, und ihr Körper, der sich in eine vollkommen entgegengesetzte Richtung bewegte. Nach einiger Zeit löste sich die Seele vom Körper, ein Raum wurde geöffnet, den die Große Mutter nun endlich betreten konnte.

Besser gesagt: Ein Funke der Großen Mutter ist dort aufgetaucht. Uralt, aber jugendlich. Weise, aber nicht allmächtig. Außergewöhnlich, aber ohne Überheblichkeit. Athenas Wahrnehmung veränderte sich, und sie sah wieder die Dinge, die sie als Kind gesehen hatte – die parallelen Wirklichkeiten dieser Welt. In solchen Momenten können wir nicht nur den Körper eines Menschen, sondern auch dessen Gefühle sehen. Es heißt, Katzen sollen das können, und ich glaube es auch.

Zwischen der körperlichen und der spirituellen Welt gibt es eine Art Hülle von wechselnder Farbe, Intensität, wechselndem Licht, die von den Mystikern Aura genannt wird. Von ihr ausgehend, ist alles einfach zu erkennen: Die Aura gibt Auskunft über den augenblicklichen Zustand des Menschen. Wenn Athena mich jetzt sähe, würde sie um meinen Körper herum eine violette Farbe mit ein paar gelben Flecken erkennen, was bedeutet, dass ich noch einen langen Weg vor mir habe und meine Mission auf dieser Erde noch nicht beendet ist.

Zugleich mit der menschlichen Aura erscheinen durchsichtige Formen, die gemeinhin ›Geister‹ genannt werden. Das war bei der Mutter der jüngsten Schauspielerin der Fall, an jenem Abend übrigens das einzige Mal, dass eine andere Macht ins Schicksal eingegriffen hat. Ich bin fast sicher, dass diese Schauspielerin sogar schon wusste, dass ihre Mutter an ihrer Seite war, bevor sie ihre Frage stellte. Die einzige Überraschung war für sie die Geschichte mit der Handtasche gewesen.

Der Tanz, bei dem der Rhythmus nicht eingehalten werden durfte, hatte die Leute eingeschüchtert. Warum? Weil wir alle gewohnt sind, die Dinge so zu machen, wie sie ›gemacht werden sollten‹. Niemand mag einen falschen Schritt tun, vor allem dann nicht, wenn er sich dessen bewusst ist. Auch Athena nicht – es wird ihr nicht leichtgefallen sein, etwas vorzuschlagen, das allem zuwiderlief, was sie liebte.

Ich bin glücklich darüber, dass in diesem Augenblick die Große Mutter den Kampf gewonnen hat. Ein Mann wurde vom Krebs errettet, ein anderer hat jetzt seine sexuellen Neigungen akzeptiert, ein Dritter nimmt jetzt keine Schlafmittel mehr. Alles, weil Athena den Rhythmus durchbrochen hat, indem sie den Wagen bremste, der gerade mit Höchstgeschwindigkeit fuhr, und damit alles durcheinanderbrachte.

Aber zurück zu meiner Strickarbeit: Bis es mir gelang, diese Gegenwart ohne einen Kunstgriff herbeizurufen, habe ich eine Zeitlang das Stricken dazu benutzt. Aber später kannte ich sie ja und hatte mich an sie gewöhnt. Mit Athena ist das Gleiche geschehen – haben wir erst einmal erfahren, wo die Pforten der Wahrnehmung sind, ist es sehr leicht, sie zu öffnen und zu schließen, sofern wir uns an unser ›seltsames‹ Verhalten gewöhnen.

Und eines muss ich noch dazu anmerken: Ich stricke seither schneller und besser, und so tanzt auch Athena mit immer mehr Seele und Rhythmus, seit sie gewagt hat, jene Barrieren zu durchbrechen.

Andrea McCain, Schauspielerin

Die Geschichte verbreitete sich in Windeseile: Am nächsten Montag – das Theater ist montags immer geschlossen – war Athenas Wohnung rappelvoll. Wir hatten alle Freunde mitgebracht. Sie wiederholte das Ritual vom letzten Mal, verlangte von uns, ohne Rhythmus zu tanzen, als brauchte sie die kollektive Energie, um zu Hagia Sophia zu gelangen. Viorel war wieder anwesend, und ich beobachtete ihn. Als er sich auf das Sofa setzte, wurde die Musik ausgestellt, und die Trance begann.

Und die Befragungen. Wie zu erwarten war, ging es in den ersten drei Fragen um Liebe – bleibt Soundso weiter bei mir, liebt Soundso mich, werde ich betrogen? Athena sagte nichts. Die vierte Person, die keine Antwort erhielt, beschwerte sich:

»Was ist denn nun, werde ich betrogen?«

»Ich bin Hagia Sophia, die universelle Weisheit. Ich habe die Welt mit niemand anderem geschaffen als der Liebe. Ich bin der Anfang von allem, und vor mir ist das Chaos.

Wenn also jemand von euch die Kräfte kontrollieren will, die das Chaos beherrschen, dann befrage er Hagia Sophia nicht. Die Liebe füllt alles. Sie kann nicht Inhalt eines Wunsches sein – weil sie in sich ein Ziel ist. Sie kann nicht betrügen, da sie nicht mit Besitz verbunden ist. Sie kann nicht gefangengehalten werden, weil sie wie ein Fluss ist und die Barrieren überfluten wird. Wer versucht, die Liebe in Gefangenschaft zu halten, der muss die Quelle abschneiden, die sie nährt, und in diesem Fall wird das Wasser, das du aufgestaut hast, verfaulen.«

Hagias Blicke schweiften über die Gruppe – viele waren zum ersten Mal hier –, und sie sprach von Dingen, die sie sah: drohenden Krankheiten, Problemen am Arbeitsplatz, Schwierigkeiten in der Beziehung zwischen Eltern und Kindern, Sexualität, ungenutzten Potentialen. Ich erinnere mich daran, dass sie sich an eine etwa dreißigjährige Frau wandte:

»Dein Vater hat dir gesagt, wie die Dinge zu sein haben, und wie eine Frau sich zu benehmen hat. Du hast dein Leben lang gegen deine Träume gekämpft, und das ›Wollen‹ hat sich nie gezeigt. Es wurde von ›Sollen‹ oder ›Warten‹ oder ›Müssen‹ ersetzt. Aber du bist eine großartige Sängerin. Ein Jahr Übung, und du wirst in deiner Arbeit eine große Veränderung erreichen.«

»Ich habe einen Sohn und einen Mann.«

»Athena hat auch einen Sohn. Dein Mann wird anfangs negativ reagieren, aber er wird es am Ende akzeptieren. Man muss nicht Hagia Sophia sein, um das zu wissen.«

»Vielleicht bin ich ja zu alt.«

»Du weigerst dich zu akzeptieren, wer du bist. Aber das ist nicht mehr mein Problem, ich habe alles gesagt, was ich zu sagen habe.«

Alle, die sich in diesem kleinen Zimmer aufhielten, in dem sie sich wegen fehlender Sitzgelegenheiten nicht setzen konnten, die schwitzten, obwohl der Winter gerade erst zu Ende ging, die sich lächerlich vorkamen, weil sie zu einem derartigen Ereignis gegangen waren, wurden einer nach dem anderen aufgerufen, um Ratschläge von Hagia Sophia zu erhalten.

Die Letzte war ich.

»Du bleibst, wenn du aufhören willst, zwei zu sein, und du wirst nur eine sein.«

Diesmal hatte ich nicht Viorel auf dem Schoß. Athenas Sohn war bei allem dabei, und es sah so aus, als hätte das, was sie ihm bei der ersten Versammlung gesagt hatte, genügt, um ihm die Angst zu nehmen.

Ich nickte. Im Unterschied zur letzten Versammlung, bei der die Leute gegangen waren, weil Athena mit Viorel allein sein wollte, hielt diesmal Hagia Sophia eine Predigt, bevor sie das Ritual beendete.

»Ihr seid nicht hier, um eindeutige Antworten zu erhalten. Meine Mission ist, euch zu provozieren. In der Vergangenheit gingen Herrscher und Beherrschte zu Orakeln, damit diese ihnen die Zukunft vorhersagten. Die Zukunft aber ist launisch, denn sie wird durch in der Gegenwart getroffene Entscheidungen bestimmt. Haltet das Fahrrad in Fahrt, denn wenn die Bewegung aufhört, werdet ihr stürzen.

Denjenigen, die jetzt auf dem Boden sitzen und die nur hergekommen sind, um Hagia Sophia kennenzulernen und sich von ihr die Wahrheit bestätigen zu lassen, die sie sich wünschen, denen sage ich: Kommt bitte nicht wieder. Oder fangt an zu tanzen, und bringt eure Mitmenschen auch dazu. Das Schicksal wird mit denjenigen unerbittlich umgehen, die in einem Universum leben wollen, das bereits zu Ende ist. Die neue Welt ist die der Großen Mutter, die zusammen mit der Liebe gekommen ist, um die Himmel vom Wasser zu trennen. Wer glaubt, er habe versagt, wird immer versagen. Derjenige, für den es beschlossene Sache ist, dass er nicht anders handeln kann, wird von der Routine zerstört werden. Derjenige, für den es beschlossene Sache ist, dass er Veränderungen verhindern muss, wird zu Staub werden. Verflucht seien diejenigen, die nicht tanzen und andere daran hindern zu tanzen!«

Ihre Augen sprühten Feuer.

»Ihr könnt gehen.«

Alle gingen hinaus, die meisten wirkten verwirrt. Sie waren gekommen, um Trost zu erhalten, und waren auf Provokation gestoßen. Sie waren gekommen, um zu hören, dass man Liebe kontrollieren kann, und hatten zu hören bekommen, dass die alles verschlingende Flamme nie aufhören wird, alles zu entzünden. Sie wollten Gewissheit darüber erlangen, dass ihre Entscheidungen richtig waren – sie ihre Ehemänner, Ehefrauen, Chefs zufriedengestellt hatten –, und hatten nur Worte gehört, die sie verunsicherten.

Einige jedoch lächelten. Sie hatten die Bedeutung des Tanzens begriffen und würden bestimmt zulassen, dass ihr Körper und ihre Seele von diesem Abend an schwebten – auch wenn sie dafür, was unausweichlich war, einen Preis zahlen mussten.

Im Raum blieben nur Viorel, Hagia Sophia, Heron und ich zurück.

»Ich will, dass nur Andrea dableibt.«

Wortlos nahm Heron seinen Mantel und ging.

Hagia Sophia blickte mich an. Und ganz allmählich sah ich, wie sie sich in Athena zurückverwandelte. Ich kann diesen Wandel nur beschreiben, indem ich sie mit einem Kind vergleiche. Wenn es ärgerlich ist und weint, können wir den Ärger in seinen Augen sehen, aber dann vergisst es ihn schnell. Ist aber der Ärger verflogen, dann ist das Kind nicht mehr das Kind, das eben noch geweint hat. Ein ›Etwas‹, wenn wir es so nennen wollen, scheint sich in Luft aufgelöst zu haben, sobald sich dessen Werkzeug nicht mehr darauf konzentriert.

Ich stand vor Athena, die erschöpft zu sein schien.

»Mach mir einen Tee!«

Sie erteilte mir Befehle! Und sie war nicht mehr die universelle Weisheit, sondern die Frau, an der mein Partner interessiert oder in die er verliebt war. Wohin würde uns beide diese Verbindung führen?

Aber einen Tee zuzubereiten, würde die Situation nicht noch komplizierter machen: Ich ging in die Küche, erhitzte Wasser, tat getrocknete Kamillenblüten hinein und kehrte ins Wohnzimmer zurück. Viorel war auf ihrem Schoß eingeschlafen.

»Du magst mich nicht.«

Ich sagte dazu nichts.

»Und ich mag dich auch nicht«, fuhr sie fort. »Du bist hübsch, elegant, eine ausgezeichnete Schauspielerin, du bist sehr viel gebildeter als ich, obwohl meine Familie auch viel in meine Ausbildung investiert hat. Aber du bist unsicher, arrogant, misstrauisch. Wie Hagia Sophia gesagt hat: Du bist zwei, obwohl du nur eine sein könntest.«

»Ich wusste nicht, dass du dich an das erinnern kannst, was du in Trance sagst, denn dann bist du auch zwei: Athena und Hagia Sophia.«

»Ich habe zwar zwei Namen, bin aber nur eine – oder ich bin alle Menschen der Welt. Und genau darauf will ich hinaus: Da ich eine und alle zugleich bin, gibt mir der Funken, der auftaucht, wenn ich in Trance gerate, genaue Anweisungen. Selbstverständlich bin ich die ganze Zeit bei halbem Bewusstsein, sage aber Dinge, die aus einem unbekannten Winkel meiner selbst kommen. Als würde mich die Milch der Großen Mutter nähren, diese Milch, die in unser aller Seelen fließt und die das Wissen der Welt in sich trägt.

Seit vergangener Woche, als ich das erste Mal in Verbindung mit dieser neuen Form trat, erschien mir das Erste, was mir gesagt wurde, zuerst als unsinnig: Ich sollte dich lehren.«

Sie machte eine Pause.

»Selbstverständlich dachte ich damals, ich halluzinierte, denn ich empfand keinerlei Sympathie für dich.«

Sie machte noch eine Pause, diesmal länger als vorher.

»Aber heute hat die Quelle weiter darauf bestanden. Und ich stelle dich nun vor die Wahl.«

»Warum nennst du sie Hagia Sophia?«

»Ich habe sie so getauft. Es ist der Name einer Moschee, die ich in einem Buch gesehen habe und die ich sehr schön fand.

Du wirst meine Schülerin sein, wenn du es willst. Mein Leben hat eine neue Wendung genommen, ich habe Hagia Sophia in mir entdeckt, und es war kein Zufall, dass du eines Tages bei mir zur Tür hereinkamst und sagtest: ›Ich mache Theater, und wir wollen ein Stück über das weibliche Antlitz Gottes aufführen. Ein Freund, der Journalist ist, hat mir erzählt, dass Sie in der Wüste gelebt, eine Zeitlang in den Karpaten bei den Zigeunern verbracht haben und einiges über dieses Thema wissen.‹«

»Wirst du mir alles beibringen, was du weißt?«

»Alles, was ich nicht weiß. Ich werde mit dir zusammen lernen, wie ich es dir schon bei unserer ersten Begegnung gesagt habe. Und ich sage es jetzt noch einmal. Wenn ich alles gelernt habe, was ich brauche, gehen wir getrennte Wege.«

»Kannst du jemanden etwas lehren, den du nicht magst?«

»Ich kann jemanden, den ich nicht mag, trotzdem lieben und achten. Die beiden Male, in denen ich in Trance war, konnte ich deine Aura sehen – mir ist im Leben noch keine begegnet, die weiter entwickelt gewesen wäre. Du kannst etwas in dieser Welt verändern, wenn du mein Angebot annimmst.«

»Wirst du mir beibringen, Auren zu sehen?«

»Ich wusste selber nicht, dass ich dazu in der Lage war, bis ich zum ersten Mal eine gesehen habe. Du wirst auf deinem Weg am Ende auch das lernen.«

Ich verstand, dass man jemand lieben kann, den man nicht mag. Ich willigte ein.

»Dann lass uns diese Einwilligung in ein Ritual verwandeln. Ein Ritual wirft uns in eine unbekannte Welt, aber wir wissen, dass wir mit den Dingen, die es dort gibt, nicht spielen dürfen. Es reicht nicht, einfach nur ja zu sagen. Man muss sein Leben aufs Spiel setzen Und ohne lange darüber nachzudenken. Wenn du die Frau bist, für die ich dich halte, dann wirst du nicht sagen: ›Ich muss es mir noch überlegen.‹ Du wirst sagen: ›Ich bin bereit. Lass uns das Ritual vollziehen. Wo hast du dieses Ritual gelernt?‹

Ich werde es jetzt lernen. Ich brauche nicht mehr meinen Rhythmus aufzugeben, um mit dem Funken der Großen Mutter in Verbindung zu treten, denn wenn sie sich einmal in dir niedergelassen hat, dann ist es einfach, ihr wieder zu begegnen. Ich kenne jetzt die Tür, die ich öffnen muss, auch wenn sie zwischen vielen Ein- und Ausgängen verborgen ist. Ich brauche nur einen Augenblick Stille.«

Wieder Stille!

Wir saßen beide da, starrten einander aus weit aufgerissenen Augen an, als ginge es darum, ein tödliches Duell zu beginnen. Rituale! Ich hatte schon an einigen teilgenommen, bevor ich das erste Mal an Athenas Tür geklingelt hatte. Mit dem Ergebnis, dass ich mich benutzt und herabgewürdigt fühlte, weil ich vor einer Tür stand, die ich immer vor Augen hatte, aber niemals öffnen konnte. Rituale!

Athena trank nur einen Schluck von dem Tee, den ich zubereitet hatte.

»Das Ritual ist beendet. Ich habe dich gebeten, etwas für mich zu tun. Du hast es getan. Ich habe es angenommen. Nun bist du an der Reihe, mich um etwas zu bitten.«

Ich dachte sofort an Heron. Aber das war jetzt nicht der richtige Augenblick.

»Zieh dich aus.«

Sie fragte nicht nach dem Grund. Sie schaute zu Viorel, vergewisserte sich, dass er schlief, und zog dann den Pullover aus.

»Du brauchst es nicht zu tun«, sagte ich. »Ich weiß nicht, warum ich dich darum gebeten habe.«

Aber sie fuhr fort, sich auszuziehen. Die Bluse, die Jeans, den Büstenhalter – ich sah ihre Brüste an, die schönsten, die ich je gesehen hatte. Dann zog sie den Slip aus. Da stand sie und bot mir ihre Nacktheit dar.

»Segne mich«, sagte Athena.

Meine ›Meisterin‹ segnen? Aber ich hatte den ersten Schritt getan, ich konnte nicht auf halber Strecke aufhören – und ich tunkte meine Finger in die Teetasse und besprengte ihren Körper mit ein paar Tropfen.

»Ich segne dich, so wie diese Pflanze gesegnet wurde, als sie, mit Wasser vermischt, zu einem Getränk wurde. Und ich bitte die Große Mutter, die Quelle, aus der dieses Wasser stammt, möge nie versiegen, und die Erde, aus der diese Pflanze stammt, möge immer fruchtbar und großzügig sein.«

Ich war über meine eigenen Worte überrascht. Sie stammten weder von mir noch von etwas, das außerhalb von mir lag. Mir war so, als würde ich sie seit jeher kennen und als hätte ich diesen Segen schon unzählige Male gesprochen.

»Du bist gesegnet, du kannst dich anziehen.«

Aber sie blieb nackt, hatte ein Lächeln auf den Lippen. Was wollte sie? Wenn Hagia Sophia imstande war, Auren zu sehen, musste sie wissen, dass ich nicht den geringsten Wunsch hatte, Sex mit einer Frau zu haben.

»Einen Augenblick.«

Sie hob Viorel auf den Arm, trug ihn in sein Zimmer und kam wieder zurück.

»Zieh dich auch aus.«

Um was bat sie mich da? Hagia Sophia, die mir von meinem Potential erzählt und gesagt hatte, ich sei die perfekte Schülerin? Oder Athena, die ich nicht gut kannte, die zu allem imstande zu sein schien, eine Frau, der das Leben beigebracht hatte, ihre Grenzen zu überschreiten, jede Neugier zu befriedigen?

Wir befanden uns nun in einer Art Gegenüberstellung, die keinen Rückzug erlaubte. Ich entkleidete mich genauso locker, mit dem gleichen Lächeln und dem gleichen Blick.

Sie nahm meine Hand, und wir setzten uns beide auf das Sofa.

In der nun folgenden halben Stunde sprachen Athena und Hagia Sophia mit mir. Sie wollten wissen, welches meine nächsten Schritte sein würden. Während die beiden mich befragten, sah ich, dass tatsächlich alles deutlich vor meinen Augen geschrieben stand, die Türen immer verschlossen gewesen waren, weil ich nicht begriffen hatte, dass ich der einzige Mensch auf der Welt war, dem es erlaubt war, sie zu öffnen.

Heron Ryan, Journalist

Der Redaktionsleiter gab mir ein Video, und wir gingen in den Vorführraum, um es anzusehen.

Das Video war am Morgen des 26. April 1986 aufgenommen worden und zeigte eine Alltagsszene in einer ganz normalen Stadt. Ein Mann sitzt in einem Café. Eine Mutter geht mit ihrem Baby durch die Straße. Die Leute sind geschäftig, gehen zur Arbeit, zwei Männer warten an der Bushaltestelle. Ein Mann liest Zeitung auf einer Bank auf einem Platz.

Aber beim Video tauchte ein Problem auf: Horizontale Streifen durchzogen das Bild. Eigentlich hätte man den »Tracking«-Knopf drücken müssen. Ich stand auf, doch der Redaktionsleiter hielt mich zurück.

»Das ist so. Sehen Sie es sich einfach weiter an.«

Das Video über eine kleine Stadt in der Provinz ging weiter. Nichts, aber auch gar nichts Interessantes passierte. Es gab nur diese Alltagsszenen.

»Vielleicht wissen einige dieser Menschen, dass zwei Kilometer entfernt ein Unfall stattgefunden hat«, sagte mein Chef. »Vielleicht wissen sie auch, dass es dreißig Tote gegeben hat – was viel ist, aber offenbar nicht ausreicht, sie aus dem Alltagstrott herauszureißen.«

Die nächste Szene zeigte parkende Schulbusse. Sie würden dort ein paar Tage stehenbleiben, und es würde weiter nichts geschehen. Die Bilder waren sehr schlecht.

»Das ist kein ›Tracking‹, das ist die Strahlung. Das Video wurde vom KGB aufgenommen, dem sowjetischen Geheimdienst.

In der Nacht auf den 26. April um 1 Uhr 23 Uhr ereignete sich der schlimmste dem Menschen anzulastende Unfall in Tschernobyl, in der Ukraine. Durch die Explosion eines Atomreaktors wurden die Menschen in der Region einer Strahlung ausgesetzt, die neunzigmal höher war als die der Bombe von Hiroshima. Die Region hätte evakuiert werden müssen, aber kein Mensch hat etwas gesagt – die Regierung macht schließlich keine Fehler. Eine Woche später meldete die Lokalzeitung von Tschernobyl auf Seite 32 in einer kleinen fünfzeiligen Notiz den Tod der Arbeiter, mehr nicht. In der Zwischenzeit wurde in der gesamten ehemaligen Sowjetunion der Tag der Arbeit gefeiert, und in Kiew defilierten die Menschen, ohne zu wissen, dass unsichtbarer Tod in der Luft lag.«

Und er fuhr fort:

»Ich möchte, dass Sie nach Tschernobyl fahren und sehen, wie es dort heute aussieht. Sie sind hiermit zum Sonderreporter befördert worden. Sie werden eine zwanzigprozentige Gehaltserhöhung erhalten und zudem das Vorschlagsrecht für Artikel haben.«

Ich hätte vor Freude Luftsprünge machen sollen, aber mich überkam eine ungeheure Traurigkeit, die ich überspielen musste. Ich konnte ihm nichts entgegenhalten, ihm nicht sagen, dass es im Augenblick zwei Frauen in meinem Leben gab, ich nicht aus London wegwollte, dass mein Leben und mein geistiges Gleichgewicht auf dem Spiel standen. Ich fragte ihn, wann ich fahren solle, er meinte, sobald wie möglich, denn Gerüchten zufolge beabsichtigten andere Länder, die Produktion von Atomenergie entscheidend zu erhöhen.

Mir gelang ein ehrenhafter Abgang, indem ich ihm sagte, ich müsse noch ein paar Spezialisten dazu befragen, mich in die Sache einarbeiten, und dass ich abreisen würde, sobald ich alles notwendige Material gesammelt hätte.

Er war einverstanden, gab mir die Hand und beglückwünschte mich. Ich hatte keine Zeit, mit Andrea zu sprechen – als ich nach Hause kam, war sie noch nicht aus dem Theater zurück. Ich schlief sofort ein und fand beim Aufwachen wieder ein Kärtchen vor, auf dem stand, sie sei schon zur Arbeit gegangen und der Kaffee stehe auf dem Tisch.

Ich ging in die Redaktion und rief, um den Chef zufriedenzustellen, der ›mein Leben verbessert‹ hatte, einen Fachmann für Atomenergie an. Von ihm erfuhr ich, dass insgesamt neun Millionen Menschen auf der ganzen Welt direkt von dem Unfall betroffen waren, darunter drei oder vier Millionen Kinder. Zu den anfänglich dreißig Todesfällen waren, dem Spezialisten John Gofmans zufolge, über 900 000 Krebserkrankungen hinzugekommen, schon über die Hälfte davon mit tödlichem Ausgang.

Insgesamt zweitausend Städte und Dörfer wurden von der Landkarte getilgt. Dem Gesundheitsministerium von Weißrussland zufolge würden die Erkrankungen an Schilddrüsenkrebs als Folge der weiter bestehenden Radioaktivität zwischen 2005 und 2010 beträchtlich ansteigen.

Ein anderer Fachmann berichtete mir, dass neben diesen 9 Millionen direkt von der Strahlung betroffenen Menschen weitere 65 Millionen in vielen Ländern der Welt indirekt durch den Konsum kontaminierter Nahrungsmittel betroffen waren.

Es handelte sich um ein ernstes Thema, das mit der entsprechenden Sorgfalt behandelt werden musste. Am Ende des Arbeitstages suchte ich den Redaktionsleiter auf und schlug ihm vor, Tschernobyl am Jahrestag des Unfalls zu besuchen. Bis dahin könnte ich noch Nachforschungen anstellen, weitere Fachleute befragen und in Erfahrung bringen, wie die englische Regierung mit der Tragödie umgegangen sei. Er war einverstanden.

Ich rief Athena an – sie hatte ja gesagt, ihr Freund arbeite bei Scotland Yard, und jetzt war der Augenblick gekommen, ihn um einen Gefallen zu bitten, da Tschernobyl ja kein als geheim eingestuftes Thema war und die Sowjetunion nicht mehr existierte. Sie versprach mir, mit ihrem ›Verlobten‹ zu sprechen, meinte aber, sie könne mir nicht garantieren, dass ich die gewünschten Informationen erhalten würde.

Sie sagte auch, sie werde am Tag darauf nach Schottland fahren und erst wieder zum nächsten Treffen der Gruppe zurück sein.

»Welche Gruppe?«

Die Gruppe. Also waren die Treffen schon Routine geworden? Ich wollte mich erkundigen, wann wir uns treffen, uns unterhalten und die offenen Fragen besprechen könnten. Doch sie hatte bereits aufgelegt.

Ich ging nach Hause, schaute mir eine Nachrichtensendung an, aß allein zu Abend und holte danach Andrea vom Theater ab. Ich kam gerade rechtzeitig, um das Ende des Stückes mitzubekommen, und war überrascht zu sehen, dass die Person auf der Bühne nicht die war, mit der ich seit zwei

Jahren zusammenlebte. Es lag etwas Magisches in ihren Gesten, die Monologe und Dialoge hatten eine Intensität, die ich nicht gewohnt war. Ich sah eine Fremde, eine Frau, die ich gern an meiner Seite gehabt hätte – und mir wurde bewusst, dass ich sie ja an meiner Seite hatte, dass sie mir keineswegs fremd war.

»Wie ist dein Gespräch mit Athena gelaufen?«, fragte ich auf dem Nachhauseweg.

»Gut. Und wie geht es bei dir voran?«

Sie wechselte das Thema. Ich berichtete ihr, dass ich befördert worden war, erzählte von Tschernobyl, aber sie zeigte kein großes Interesse. Allerdings fragte sie mich, sobald wir zu Hause waren, ob wir nicht zusammen baden sollten, und kurz darauf fanden wir uns im Bett wieder. Vorher hatte sie diese Perkussionsmusik voll aufgedreht (sie sagte mir, sie hätte von Athena eine Kopie bekommen) und meinte, ich solle nicht an die Nachbarn denken – wir würden sowieso zu sehr auf sie Rücksicht nehmen und nie unser Leben so führen, wie wir es wollten.

Was dann passierte, konnte ich überhaupt nicht einordnen. Sollte die Frau, die vollkommen wild mit mir Liebe machte, am Ende ihre Sexualität entdeckt haben – und beigebracht oder provoziert hatte das eine andere Frau?

Denn während sie mich mit noch nie erlebter Heftigkeit packte, sagte sie ununterbrochen:

»Heute bin ich dein Mann und du meine Frau.«

Und das ging fast eine Stunde so. Ich probierte Dinge aus, die ich zuvor nie gewagt hatte. Irgendwann schämte ich mich, wollte sie bitten aufzuhören, aber sie schien die Situation fest im Griff zu haben. Ich gab mich hin – denn ich hatte keine andere Wahl. Und, was das Schlimmste war, ich war wahnsinnig neugierig.

Am Ende war ich erschöpft, aber Andrea schien mehr Energie zu haben als zuvor.

»Bevor du einschläfst, möchte ich, dass du eines weißt«, sagte sie. »Wenn ich weitermache, wird dir Sex die Gelegenheit geben, mit Göttern und Göttinnen Liebe zu machen. Das hast du heute erlebt. Ich möchte, dass du, bevor du einschläfst, weißt, dass ich die Große Mutter in dir geweckt habe.«

Ich hätte sie gern gefragt, ob sie das von Athena gelernt habe, hatte aber nicht den Mut dazu.

»Sag mir, ob es dir gefallen hat, eine Nacht lang Frau zu sein.«

»Es hat mir gefallen. Ob es mir immer gefallen würde, weiß ich nicht, aber es hat mich zugleich erschreckt und beglückt.«

»Sag mir, ob du erlebt hast, was du schon immer einmal erleben wolltest.«

Es ist eines, sich von einer Situation hinreißen zu lassen, aber etwas anderes, kühl darüber zu reden. Ich sagte nichts – obwohl ich keinen Zweifel daran hatte, dass sie die Antwort wusste.

»Nun ja«, meinte Andrea. »All das hatte ich in mir, wusste es aber nicht. Auch die Maske, die heute gefallen ist, als ich auf der Bühne stand. Hast du die Veränderung bemerkt?«

»Selbstverständlich. Du hast ein besonderes Licht ausgestrahlt.«

»Charisma: die göttliche Kraft, die sich im Mann und in der Frau offenbart. Die übernatürliche Macht, die wir niemandem zeigen müssen, weil alle sie bemerken, sogar die Menschen, die keinerlei Sensibilität besitzen. Aber sie offenbart sich erst, wenn wir nackt, für die Welt gestorben sind und für uns selber wiedergeboren werden. Gestern Abend bin ich gestorben. Heute, als ich die Bühne betrat und mir klar wurde, dass ich genau das tat, was ich mir ausgesucht hatte, bin ich aus meiner Asche neu erstanden.

Ich habe immer versucht, die zu sein, die ich war, aber es gelang mir nie. Ich versuchte immer, die anderen zu beeindrucken, führte intelligente Gespräche, ich tat, was meine Eltern erwarteten, aber benutzte alle Kunstgriffe, um die Sachen zu tun, die mir gefielen. Und ich habe mir meinen Weg immer mit Herzblut, Tränen und Willenskraft gebahnt – doch gestern habe ich herausgefunden, dass dieses das falsche Vorgehen war. Mein Traum verlangt das nicht, er will nur, dass ich mich ihm hingebe, meine Zähne zusammenbeiße, wenn ich finde, dass ich leide, denn das Leiden geht vorüber.«

»Warum sagst du mir das alles?«

»Lass mich weiterreden. Auf diesem Weg, auf dem das Leiden die einzige Regel zu sein scheint, habe ich um Dinge gekämpft, um die zu kämpfen es nicht lohnte. Wie die Liebe, beispielsweise: entweder empfindet man sie – oder es gibt keine Kraft der Welt, die sie hervorrufen kann.

Wir können so tun, als liebten wir. Wir können uns aneinander gewöhnen. Wir können ein Leben lang in Freundschaft, innigem Einverständnis zusammenleben, eine Familie gründen, jede Nacht Sex miteinander und Orgasmen haben und dennoch fühlen, dass in allem eine armselige Leere liegt, dass etwas Wichtiges fehlt. Im Namen dessen, was ich über die Beziehungen zwischen Mann und Frau gelernt habe, versuchte ich, um Dinge zu kämpfen, die es nicht verdienen. Und das schließt dich beispielsweise mit ein.

Heute, als wir Liebe gemacht haben, als ich alles gab und merkte, dass auch du dein Bestes gabst, begriff ich, dass mich dein Bestes nicht mehr interessiert. Ich werde neben dir schlafen, und morgen gehe ich. Das Theater ist mein Ritual, dort kann ich ausdrücken und entwickeln, was ich will.«

Ich begann alles zu bereuen – dass ich nach Transsylvanien gefahren war, um dort einer Frau zu begegnen, die möglicherweise gerade mein ganzes Leben zerstörte, dass ich die erste ›Gruppe‹ angeregt, in einem Restaurant meine Liebe erklärt hatte. In diesem Augenblick hasste ich Athena.

»Ich weiß, was du gerade denkst«, sagte Andrea. »Dass deine Freundin mich einer Gehirnwäsche unterzogen hat. Das stimmt aber nicht.«

»Ich bin ein Mann, auch wenn ich mich heute im Bett wie eine Frau benommen habe. Ich bin eine aussterbende Spezies, denn ich sehe um mich herum nicht mehr viele Männer. Wenige Menschen riskieren, was ich riskiere.«

»Dessen bin ich mir sicher, und deshalb bewundere ich dich auch. Aber willst du mich nicht fragen, wer ich bin, was ich will, was ich mir wünsche?«

Ich fragte sie.

»Ich will alles. Ich will Wildheit und Zärtlichkeit. Ich will die Nachbarn stören und versuchen, sie zu beruhigen. Ich will keine Frauen im Bett, aber ich will Männer, wahre Männer – wie dich beispielsweise. Sollen sie mich lieben oder benutzen. Ich will frei lieben und will, dass die Menschen um mich herum dasselbe tun.

Und, um zum Schluss zu kommen: Mit Athena habe ich nur über einfache Dinge gesprochen, Dinge, die die unterdrückte Energie wecken. Wie beispielsweise Liebe machen. Oder durch die Straßen gehen und dabei immer wieder zu sagen: ›Ich bin da, jetzt und hier.‹ Nichts Besonderes, kein geheimes Ritual. Das Einzige, was unsere Begegnung zu etwas relativ Ungewöhnlichem gemacht hat, war die Tatsache, dass wir beide nackt waren. Von jetzt an werden wir uns jeden Montag treffen, und wenn ich etwas zu sagen habe, werde ich das nur bei dem Treffen sagen – ich habe nicht das geringste Interesse daran, Athenas Freundin zu sein.

So wird sie, wenn sie den Wunsch hat, etwas mit jemandem zu teilen, nach Schottland fahren und mit dieser Edda reden, die du offenbar auch kennst, was du mir aber nie erzählt hast.«

»Aber ich erinnere mich nicht an sie!«

Ich spürte, dass sich Andrea allmählich beruhigte. Sie machte zwei Tassen Kaffee, die wir gemeinsam tranken. Dann lächelte sie wieder, fragte mich nach meiner Beförderung, sagte, dass sie sich wegen der Montagsversammlungen Sorgen mache, weil sie am Morgen erfahren hatte, dass Freunde von Freunden weitere Leute eingeladen hatten und der Versammlungsort zu klein wurde. Ich gab mir alle erdenkliche Mühe, so zu tun, als wäre alles nur eine Nervenkrise, eine prämenstruelle Spannung, ein Eifersuchtsanfall gewesen.

Ich umarmte sie, sie kuschelte sich an meine Schulter. Obwohl ich erschöpft war, wartete ich, bis sie einschlief. In jener Nacht träumte ich überhaupt nicht. Ich hatte keinerlei Vorahnungen.

Aber am nächsten Morgen, als ich aufwachte, sah ich, dass

ihre Kleider nicht mehr da waren. Der Schlüssel lag auf dem Tisch – ohne ein Kärtchen zum Abschied.

Deidre O'Neill, bekannt als Edda

Die Menschen lesen jede Menge Geschichten über Hexen, Feen, Paranormale und über Kinder, die von bösen Geistern besessen sind. Sie schauen sich Filme an, in denen Rituale mit Pentagrammen, Schwertern, Anrufungen vorkommen. Dagegen ist nichts zu sagen. Es ist wichtig, die Phantasie zu entwickeln, diese Umwege gehören dazu. Wer sie aber hinter sich lässt, ohne irgendwelchem Betrug aufzusitzen, der wird am Ende auf die wahre Tradition treffen.

Diese Tradition ist durch Folgendes gekennzeichnet: Der Meister sagt seinem Schüler nie, was er zu tun hat. Beide sind nur Reisegefährten, die das schwer zu ertragende Gefühl von Fremdheit angesichts sich ständig verändernder Wahrnehmungen und neuer Horizonte miteinander teilen, die sich ihnen eröffnen, von Türen, die sich schließen, von Flüssen, die manchmal den Weg unterbrechen, doch die man nicht überschreiten, sondern denen man folgen sollte.

Der Unterschied zwischen Meister und Schüler besteht einzig darin, dass der Meister etwas weniger Angst hat als der Schüler. Daher schlägt der Erfahrenere, wenn beide sich an einen Tisch oder an ein Feuer setzen, um sich zu unterhalten, dem anderen vor: ›Warum tust du nicht dieses oder jenes?‹ Er sagt nie: ›Geh dort entlang, und du wirst dorthin gelangen, wohin ich gelangt bin‹, denn jeder Weg ist einzigartig und jedes Schicksal auch.

Der wahre Meister weckt im Schüler den Mut, die eigene Welt aus dem Gleichgewicht zu bringen, obwohl auch er die Dinge fürchtet, die er gefunden hat, und noch mehr Furcht vor dem hat, was ihn hinter der nächsten Wegbiegung erwartet.

Ich war eine junge, begeisterte Ärztin, die mit einem Austauschprogramm der englischen Regierung in die rumänische Provinz ging, um ihren Mitmenschen zu helfen. Als ich aufbrach, hatte ich Medikamente im Gepäck und jede Menge Vorurteile im Kopf: Ich hatte klare Vorstellungen davon, wie Menschen sich verhalten sollten, was man brauchte, um glücklich zu sein, welche Träume wir uns erhalten, wie die Beziehungen zwischen Menschen sich gestalten sollten. Ich war noch zu Zeiten der blutigen aberwitzigen Diktatur nach Rumänien gereist und im Rahmen eines Programms, das die Impfung der gesamten Bevölkerung Transsylvaniens vorsah, von Bukarest aus dorthin gefahren. Mir war damals nicht klar, dass ich nur eine weitere Figur in einer komplizierten Schachpartie war, bei der unsichtbare Hände meine Ideale manipulierten und alles, was ich allein für die Menschheit zu tun glaubte, einen doppelten Zweck erfüllte: die Regierung des Nachfolgers des Diktators zu stabilisieren und England zu erlauben, Waffen auf einem von den Sowjets beherrschten Markt zu verkaufen.

Meine guten Absichten genügten nicht, weil ich schon bald feststellen musste, dass Impfungen allein nicht ausreichten. Es grassierten andere Krankheiten in der Region, ich schrieb ständig Bittbriefe um weitere Mittel, die mir aber versagt wurden. Immer hieß es, ich solle mich nur um die mir übertragene Aufgabe kümmern.

Ich war empört und fühlte mich ohnmächtig. Ich hatte das Elend aus nächster Nähe kennengelernt, hätte Möglichkeiten gehabt, etwas zu tun, wenn man mir ein paar Pfund Sterling gegeben hätte, aber keiner war daran sonderlich interessiert. Unsere Regierung wollte nur, dass die Zeitungen über diese Gruppen berichteten, die sie in humanitärer Mission in verschiedene Gebiete der Welt geschickt hatte, und dass ihre Wähler und die Opposition das lasen. Selbstverständlich hatte sie neben ihrem Wunsch, Waffen zu verkaufen, auch die besten Absichten.

Ich war verzweifelt: Was zum Teufel war nur mit dieser Welt los? Eines Nachts bin ich allein in den Wald gegangen und habe Gott verflucht, der in allem und allen gegenüber ungerecht war. Ich saß am Fuß einer Eiche, als mein Beschützer zu mir trat. Er meinte, ich könnte erfrieren. Ich antwortete ihm, ich sei Ärztin, ich kenne meine körperlichen Grenzen, und wenn ich an diese Grenzen käme, würde ich ins Camp zurückkehren. Ich fragte ihn, was er dort im Wald mache.

»Ich unterhalte mich mit der Frau, die mich hört, denn die Menschen sind taub«, sagte er und ließ mich dort sitzen.

Ich dachte, er meinte mich – aber nein, die Frau war der Wald. Ich sah ihn durch den Wald davongehen, gestikulieren und Unverständliches sagen. Ich war also nicht die Einzige auf der Welt, die mit sich selber sprach. Das beruhigte mich. Als ich gerade gehen wollte, kam er zu mir zurück.

»Ich weiß, wer Sie sind«, sagte er. »Im Dorf haben Sie den Ruf, ein guter Mensch, immer gut gelaunt und hilfsbereit zu sein, aber ich sehe etwas anderes in Ihnen: Wut und Frustration.«

Ich wusste nicht, ob ich einen Spion der Regierung vor mir hatte, sagte ihm aber alles, was ich gerade fühlte – ich musste meinem Herzen Luft machen, auch wenn ich Gefahr lief, festgenommen zu werden. Wir gingen zusammen zum Feldlazarett, in dem ich arbeitete, ich nahm ihn mit in den Schlaftrakt, der in diesem Augenblick leer war (meine Kollegen amüsierten sich bei einem Fest, das alljährlich in der nahen Stadt gefeiert wurde), und lud ihn ein, etwas mit mir zu trinken. Er zog eine Flasche aus der Tasche:

»Palinka«, sagte er und meinte damit das hochprozentige traditionelle Getränk des Landes. »Ich lade Sie ein.«

Wir tranken gemeinsam, ich bekam nicht mit, dass ich allmählich betrunken wurde. Ich merkte es erst, als ich versuchte, ins Bad zu gehen, über etwas stolperte und zu Boden fiel.

»Bewegen Sie sich nicht«, sagte der Mann. »Schauen Sie genau auf das, was Sie vor Augen haben.«

Eine Ameisenkolonne.

»Ameisen gelten allgemein als sehr klug, verfügen über Erinnerungsvermögen, Intelligenz, Organisationsfähigkeit, Opfergeist. Sie sammeln im Sommer Nahrung, horten sie für den Winter, und jetzt gehen sie in diesem eisigen Frühling wieder hinaus, um zu arbeiten. Würde morgen die Welt von einem Atomkrieg zerstört, würden die Ameisen überleben.«

»Woher wissen Sie das alles?«

»Ich habe Biologie studiert.«

»Und wie nutzen Sie Ihr Studium, um die Lage Ihres Volkes zu verbessern? Wieso gehen Sie allein im Wald umher und reden mit den Bäumen?«

»Erstens war ich nicht allein – außer den Bäumen haben

Sie mir zugehört. Aber, um auf Ihre Frage zu antworten: Ich habe die Biologie aufgegeben, um Schmied zu werden.«

Mühsam stand ich auf. In meinem Kopf drehte sich alles, aber ich war noch klar genug, um die Lage dieses armen Mannes zu erfassen. Er hatte, obwohl er studiert hatte, keine Arbeit bekommen. Ich sagte, in meinem Land sei das genauso.

»Sie liegen ganz falsch. Ich habe die Biologie aufgegeben, weil ich als Schmied arbeiten *wollte*. Schon als Kind war ich fasziniert von diesen Männern, die den Stahl mit dem Hammer bearbeiten, dabei eine eigenartige Musik machen, um sich herum Funken verbreiten, das glühende Eisen ins Wasser tauchen und damit Wolken aus Wasserdampf schaffen. Ich war ein unglücklicher Biologe, denn mein Traum war, das starre Metall sanfte Formen annehmen zu lassen. Bis eines Tages ein Beschützer kam.«

»Ein Beschützer?«

»Nehmen wir einmal an, dass Sie beim Anblick dieser Ameisen, die genau das tun, wozu sie bestimmt sind, ausrufen: ›Das ist ja phantastisch!‹ Die Wächter sind genetisch darauf vorbereitet, sich für die Königin zu opfern, die Arbeiter schleppen Blätter, die zehnmal schwerer als sie selber sind, die Ingenieure bauen Tunnel, die Stürme und Überschwemmungen überstehen. Sie liefern sich tödliche Kämpfe mit ihren Feinden, leiden für die Gemeinschaft, aber sie fragen sich nie: Was machen wir hier?

Die Menschen versuchen, die vollkommene Gesellschaft der Ameisen nachzuahmen, und ich als Biologe erfüllte meine Rolle, bis jemand kam und mich fragte:

›Stellt dich das, was du tust, zufrieden?‹

Ich sagte: ›Selbstverständlich, ich nütze meinem Volk.‹

›Und reicht dir das?‹

Ich wusste nicht, ob mir das reichte, aber sagte zu ihm, er sei arrogant und egoistisch.

Er entgegnete: ›Das mag sein. Aber du hast bislang nur wiederholt, was Menschen tun, seit es Menschen gibt – du ordnest Dinge.‹

›Aber die Welt hat Fortschritte gemacht‹, antwortete ich ihm darauf. Er fragte mich, ob ich Geschichtskenntnisse habe – selbstverständlich hatte ich welche. Er stellte eine weitere Frage:

›Waren wir nicht schon vor Jahrtausenden in der Lage, große Bauwerke wie die Pyramiden zu errichten? Waren wir nicht fähig, Götter zu verehren, zu weben, Feuer zu machen, uns Geliebte und Ehefrauen zuzulegen, geschriebene Botschaften weiterzugeben?‹ Und fuhr dann fort:

›Selbstverständlich. Aber auch wenn sich die Gesellschaft so organisiert hat, dass es anstelle von Sklaven, die nichts bekamen, Sklaven gab, die einen Lohn erhielten, sind Fortschritte nur auf dem Gebiet der Wissenschaft gemacht worden. Die Menschen stellen sich heute noch immer dieselben Fragen wie ihre Vorfahren. Oder anders gesagt, sie haben sich überhaupt nicht weiterentwickelt.‹

In diesem Augenblick wurde mir klar, dass dieser Mensch, der mir diese Fragen gestellt hatte, vom Himmel geschickt worden, ein Engel, ein Beschützer war.«

»Warum nennen Sie ihn Beschützer?«

»Weil er mir gesagt hat, dass es zwei Traditionen gibt: eine, die uns Jahrhunderte hindurch dazu anhielt, immer das Gleiche zu machen. Die andere, die uns die Pforten zum Unbekannten öffnet. Aber diese zweite Tradition ist unbequem und gefährlich, weil sie, wenn sie zu viele Anhänger hat, am Ende eine Gesellschaft zerstören wird, deren Organisation nach dem Vorbild der Ameisen so viel Mühe gekostet hat. Daher ist diese Tradition zu etwas Geheimem geworden und konnte nur so viele Jahrhunderte überleben, weil ihre Anhänger mit Symbolen eine geheime Sprache geschaffen haben.«

»Haben Sie ihn noch mehr gefragt?«

»Natürlich, denn, obwohl ich es leugnete, wusste er, dass ich mit dem, was ich tat, nicht zufrieden war. Mein Beschützer meinte: ›Ich habe Angst davor, Schritte zu tun, die von der Gesellschaft nicht vorgesehen sind, aber trotz meiner großen Ängste erscheint mir ein solches Leben letztlich sehr viel interessanter.‹

Ich wollte mehr über die Tradition wissen, und er sagte etwas wie: ›Solange Gott männlich ist, werden wir immer Nahrung und ein Dach über dem Kopf haben. Wenn die Große Mutter am Ende ihre Freiheit erringt, werden wir möglicherweise unter freiem Himmel schlafen und von Luft und Liebe leben müssen, es sei denn, wir sind imstande, Gefühl und Arbeit ins Gleichgewicht zu bringen.‹

Der Mann, der später *mein* Beschützer wurde, fragte mich: ›Wenn du nicht Biologe wärest, was wärest du dann?‹

Ich sagte: ›Schmied, aber das bringt kein Geld.‹ Er entgegnete: ›Nun, wenn du es leid bist zu sein, was du nicht bist, dann gehe und vergnüge dich und feiere das Leben, indem du mit einem Hammer auf Eisen schlägst. Mit der Zeit wirst du herausfinden, dass dir das mehr Zufriedenheit bringt: Es wird dir einen Sinn geben.‹

›Wie folge ich dieser Tradition, von der du erzählt hast?‹

›Wie ich schon sagte, durch Symbole‹, war seine Antwort. ›Beginne damit zu tun, was du möchtest, und alles sonst wird dir offenbart werden. Glaube daran, dass Gott eine Mutter ist, die sich um ihre Kinder kümmert und niemals zulassen wird, dass ihnen Böses geschieht. Ich habe das getan und überlebt. Ich habe herausgefunden, dass es andere Menschen gibt, die dies auch tun – aber sie werden für verrückt, unverantwortlich, abergläubisch gehalten. Sie suchen in der Natur die Inspiration, wo sie zu finden ist, seit die Welt geschaffen wurde. Wir haben Pyramiden gebaut, aber auch Symbole entwickelt.‹

Nach diesen Worten ging er, und ich habe ihn nie wiedergesehen.

Ich weiß nur, dass ich von diesem Augenblick an die Symbole sah, weil mir dieses Gespräch die Augen öffnete. Es ist mir nicht leichtgefallen, aber eines Abends habe ich meiner Familie gesagt, dass ich, obwohl ich alles hatte, wovon ein Mann träumte, unglücklich sei – dass ich in Wahrheit dazu geboren sei, Schmied zu sein. Meine Frau beklagte sich und meinte: ›Du wurdest als Zigeuner geboren, du hast so viele Demütigungen ertragen müssen, um dorthin zu gelangen, wo du heute bist, und jetzt willst du wieder zurück?! Mein Sohn war hochzufrieden, denn er sah auch den Schmieden in unserem Dorf gern zu und hasste die Laboratorien in der großen Stadt.

Ich habe meine Zeit zwischen der biologischen Forschung und der Arbeit eines Hilfsschmiedes geteilt. Ich war immer müde, aber viel fröhlicher als vorher. Irgendwann habe ich meine Anstellung aufgegeben und meine eigene Schmiede aufgemacht – die anfangs ein totaler Reinfall war. Gerade als ich begann, an das Leben zu glauben, verschlechterte sich meine Lage ganz entschieden. Eines Tages wurde mir während der Arbeit plötzlich klar, dass ich ein Symbol vor mir hatte.

Ich erhielt den Stahl unbearbeitet und musste ihn zu Autoteilen, landwirtschaftlichen Maschinen oder Küchenutensilien umformen. Wie geschieht das? Zuerst einmal erhitze ich das Stahlblech unter höllischer Hitze, bis es rot wird. Dann ergreife ich den schwersten Hammer und schlage darauf, bis das Stück die gewünschte Form erhalten hat. Dann wird es in einen Eimer mit kaltem Wasser getaucht, und die ganze Werkstatt füllt sich mit dem Zischen des Dampfes, während das Stück wegen des plötzlichen Temperaturwechsels knackt und ächzt.

Diesen Prozess wiederhole ich so oft, bis das Stück vollkommen ist. Einmal genügt nicht.«

Der Schmied machte eine lange Pause, zündete sich eine Zigarette an und fuhr fort:

»Manchmal erträgt der Stahl, den ich in die Hände bekomme, diese Behandlung nicht. Die Hitze, das Hämmern und das kalte Wasser führen zu Rissen. Und ich weiß dann, dass er nie zu einer guten Pflugschar oder einer Wagenachse werden wird. Dann werfe ich ihn einfach auf den Haufen Alteisen neben dem Eingang meiner Schmiede.«

Nach einer weiteren Pause sagte der Schmied noch:

»Ich weiß, dass Gott mich in das Feuer von Angst und Not stellt. Ich habe die Hammerschläge, die mir das Leben versetzt, akzeptiert, und manchmal fühle ich mich so kalt und gefühllos wie das Wasser, das das Eisen leiden lässt. Aber ich bitte nur um eines: »Mein Gott, meine Mutter, gib nicht auf, bis es mir gelungen ist, die Form anzunehmen, die du von mir erwartest. Versuche es so, wie du es für richtig hältst, solange du willst – aber werfe mich nie auf den Haufen für Alteisenseelen.‹«

Nach dem Gespräch mit diesem Mann wusste ich, obwohl ich betrunken war, dass mein Leben sich verändert hatte. Es gab eine Tradition hinter allem, was wir gelernt haben, und ich musste mich auf die Suche nach Menschen machen, die bewusst oder unbewusst imstande waren, die weibliche Seite Gottes zu offenbaren. Anstatt über meine Regierung und deren politische Manipulationen zu schimpfen, beschloss ich zu tun, wozu ich wirklich Lust hatte: die Menschen zu heilen. Der Rest interessierte mich nicht mehr.

Da ich kein Geld hatte, um Medikamente zu kaufen, wandte ich mich an die Frauen und Männer in der Region, die mich in die Welt der Heilpflanzen einführten. Ich lernte eine Volkstradition kennen, die bis in die graue Vorzeit zurückreichte und von Generation zu Generation als etwas weitergegeben wurde, das sich auf Erfahrung gründete und nicht auf Fachwissen. Damit konnte ich mehr tun, als meine eigenen Möglichkeiten erlaubten, denn ich war jetzt nicht mehr nur dort, um eine Aufgabe zu erfüllen, die mir die Universität gestellt hatte, oder um meiner Regierung zu helfen, Waffen zu verkaufen, oder um ungewollt Propaganda für politische Parteien zu machen.

Ich war dort, weil es mich zufrieden machte, Menschen zu heilen.

Das hat mich der Natur, der mündlichen Überlieferung

und den Pflanzen nahe gebracht. Zurück in England, fragte ich meine Kollegen: »Wisst ihr eigentlich immer von vornherein genau, welche Arzneien ihr verschreiben müsst, oder lasst ihr euch auch manchmal von eurer Intuition leiten?« Fast alle räumten ein, nachdem das Eis erst mal gebrochen war, dass sie häufig von einer Stimme geleitet wurden und, wenn sie deren Ratschläge nicht befolgten, am Ende in der Behandlung Fehler machten. Selbstverständlich nutzten sie die gesamten ihnen zur Verfügung stehenden modernen Apparate und Verfahren, aber alle wussten, dass es tief in ihnen einen verborgenen Winkel gab, in dem das Gefühl für die richtige Behandlung und die dementsprechend beste Entscheidung zu finden war.

Mein Beschützer hatte meine Welt aus dem Gleichgewicht gebracht – auch wenn er nur ein einfacher Mann, ein Schmied aus dem Volk der Roma war. Ich habe ihn mindestens einmal im Jahr in seinem Dorf besucht, und wir haben uns darüber unterhalten, wie das Leben sich vor unseren Augen auftut, wenn wir es wagen, die Dinge anders zu betrachten. Bei einigen dieser Besuche habe ich andere Schüler von ihm getroffen, und wir haben gemeinsam über unsere Ängste und unsere Siege gesprochen. Der Beschützer sagte: »Auch ich habe Angst, aber in diesen Stunden entdecke ich, dass es eine Weisheit jenseits von mir gibt, und dann mache ich weiter.«

Heute verdiene ich als Ärztin in Edinburgh ein Vermögen, aber ich würde noch mehr verdienen, wenn ich in London praktizieren würde. Doch ich möchte lieber das Leben genießen und etwas freie Zeit haben. Ich tue das, was mir gefällt. Ich verbinde die Heilverfahren der Alten, die Tradition der Arcana, mit den modernsten Verfahren der heutigen Medizin, der Tradition des Hippokrates. Ich schreibe gerade an einem Artikel darüber, und viele Menschen aus der ›wissenschaftlichen‹ Gemeinschaft werden, wenn sie meinen Text in einer Fachzeitschrift lesen, ihre Methoden ändern, die sie im Grunde genommen schon lange ändern wollten.

Ich glaube nicht, dass Krankheiten ihren Ursprung im Kopf haben. Ich halte die Entdeckung und Entwicklung der Antibiotika und antiviraler Mittel für einen großen Schritt in der Entwicklung der Menschheit.

Ich verlange von meinen Patienten nicht, dass sie eine Blinddarmentzündung mit Meditation heilen – sie brauchen eine schnelle und gute Operation.

Ich tue meine Arbeit mit Mut und Angst, stütze mich dabei auf die neuesten Verfahren der westlichen Medizin und auf Inspiration.

Ich bin vorsichtig genug, nicht verantwortungslos über diese Dinge zu sprechen, sonst wird man mich als Scharlatanin brandmarken, und viele Leben, die ich retten könnte, gingen so am Ende verloren.

Wenn ich Zweifel habe, bitte ich die Große Mutter um Hilfe. Sie ist mir nie eine Antwort schuldig geblieben. Aber sie hat mir immer geraten, zurückhaltend zu sein.

Sie hat Athena sicher mehrfach denselben Ratschlag gegeben.

Aber Athena war zu sehr von dieser Welt fasziniert, die sich ihr auftat, und hat nicht darauf gehört.

Eine Londoner Zeitung, 24. August 1994
Die Hexe von Portobello

London (© Jeremy Lutton) – »Ich glaube aus verschiedenen Gründen nicht an Gott. Man braucht nur zu sehen, wie sich diejenigen aufführen, die glauben!« Das war die Reaktion von Robert Wilson, einem Ladenbesitzer an der Portobello Road.

Die Straße, die auf der ganzen Welt für ihre Antiquitätengeschäfte und den sonnabendlichen Trödelmarkt bekannt ist, wurde gestern Abend zu einem regelrechten Kriegsschauplatz. Mindestens fünfzig Polizisten des Royal Borough of Kensington and Chelsea waren nötig, um die Gemüter zu beruhigen. Am Ende des Tumultes waren Verletzte zu beklagen, allerdings nur Leichtverletzte. Der Auslöser der fast zwei Stunden dauernden Schlägerei war eine Demonstration, die Reverend Ian Buck gegen den, wie er es nannte, ›Satanskult im Herzen Englands‹ organisiert hatte.

Buck zufolge würde eine Gruppe verdächtiger Leute, die sich immer montags nachts traf, um den Dämon anzurufen, die Nachbarschaft nicht zur Ruhe kommen lassen. Die Zeremonien würden von der Libanesin Sherine H. Khalil geleitet, die sich selber Athena, die Göttin der Weisheit, nannte.

Sie versammelte etwa zweihundert Leute in einem alten Getreidespeicher. Mit jeder Woche wurden es mehr Menschen, und am vergangenen Montag hatten ebenso viele Menschen draußen gestanden und auf eine Möglichkeit gewartet, hineinzugelangen und auch an der Veranstaltung teilnehmen zu können. Als Reverend Buck feststellen musste, dass keine seiner mündlichen Beschwerden, Eingaben, Unterschriftensammlungen und Briefe an die Zeitungen Erfolg hatten, beschloss er, seine Gemeinde zu mobilisieren, indem er sie dazu aufforderte, sich um 19 Uhr vor dem Speicher zu versammeln und die ›Satansanbeter‹ am Hineingehen zu hindern.

»Gleich nach Eingang der ersten Anzeige haben wir jemanden hingeschickt, der das Lokal inspiziert hat. Es wurden weder Drogen gefunden, noch gab es Hinweise auf ungesetzliche Praktiken«, sagte ein Polizeibeamter, der nicht genannt werden möchte, denn es wurde bereits eine offizielle Untersuchung der Ereignisse angeordnet. »Da die Musik immer um zehn Uhr abends abgestellt wurde, lag keine Ruhestörung vor, und wir konnten nichts machen. In England gibt es Religionsfreiheit.«

Reverend Buck sieht die Sache vollkommen anders:

»Tatsächlich hat diese Hexe von Portobello, die Meisterin der Scharlatanerie, Kontakte bis in die höchsten Regierungskreise, daher rührt die Untätigkeit der Polizei, die vom Steuerzahler dafür bezahlt wird, für Ruhe und Ordnung zu sorgen. Wir leben in einer Zeit, in der alles erlaubt ist. Die Demokratie wird aufgrund ihrer grenzenlosen Freiheit ausgenutzt und zerstört.«

Der Geistliche meint, die Gruppe sei ihm gleich suspekt vorgekommen. Sie hätte ein heruntergekommenes Gebäude gemietet und es tagelang renoviert, »ein sicheres Zeichen dafür, dass es sich um eine Sekte handelte, deren Mitglieder einer Gehirnwäsche unterzogen worden waren, denn niemand sonst auf der Welt würde unentgeltlich arbeiten«. Auf die Frage, ob seine Gemeindemitglieder nicht ebenfalls karitative Arbeit leisteten oder die Gemeinde unterstützten, antwortete Buck: »Das, was wir machen, tun wir im Namen Jesu.«

Gestern Abend wurden Sherine Khalil, ihr Sohn und ein paar ihrer Freunde von Bucks Gemeindemitgliedern, die mit Plakaten und Megaphonen die Nachbarschaft einluden, sich ihnen anzuschließen, am Betreten des Speichers gehindert. Wortgefechte arteten in körperliche Angriffe aus, und am Ende waren beide Seiten nicht mehr zu kontrollieren.

»Sie behaupten, sie würden im Namen Jesu kämpfen, tatsächlich aber möchten sie, dass wir Jesu Worte nicht mehr hören, der gesagt hat, wir seien alle Kinder Gottes« – sagte die bekannte Schauspielerin Andrea McCain, die sich im Gefolge von Sherine Khalil oder von Athena befand, wie sie sich auch nennt. Andrea McCain trug eine Schramme über der rechten Augenbraue davon. Sie wurde sofort medizinisch versorgt. Sie war aber schon gegangen, bevor der Reporter herausfinden konnte, ob sie etwas mit der Gruppe und ihrem Kult zu tun hatte.

Frau Khalil zufolge, die ihren achtjährigen Sohn zu beruhigen versuchte, nachdem die Ordnung wiederhergestellt war, wird im Speicher nur gemeinsam getanzt. Dem folgt die Anrufung einer als Hagia Sophia bekannten Wesenheit, der Fragen gestellt werden. Die Feier endet mit einer Art Predigt und einem gemeinsamen Gebet zu Ehren der Großen Mutter. Der Polizeioffizier, der die ersten Anzeigen aufgenommen hatte, bestätigt dies.

Soweit wir sehen konnten, hat diese Gemeinschaft weder einen Namen, noch ist sie als Wohltätigkeitsverein eingetragen. Aber das ist, dem Anwalt Sheldon Williams zufolge, auch nicht notwendig: »Wir leben in einem freien Land, in dem Menschen sich ohne kommerzielle Absichten in geschlossenen Räumen zu Veranstaltungen versammeln können, solange sie nicht dazu angestiftet werden, gegen Gesetze zu verstoßen, oder zu Rassismus oder zum Genuss von Betäubungsmitteln.«

Frau Khalil machte deutlich, dass sie nicht beabsichtige, ihre Veranstaltungen wegen der Störungen einzustellen.

»Wir bilden eine Gruppe, um uns gegenseitig Mut zu machen, denn es ist schwierig, allein dem Druck der Gesellschaft standzuhalten«, meinte sie. »Es sollte nicht vergessen werden, dass Menschen im Laufe der Jahrhunderte von Seiten der etablierten Kirche immer wieder unter Druck gesetzt wurden. Immer wenn sie etwas tun, was nicht mit den etablierten, vom Staat anerkannten Religionen übereinstimmt, werden sie unterdrückt – so wie es heute geschehen ist. Früher sind Menschen wie wir zur Hinrichtungsstätte geschleppt worden, in die Gefängnisse gewandert, auf dem Scheiterhaufen gelandet oder in die Verbannung geschickt worden. Aber heute haben wir die Voraussetzungen, uns dagegen zu wehren, und wir setzen den Kräften, die uns Einhalt gebieten wollen, unsere Kraft entgegen, so wie auch Mitgefühl mit Mitgefühl vergolten wird.«

Mit den Anschuldigungen von Reverend Buck konfrontiert, beschuldigte sie ihn, »seine Gemeindemitglieder zu manipulieren, indem er Intoleranz als Vorwand benutzt und die Lüge zur Rechtfertigung gewalttätigen Handelns einsetzt«.

Dem Soziologen Arthaud Lenox zufolge würden Phänomene wie dieses in den kommenden Jahren verstärkt auftreten, wobei es auch zu ernsten Zusammenstößen zwischen den etablierten Religionen kommen könnte. »In dem Augenblick, als die marxistische Utopie sich als vollkommen unfähig erwies, die Ideen der Gesellschaft zu kanalisieren, hat sich die Welt der religiösen Erweckung zugewandt. Sie tritt vermehrt auf, wenn sich vor einer Jahrhundert- oder Jahrtausendwende irrationale Ängste breitmachen. Ich glaube jedoch, dass, wenn das Jahr 2000 kommt und die Welt weiterbesteht, der gesunde Menschenverstand letztlich überwiegen wird und die Religionen nur ein Rückzugsgebiet für die Schwächsten sein werden, die immer auf der Suche nach Menschen sind, die sie führen.«

D. Evaristo Piazza, einer der Vertreter des Vatikans im Vereinigten Königreich, widerspricht dem: »Was wir da aufkommen sehen, ist nicht das spirituelle Erwachen, das wir alle so sehr erhoffen, sondern eine Welle dessen, was die Amerikaner ›New Age‹ nennen. Es handelt sich dabei um eine aus allen Kulturen zusammengemischte Bewegung, der zufolge alles erlaubt ist, Dogmen nicht respektiert werden müssen und in der die Menschen den absurdesten Vorstellungen aus der Vergangenheit auf den Leim gehen. Skrupellose Menschen wie diese Frau versuchen, schwachen und verführbaren Geistern ihre falschen Vorstellungen einzuflüstern, und haben dabei nur finanziellen Gewinn und persönliche Macht im Sinn.«

Der deutsche Historiker Franz Herbert, der sich zurzeit am Goethe-Institut in London aufhält, sieht das anders. »Die etablierten Religionen geben keine Antworten mehr auf die Grundfragen des Menschen – wie der nach seiner Identität und dem Sinn des Lebens. Stattdessen konzentrieren sie sich auf eine Reihe von Dogmen und Normen, die vor allem die soziale und politische Organisation im Blick haben. Daher brechen Menschen in ihrer Suche nach wahrer Spiritualität zu neuen Ufern auf. Das bedeutet zweifellos eine Rückkehr in die Vergangenheit und zu primitiven Kulten, bevor auch diese Kulte von den Machtstrukturen angesteckt werden.«

Auf der zuständigen Polizeiwache wurde uns von Sergeant William Morton gesagt, dass die Gruppe um Sherine Khalil, falls sie beschließen sollte, am nächsten Montag ihr Treffen stattfinden zu lassen, und sich bedroht fühlen sollte, schriftlich Polizeischutz beantragen könnte, um so weitere Zwischenfälle zu vermeiden.

(Reportage: Andrew Fish, Foto: Mark Gillhem)

Heron Ryan, Journalist

Diese Reportage habe ich im Flugzeug auf dem Rückflug von der Ukraine gelesen. Ich war über den Artikel erschrocken. Die Fotos zeigten ein paar zerschlagene Schaufenster, einen aufgebrachten Reverend und – da lag die Gefahr – eine schöne Frau mit feurigen Augen, die ihren Sohn umarmt hielt. Mir war sofort klar, welche Folgen dieses Ereignis haben könnte, und ich bin wegen meiner bösen Vorahnungen direkt vom Flughafen in die Portobello Road gefahren, wo am selben Abend das nächste Treffen stattfinden sollte.

Das Treffen war das bisher größte: Es kamen viele Bewohner des Viertels, ein paar Neugierige, um die in dem Artikel erwähnte geheimnisvolle Frau zu sehen, andere mit Plakaten für Religions- und Meinungsfreiheit. Da nicht mehr als zweihundert Personen in den Speicher passten, drängte sich die

Menge auf dem Bürgersteig und versuchte wenigstens einen Blick auf diese Frau zu erhaschen, die die ›Priesterin der Unterdrückten‹ zu sein schien.

Als sie kam, wurde sie mit Beifall empfangen. Einige steckten ihr Kärtchen zu, auf denen sie sie um Hilfe baten. Andere warfen Blumen, eine Dame unbestimmten Alters bat Athena, ihren Kampf für die Freiheit der Frauen, für das Recht, die Große Mutter zu verehren, fortzusetzen.

Die Menschenmenge hatte die Gemeindemitglieder des Reverend Buck, die in der Woche vorher gekommen waren, offensichtlich eingeschüchtert. Sie waren trotz der Drohungen, die sie in den vorangegangenen Tagen ausgestreut hatten, nicht gekommen. Es gab keine Übergriffe, und die Zeremonie verlief wie gewohnt – erst kam der Tanz, dann offenbarte sich Hagia Sophia (damals wusste ich bereits, dass sie nur eine Seite von Athena war), es folgte die Schlussfeier (die erst kürzlich angefügt worden war, als die Gruppe in den Speicher umgezogen war, den eines der ersten Gruppenmitglieder ihr zur Verfügung gestellt hatte), und das war's.

Mir fiel auf, dass Athena während der Predigt besessen wirkte:

»Wir haben der Liebe gegenüber nur eine Verpflichtung: ihr zu erlauben, dass sie sich in der Weise zeigt, die sie für richtig hält. Wir dürfen nicht erschrecken, wenn die Kräfte der Finsternis sich Gehör verschaffen wollen, diejenigen, die das Wort ›Sünde‹ eingesetzt haben, um unser Herz und unseren Verstand zu kontrollieren. Was ist Sünde? Jesus Christus, den wir alle kennen, wandte sich an die Ehebrecherin und sagte: ›Hat dich niemand verdammt?‹ Sie antwortete:

›Niemand, Herr.‹ Und Jesus sprach: ›So verdamme ich dich auch nicht.‹ Er heilte am Sabbat, erlaubte einer Prostituierten, seine Füße zu waschen, lud einen der Verbrecher, die mit ihm gekreuzigt wurden, ein, die Freuden des Paradieses mit ihm zu teilen, er aß verbotene Nahrungsmittel. Er sagte, wir sollten uns nur um den heutigen Tag sorgen, denn die Lilien auf dem Felde würden nicht weben und spinnen, sich aber mit Herrlichkeit kleiden.

Was ist Sünde? Sünde heißt verhindern, dass sich die Liebe offenbart. Und die Große Mutter ist Liebe. Wir befinden uns in einer neuen Welt, wir können wählen, ob wir unseren eigenen Schritten folgen wollen statt denen, die die Gesellschaft uns aufgezwungen hat. Wenn es notwendig sein sollte, werden wir uns noch einmal den Kräften der Finsternis stellen, wie wir es in der letzten Woche getan haben. Aber niemand wird unsere Stimme oder unser Herz zum Schweigen bringen.«

Ich erlebte mit, wie sich eine Frau in eine Ikone verwandelte. Sie redete über all das voller Überzeugung und mit Würde. Ich hoffte inständig, dass es sich wirklich so verhielt, dass wir wirklich am Beginn einer neuen Welt standen und ich dies miterleben würde.

Ihr Auszug aus dem Speicher war so erhebend wie ihr Einzug. Als Athena mich in der Menge sah, rief sie mich zu sich und meinte, sie habe mich in der vorangegangenen Woche vermisst. Sie war fröhlich, selbstsicher und überzeugt davon, dass das, was sie tat, richtig war. Das war die positive Wirkung des Zeitungsartikels, aber ich bezweifelte, dass diese überwiegen würde. Drei Tage später wurden meine Befürchtungen bestätigt: Die andere Seite schlug jetzt zu.

Über eine der renommiertesten und konservativsten Anwaltskanzleien des Königreichs, deren Leiter – und nicht Athena – Kontakte zu allen Regierungskreisen hatte, und indem er die veröffentlichten Erklärungen nutzte, ließ Reverend Buck eine Pressekonferenz einberufen, um mitzuteilen, dass er einen Prozess wegen Diffamierung, übler Nachrede und Rufschädigung angestrengt habe.

Der Redaktionsleiter rief mich zu sich: Er wusste, dass ich mit der Hauptperson dieses Skandals befreundet war, und schlug mir ein Exklusivinterview mit ihr vor. Meine erste Reaktion war Empörung: Es kam nicht in Frage, dass ich diese freundschaftliche Beziehung dazu missbrauchte, die Auflage der Zeitung zu erhöhen.

Aber nachdem wir uns ein wenig darüber unterhalten hatten, fand ich die Idee gar nicht so schlecht: Athena bekäme Gelegenheit, ihre Version der Geschichte zu präsentieren. Ich könnte sogar das Interview als Unterstützung für ihren Kampf nutzen, den sie jetzt offen führte. Ich verließ das Büro des Redaktionsleiters mit einem Plan, den wir beide ausgearbeitet hatten: Es sollte eine Serie von Reportagen über neue gesellschaftliche Tendenzen und die aktuellen Veränderungen der religiösen Sinnsuche geben. Für eine dieser Reportagen würde ich Athena interviewen.

Noch am selben Nachmittag ging ich zu ihrer Wohnung. Schließlich hatte sie mich eingeladen, als sie den Speicher verlassen hatte. Von Nachbarn erfuhr ich, dass am Tag zuvor Gerichtsdiener gekommen seien, um ihr eine Vorladung auszuhändigen, sie aber auch nicht angetroffen hätten.

Ich rief sie später noch einmal an, erreichte sie aber wieder nicht. Ich versuchte es am frühen Abend erneut, doch keiner ging ans Telefon. Von da an habe ich jede halbe Stunde angerufen, und meine Angst wuchs mit jedem Anruf. Seit Hagia Sophia mich von meiner Schlaflosigkeit geheilt hatte, trieb mich die Müdigkeit normalerweise nachts um elf ins Bett, aber dieses Mal hielt mich die Angst wach.

Ich fand die Telefonnummer ihrer Mutter im Telefonbuch. Aber es war schon spät. Wenn Athena nicht dort war, würde ihre Familie sich Sorgen machen. Was sollte ich tun? Ich stellte den Fernseher an, um zu sehen, ob etwas passiert war – nichts Besonderes, London zeigte sich wie immer – mit all seinen schönen und hässlichen Seiten.

Ich beschloss, einen letzten Versuch zu unternehmen. Nachdem es dreimal geklingelt hatte, nahm jemand ab. Ich erkannte sofort Andreas Stimme am anderen Ende der Leitung.

»Was willst du?«, fragte sie.

»Athena hat mich gebeten, vorbeizukommen. Ist alles in Ordnung?«

»Selbstverständlich ist alles in Ordnung, oder nichts ist in Ordnung, je nachdem, wie du es sehen möchtest. Aber ich glaube, du könntest helfen.«

»Wo ist sie?«

Andrea legte wortlos auf.

Deidre O'Neill, bekannt als Edda

Athena quartierte sich in einem Hotel in der Nähe meiner Wohnung ein. Londoner Lokalnachrichten, die sich vor allem auf kleine Konflikte in den Außenbezirken beziehen, gelangen nie nach Schottland. Uns interessiert herzlich wenig, wie die Engländer mit ihren kleinen Problemen fertig werden. Wir haben unsere eigene Fahne, unsere Fußballmannschaft und werden bald auch unser Parlament haben. Es ist lächerlich, dass wir heute noch dieselbe Vorwahl haben wie England, dessen Briefmarken benutzen und immer noch die Niederlage unserer Königin Maria Stuart im Kampf um den Thron betrauern.

Die Engländer enthaupteten sie. Dabei spielten auch religiöse Fragen eine Rolle. Wie konnte es auch anders sein?

Ich ließ Athena einen ganzen Tag lang ausruhen. Am nächsten Morgen lud ich sie und ihren Sohn zu einem Spaziergang in einem Wald in der Nähe von Edinburgh ein. Dort erzählte sie mir, während das Kind zwischen den Bäumen herumrannte und spielte, genau, was in London geschehen war.

Erst als sie ihren Bericht beendet hatte, sagte ich etwas:

»Es ist Tag, der Himmel ist bedeckt, und hinter den Wolken, so glauben es die Menschen, lebt ein allmächtiger Gott, der unser Schicksal lenkt. Doch schau dir deinen Sohn an, höre auf seine Schritte, lausche den Geräuschen um dich herum: Hier unten, viel näher, ist die Große Mutter, die Natur, die den Kindern Freude und denjenigen Energie bringt, die sich in ihr bewegen. Warum glauben die Menschen lieber an etwas, das so fern ist, und vergessen das Sichtbare, die wahre Offenbarung des Wunders?«

»Ich weiß warum: Weil dort oben, hinter den Wolken verborgen, jemand unangreifbar in seiner Weisheit alles lenkt und Befehle gibt. Hier unten stehen wir in körperlichem Kontakt mit der magischen Wirklichkeit, haben wir die Freiheit zu wählen, wohin unsere Schritte uns tragen sollen.«

»Schöne, wahre Worte. Glaubst du, dass der Mensch das will? Dass er die Freiheit will, über seine eigenen Schritte zu bestimmen?«

»Das glaube ich schon. Diese Erde, auf der ich stehe, hat mir viele seltsame Wege vorgezeichnet, von einem kleinen Dorf tief in Transsylvanien zu einer Stadt im Nahen Osten, von dort in eine andere Stadt auf einer Insel, dann in die Wüste, wieder nach Transsylvanien und so fort. Von einer Bank in einem Londoner Vorort in eine Immobilienfirma am Persischen Golf. Von einer Tanzgruppe zu einem Beduinen. Und immer, wenn meine Füße mich weitertrugen, sagte ich ja und nicht nein.«

»Was hast du damit gewonnen?«

»Ich kann heute die Aura von Menschen sehen. Ich kann die Große Mutter in mir wecken. Mein Leben hat jetzt einen Sinn, ich weiß, wofür ich kämpfe. Aber warum fragst du mich das? Du hast die wichtigste Kraft von allen erhalten: die Gabe zu heilen. Andrea kann prophezeien und mit Geistern reden. Ich habe ihre spirituelle Entwicklung Schritt für Schritt mitverfolgt.«

»Was noch hast du bekommen?«

»Die Freude, am Leben zu sein. Ich lebe bewusst, alles ist ein Wunder, eine Offenbarung.«

Das Kind fiel hin, verletzte sich am Knie. Athena rannte sofort zu ihm, reinigte die Wunde, tröstete den Jungen, und er spielte im Wald gleich wieder weiter. Ich nahm das als Zeichen.

»Dein Sohn ist gefallen und wieder aufgestanden. Mir ist

es schon so ergangen. Und du erlebst doch gerade auch so etwas.«

»Ja. Aber ich finde nicht, dass ich gestrauchelt und gestürzt bin. Ich glaube, ich gehe einmal mehr durch eine Prüfung, die mich lehren wird, welchen Schritt ich als Nächstes tun muss.«

In solchen Augenblicken darf die Meisterin nichts sagen – nur ihren Schüler segnen. Denn so gern sie ihm auch Leiden ersparen möchte, die Wege sind vorgezeichnet, und seine Füße wollen sie gehen. Ich schlug vor, dass wir beide nachts allein in den Wald zurückkehren sollten. Athena fragte, wo sie ihren Sohn solange lassen könnte. Ich würde mich schon darum kümmern. Eine Nachbarin schuldete mir noch einen Gefallen und würde sich sehr gern um Viorel kümmern.

In der Dämmerung kehrten wir an dieselbe Stelle zurück, und auf dem Weg dorthin redeten wir über Dinge, die nichts mit dem Ritual zu tun hatten, das vor uns lag. Wir unterhielten uns über Mode, Frisuren, neue Epiliermethoden, das Verhalten von Frauen, Einkaufstipps, Feminismus. Irgendwann sagte sie etwas wie: »Die Seele ist alterslos, ich weiß gar nicht, wieso wir uns um das Altern so viel Sorgen machen.« Aber sie merkte gleich, dass sie sich einfach entspannen und mit mir über vollkommen oberflächliche Dinge reden konnte.

Ganz im Gegenteil: Diese Art von Unterhaltung war äußerst vergnüglich, und im Leben einer Frau war die Beschäftigung mit der Schönheit etwas sehr Wichtiges. (Männer tun es auch, aber anders als wir, und sie stehen nicht so dazu wie wir.)

Je näher wir an die Stelle kamen, die ich ausgewählt hatte – oder, besser gesagt, die der Wald für mich ausgesucht hatte –, umso stärker fühlte ich die Gegenwart der Großen Mutter. Bei mir zeigt sich ihre Gegenwart durch eine geheimnisvolle innere Freude, die mich immer tief berührt, mir fast die Tränen in die Augen treibt. Der Augenblick war gekommen, innezuhalten und das Thema zu wechseln.

»Trage ein paar trockene Zweige zusammen«, bat ich Athena.

»Aber es ist dunkel.«

»Der Vollmond ist hell genug, auch wenn er hinter den Wolken steckt. Trainiere deine Augen: Sie wurden dazu geschaffen, mehr zu sehen, als du denkst.«

Sie tat, worum ich sie gebeten hatte. Hin und wieder fluchte sie, weil sie sich an etwas gestochen hatte. Fast eine halbe Stunde verging so, und in dieser Zeit haben wir nicht miteinander geredet. Ich spürte die Große Mutter in meiner Nähe, war glücklich, mit dieser jungen Frau hier zu sein, die so ganz mädchenhaft wirkte, die mir vertraute, mich auf einer Suche begleitete, die manchmal gegen jede Vernunft zu verstoßen schien.

Athena befand sich noch in der Phase, in der man auf Fragen Antworten gibt. Sie hatte am Nachmittag noch meine Fragen beantwortet. Ich war auch einmal so, bis ich mich ganz und gar in das Reich des Mysteriums tragen ließ. Jetzt schaue ich nur noch, huldige und danke der Großen Mutter und erlaube, dass die Gabe sich manifestiert.

Ich sah Athena zu, wie sie Reisig sammelte, sah in ihr das Mädchen, das ich einmal gewesen war, das auch nach Geheimnissen und verborgenen Kräften gesucht hatte. Das Leben hatte mich etwas ganz anderes gelehrt: Die Kräfte waren nicht verborgen und die Geheimnisse schon seit langem enthüllt. Als ich sah, dass es genug Reisig war, bedeutete ich ihr mit einem Winken, mit dem Sammeln aufzuhören.

Ich suchte selber ein paar größere Zweige und legte sie auf das Reisigholz. So war auch das Leben. Damit sie brannten, musste zuerst das Kleinholz verbrennen. Die Energie des Starken braucht die Energie des Schwachen, um sich freisetzen zu können.

Damit wir die Kräfte, die wir in uns tragen, die schon enthüllten Geheimnisse begreifen können, würde es notwendig sein, zuerst einmal zuzulassen, dass die Oberfläche – die Erwartungen, die Ängste, der äußere Schein – verbrannte. Dann würden wir in diesen Frieden eintreten, den ich jetzt im Wald fand, in dem der Wind sacht wehte, der Mond hinter den Wolken stand und man die Geräusche der Tiere hörte, die nachts auf die Jagd gingen, um den Zyklus von Geburt und Tod der Großen Mutter zu erfüllen, ohne je dafür kritisiert worden zu sein, dass sie ihrem Instinkt und ihrer Natur folgten.

Ich zündete das Feuer an.

Keiner von uns beiden war danach, etwas zu sagen – wir blickten eine geraume Weile, die uns wie eine Ewigkeit vorkam, in die tanzenden Flammen und wussten, dass in diesem Augenblick an verschiedenen Orten auf der Welt Hunderttausende, selbst wenn ihre Häuser die modernsten Heizungssysteme hatten, vor ihrem Kamin saßen: Sie taten es nicht nur, um den Raum zu wärmen, sondern auch, weil Feuer ein Symbol war.

Es kostete große Mühe, aus dieser Trance wieder herauszukommen, die mich, obwohl sie mich keine Götter, Auren oder Geister hatte sehen lassen, in einem Zustand der Gnade hielt, den ich so sehr brauchte.

Ich konzentrierte mich wieder auf die Gegenwart, auf die junge Frau neben mir, auf das Ritual, das ich durchführen musste.

»Wie geht es mit deiner Schülerin?«, fragte ich.

»Es ist schwierig. Aber wäre es nicht so, würde ich vielleicht nicht lernen, was ich brauche.«

»Und entwickelt sie ihre Kraft?«

»Sie redet mit Wesen aus der Parallelwelt.«

»So wie du mit Hagia Sophia redest?«

»Nein. Du weißt, dass Hagia Sophia die Große Mutter ist, die sich in mir offenbart. Meine Schülerin redet mit unsichtbaren Wesen.«

Ich hatte es längst verstanden, musste aber Gewissheit erlangen. Athena war schweigsamer als sonst. Ich wusste nicht, ob sie mit Andrea über die Ereignisse in London gesprochen hatte, aber das war jetzt nicht wichtig. Ich erhob mich, öffnete meine Tasche, zog daraus eine Handvoll eigens ausgewählte Kräuter hervor und warf sie in die Flammen.

»Das Holz hat begonnen zu sprechen«, sagte Athena, als wäre das etwas vollkommen Normales, und das war gut so, die Wunder gehörten jetzt zu ihrem Leben.

»Was sagt es?«

»Im Augenblick nichts. Es macht nur Geräusche.«

Und ein paar Minuten später hörte sie ein Lied, das aus dem Feuer kam.

»Das ist wunderbar!«

Das hatte das Mädchen gesagt, nicht die Frau oder die Mutter.

»Bleib einfach so sitzen. Versuche nicht, dich zu konzentrieren oder meinen Schritten zu folgen oder zu begreifen, was ich sage. Entspanne dich, fühle dich wohl. Manchmal können wir vom Leben nicht mehr erwarten!«

Ich kniete nieder, zog einen glühenden Zweig aus dem Feuer und zeichnete dann damit einen Kreis um Athena herum, in dem ich eine kleine Öffnung ließ, durch die ich eintreten konnte. Ich hörte dieselbe Musik wie sie, tanzte um sie herum und rief damit die Vereinigung des männlichen Feuers mit der Erde herbei, die das alles läuternde Feuer empfing. Ich tanzte, solange die Melodie des Feuers erklang, und machte zu der lächelnd im Kreis sitzenden jungen Frau hin Gesten, die sie schützen sollten.

Als die Flammen erloschen waren, nahm ich etwas Asche und streute sie auf Athenas Kopf. Dann verwischte ich mit den Füßen den Kreis, den ich um sie gezogen hatte.

»Vielen Dank«, sagte sie. »Ich habe mich angenommen, geliebt, beschützt gefühlt.«

»Du solltest dich in schwierigen Augenblicken daran erinnern.«

»Jetzt, wo ich meinen Weg gefunden habe, wird es keine schwierigen Augenblicke mehr geben. Ich glaube, dass ich eine Mission zu erfüllen habe, das stimmt doch, oder?«

»Ja, wir alle haben eine Mission zu erfüllen.«

Sie wurde unsicher.

»Du hast nichts zu den schwierigen Augenblicken gesagt.«

»Das ist keine gute Frage. Erinnere dich an das, was ich davor gesagt habe: Du wirst geliebt, bist angenommen, bist beschützt.«

»Ich werde mein Möglichstes tun.«

Ihre Augen füllten sich mit Tränen. Athena hatte meine Antwort verstanden.

Samira R. Khalil, Hausfrau

»Mein Enkel! Was hat mein Enkel damit zu tun? In was für einer Welt leben wir denn, mein Gott? Leben wir noch im Mittelalter und verfolgen Hexen?«

Ich lief zu ihm. Der Junge hatte eine blutige Nase, aber ihn schien meine Verzweiflung nicht zu kümmern, und er schob mich sofort weg.

»Ich kann mich selber wehren. Und das habe ich.«

Ich kenne Kinderherzen, obwohl ich nie selbst ein Kind geboren habe. Ich sorgte mich sehr viel mehr um Athena als um Viorel – dies war lediglich einer der vielen Kämpfe gewesen, die er in seinem Leben würde ausfechten müssen, und im Blick aus seinen geschwollenen Augen lag durchaus ein gewisser Stolz.

»Ein paar Jungen in der Schule haben gesagt, meine Mutter sei eine Teufelsanbeterin.«

Kurz darauf kam Sherine. Sie sah Viorels blutige Nase und machte einen wahren Aufstand. Sie wollte sofort in die Schule gehen und mit dem Direktor reden, aber ich nahm sie in den Arm. Ich ließ sie sich ausweinen, ihre Frustration herauslassen – und konnte in diesem Augenblick selber nur schweigen und versuchen, ihr wortlos zu vermitteln, wie sehr ich sie liebte.

Als Sherine sich etwas beruhigt hatte, sagte ich ihr behutsam, dass sie wieder bei uns wohnen könnte, wir würden uns um alles kümmern. Ihr Vater hatte mit ein paar Anwälten gesprochen, nachdem er in der Zeitung etwas über das Verfahren gelesen hatte. Wir würden alles in unserer Macht Stehende tun, um ihr zu helfen, wir würden das Gerede der Nachbarn ertragen, die ironischen Blicke unserer Bekannten, die geheuchelte Solidarität angeblicher Freunde.

Es gab für mich auf der Welt nichts Wichtigeres als das Glück meiner Tochter. Allerdings habe ich nie verstanden, wieso sie immer so schwierige, leidvolle Wege einschlug. Aber eine Mutter muss nicht alles verstehen – sie muss nur lieben und beschützen.

Und stolz sein. Obwohl Sherine wusste, dass wir ihr fast alles geben konnten, ist sie früh aus dem Haus gegangen, um ihre Unabhängigkeit zu erlangen. Sie ist gestrauchelt, gescheitert, hat aber immer darauf bestanden, alle Turbulenzen allein durchzustehen. Jetzt aber war sie zu mir gekommen, weil sie wusste, in welcher Gefahr sie war. Das hat sie uns wieder nähergebracht. Mir war klar, dass sie keinen meiner Ratschläge je befolgt hatte – ein Studium abzuschließen, zu heiraten, die Schwierigkeiten eines Ehelebens klaglos hinzunehmen und nicht mehr zu wollen, als die Gesellschaft ihr zugestand.

Und was war dabei herausgekommen?

Indem ich meiner Tochter beistand, bin ich zu einem besseren Menschen geworden. Selbstverständlich verstand ich nicht, was es mit dieser Mutter-Göttin auf sich hatte. Mir war ihre Manie unbegreiflich, immer fremde Leute um sich zu versammeln und sich nicht mit dem zufriedenzugeben, was sie durch eigene harte Arbeit erreicht hatte.

Aber im Grunde genommen wäre ich gerne wie sie gewesen, obwohl es jetzt schon zu spät ist, an so etwas zu denken.

Ich wollte gerade aufstehen und etwas zu essen machen, aber Sherine hielt mich zurück.

»Ich möchte noch ein wenig so an dich gelehnt sitzen bleiben. Das ist alles, was ich brauche. – Viorel, kannst du einen Moment in dein Zimmer spielen gehen, ich möchte mit deiner Großmutter reden.«

Der Junge gehorchte.

»Du hast es mit mir oft nicht leicht gehabt, Mama.«

»Ach was, du und dein Sohn, ihr seid unsere ganze Freude, unser wichtigster Lebensinhalt.«

»Aber ich habe doch nicht ...«

»Es war gut, so wie es war. Heute kann ich es dir beichten: Es hat Augenblicke gegeben, in denen ich dich gehasst habe, und manchmal habe ich es bitter bereut, dass ich nicht dem Rat der Adoptionsbeauftragten gefolgt bin und ein anderes Kind adoptiert habe. Gleichzeitig fragte ich mich ständig: ›Wie kann eine Mutter bloß ihr eigenes Kind hassen?‹ Ich nahm Beruhigungsmittel, ging mit Freundinnen Bridge spielen, kaufte zwanghaft ein, um zu kompensieren, dass die Liebe, die ich dir gab, nicht erwidert wurde, wie ich damals glaubte.

Vor ein paar Monaten, als du wieder einmal eine Arbeit aufgegeben hast, die dir Geld und Ansehen verlieh, war ich verzweifelt. Ich ging in die Kirche in der Nähe unseres Hauses. Ich wollte ein Gelübde ablegen, die Heilige Jungfrau bitten, dafür zu sorgen, dass du die Realität wahrnimmst, dein Leben veränderst, die Chancen nutzt und sie nicht verstreichen lässt. Ich war zu allem bereit, wenn sie mir nur half.

Ich schaute die Statue der Heiligen Jungfrau an, die mit ihrem Kind auf dem Arm dastand, und sagte zu ihr: ›Du bist auch Mutter, du weißt, was ich durchmache. Verlange von mir, was du willst, nur, bitte, rette meine Tochter, denn ich glaube, sie ist dabei, sich selbst zu zerstören.‹«

Ich spürte, wie Sherines Arme mich drückten. Sie begann wieder zu weinen, diesmal aber anders. Ich tat alles, um meine Gefühle im Griff zu behalten.

»Und weißt du, was ich in jenem Augenblick gefühlt habe? Dass die Heilige Jungfrau zu mir sprach. Und sie sagte: ›Hör mir zu, Samira, ich habe auch so gedacht. Ich habe viele Jahre lang gelitten, weil mein Sohn nicht auf das hörte, was ich ihm sagte. Ich war um seine Sicherheit besorgt. Ich fand, dass er seine Freunde falsch aussuchte, dass er die Gesetze, die Bräuche, die Religion, die Alten überhaupt nicht achtete.‹ Soll ich den Rest auch erzählen?«

»Ich glaube, ich weiß, was du sagen willst. Aber ich würde es dennoch gern hören.«

»Die Heilige Jungfrau fuhr dann fort: ›Aber mein Sohn hat nicht auf mich gehört. Und heute bin ich sehr froh darüber.‹«

Ich hob ihren Kopf zärtlich von meiner Schulter und stand auf.

»Ihr müsst jetzt etwas essen.«

Ich ging in die Küche, bereitete eine Zwiebelsuppe zu, einen Teller Tabuleh und wärmte das ungesäuerte Brot auf. Dann stellte ich alles auf den Tisch, und wir aßen gemeinsam. Wir redeten über unwichtige Dinge, die uns in solchen Augenblicken zusammenbringen und uns helfen, ruhig zu bleiben, auch wenn draußen der Sturm schon die Bäume ausreißt und Zerstörung sät.

Selbstverständlich würden meine Tochter und mein Enkel abends wieder durch diese Tür hinausgehen, um sich erneut dem Wind, dem Donner, den Blitzen zu stellen – aber das war ihre Wahl.

»Mama, du hast gesagt, du würdest alles für mich tun, nicht wahr?«

»Selbstverständlich stimmt das. Notfalls würde ich sogar mein Leben hingeben.«

»Findest du nicht, dass ich mehr für Viorel tun sollte?«

»Ich glaube, das sagt dir dein Instinkt. Aber es hat nicht nur mit Instinkt zu tun, sondern mit Liebe.«

Sherine aß weiter.

»Du weißt, dass ein Verfahren gegen dich eingeleitet wurde und dass dein Vater dir in dem Verfahren helfen will – wenn du einverstanden bist.«

»Natürlich bin ich einverstanden. Wir sind doch eine Familie!«

Ich überlegte es mir, einmal, zweimal, doch dann konnte ich nicht anders: »Darf ich dir einen Rat geben? Ich weiß, dass du wichtige Freunde hast. Ich meine diesen Journalisten. Warum bittest du ihn nicht darum, deine Geschichte zu veröffentlichen, so dass deine Version der Fakten bekannt wird? Die Presse gibt diesem Reverend zu viel Raum.«

»Du akzeptierst also nicht nur, was ich tue, sondern willst mir auch helfen?«

»Ja, Sherine. Auch wenn ich dich nicht verstehe, auch wenn ich manchmal leide, wie die Heilige Jungfrau in ihrem Leben gelitten haben wird, auch wenn du nicht Jesus Christus bist und der Welt eine große Botschaft zu geben hast, bin ich an deiner Seite und will, dass du dein Ziel erreichst.«

Heron Ryan, Journalist

Ich war gerade damit beschäftigt, mir Notizen zu den Ereignissen in der Portobello Road und zur Wiedergeburt der Mutter-Gottheit zu machen. Ich musste mir Mühe geben mit diesem Interview, denn es würde nicht einfach sein, ein so schwieriges Thema seriös zu behandeln.

Vor meinem geistigen Auge erschien eine Frau, die sagte: »Ihr könnt es. Tut, was die Große Mutter lehrt – vertraut in die Liebe, und die Wunder werden geschehen.« Und die Menge in der Portobello Road hatte es begriffen. Doch wie lange würde das gutgehen? Schließlich lebten wir in einer Zeit, in der die Menschen glaubten, das Glück nur finden zu können, indem sie sich versklavten, weil sich frei zu entscheiden bedeutet, zu handeln und Verantwortung zu übernehmen – und das macht Angst.

In diesem Augenblick trat Athena ein. »Ich möchte, dass Sie etwas über mich schreiben«, bat sie.

Ich entgegnete, es wäre zu ihrem Schutz besser, wenn wir noch etwas warten würden. Der Vorfall würde in einer Woche die Öffentlichkeit nicht mehr interessieren, und die Aufregung hätte sich dann gelegt.

»Im Augenblick interessieren sich nur das Viertel selber und die Sensationsblätter für den Streit und den Skandal. Keine angesehene Zeitung hat auch nur eine Zeile darüber veröffentlicht. Zudem glaube ich, dass es nicht unbedingt ratsam ist, den Konflikt weiter zuzuspitzen. In London gibt es jede Menge dieser Art von Konflikten. Es wäre besser, wenn sie die Treffen mit ihrer Gruppe zwei oder drei Wochen lang aussetzen würden.

Die Geschichte mit der Göttin allerdings könnte, wenn sie mit der notwendigen Seriosität behandelt würde, viele Leute dazu anregen, sich ein paar entscheidende Fragen zu stellen.«

»Es ist nicht lange her, da haben Sie mir bei einem Abendessen eine Liebeserklärung gemacht. Und jetzt verweigern Sie mir nicht nur Ihre Hilfe, sondern bitten mich zudem noch, die Dinge aufzugeben, an die ich glaube?«

Was unterstellte sie mir da? Hatte sie meine Liebe, die ich ihr offenbart hatte und die mich jede Minute des Tages beseelte, etwa nicht angenommen? Der libanesische Dichter hatte gesagt, es sei wichtiger zu geben, als zu empfangen. Das waren weise Worte, aber ich war nur ein Mensch – mit meinen Schwächen, meinen Augenblicken des Zögerns, dem Wunsch, meinen Gefühlen nachzugeben, mich hinzugeben, ohne zu fragen, ohne wissen zu wollen, ob diese Liebe erwidert wurde. Athena brauchte mir doch nur zu erlauben, sie zu lieben, mehr wollte ich nicht. Ich bin sicher, dass Hagia Sophia ganz meiner Meinung sein würde. Athena war jetzt seit fast vier Jahren Teil meines Lebens, und ich befürchtete, dass sie, wenn sie auf ihrem Weg weiterging, am Horizont verschwinden würde. Und ich könnte sie dann auf diesem Teil ihrer Wegstrecke nicht mehr begleiten.

»Sie sagten etwas von Liebe?«

»Ich habe Sie um Ihre Hilfe gebeten.«

Was sollte ich tun? Nüchtern, kühl reagieren, anstatt überstürzt zu handeln und dadurch am Ende alles zu zerstören? Oder sollte ich den Schritt tun, der noch fehlte, sie umarmen und sie vor allen Gefahren beschützen?

»Ich möchte helfen«, antwortete ich, obwohl mein Herz

immer weiter sagte: ›Mach dir keine Sorgen, ich liebe dich.‹

»Ich möchte Sie bitten, mir zu vertrauen. Ich würde alles, wirklich alles für Sie tun, Ihnen sogar etwas abschlagen, wenn ich finde, dass es notwendig ist, auch wenn Sie das vielleicht nicht verstehen werden.«

Ich erzählte ihr, dass der Redaktionsleiter mir vorgeschlagen hatte, eine Serie über die Mutter-Gottheit zu schreiben und dafür mit ihr, Athena, ein Interview zu machen. Anfangs hatte ich es für eine ausgezeichnete Idee gehalten, aber jetzt war ich der Meinung, dass es besser war, noch etwas zu warten.

»Entweder Sie führen Ihre Mission fort, oder Sie verteidigen sich. Ich weiß, dass Sie nicht kümmert, was andere über Sie denken. Ihnen ist wichtiger, was Sie tun. Das stimmt doch?«

»Ich denke an meinen Sohn. Er hat in der Schule täglich Probleme.«

»Das geht vorbei. In einer Woche wird niemand mehr darüber reden. Dann ist der Augenblick gekommen zu handeln. Nicht um Sie gegen dumme Angriffe zu verteidigen, sondern um das, was Sie tun, in einem fundierten Artikel darzustellen.

Und falls Sie an meinen Gefühlen zweifeln, entschlossen sind weiterzumachen, dann komme ich mit Ihnen zur nächsten Versammlung. Wir werden dann sehen, was passiert.«

Am folgenden Montag habe ich sie begleitet. Diesmal war ich nicht nur jemand in der Menge, sondern konnte alles aus ihrem Blickwinkel sehen.

Viele Menschen drängelten sich dort, es gab Blumen, Applaus, junge Frauen, die »Priesterin der Göttin« riefen, zwei oder drei gut gekleidete Damen, die wegen eines Krankheitsfalls in der Familie um eine Privataudienz baten. Die Menge begann uns zu schieben, verstellte uns den Eingang zum Getreidespeicher. Weder Athena noch ich hatten an Sicherheitsvorkehrungen gedacht, und ich erschrak. Ich packte sie am Ellenbogen, hob Viorel auf den Arm, und wir gingen hinein.

Drinnen war der Raum schon voll. Andrea erwartete uns aufgebracht.

»Ich glaube, heute musst du sagen, dass du kein Wunder tun wirst!«, fuhr sie Athena an. »Du lässt dich von Eitelkeit beherrschen! Warum schickt Hagia Sophia diese Leute nicht alle weg?«

»Weil sie auf die Krankheiten hinweist«, entgegnete Athena herausfordernd. »Und je mehr Menschen das zugutekommt, umso besser.«

Andrea hätte wohl gern noch mehr gesagt, aber die Menge applaudierte, und Athena stieg auf die improvisierte Bühne. Sie stellte den kleinen CD-Player an, den sie von zu Hause mitgebracht hatte. Sie forderte die Menge dazu auf, entgegen dem Rhythmus der Musik zu tanzen. Irgendwann ging Viorel in eine Ecke und setzte sich – das war der Augenblick, in dem sich Hagia Sophia offenbarte. Athena machte das Übliche: Sie stellte unvermittelt den Ton ab, vergrub das Gesicht in den Händen. Die Leute schwiegen, als würden sie einem unsichtbaren Kommando gehorchen.

Das Ritual lief wie immer ab: Fragen über Liebe wurden abgewiesen, aber sie sagte etwas zu Ängsten, Krankheiten und sonstigen persönlichen Problemen. Von dort, wo ich mich befand, konnte ich sehen, dass einige Menschen Tränen in den Augen hatten, andere standen da, als hätten sie eine Heilige vor sich. Erst würde die Abschlusspredigt und dann das Ritual der kollektiven Verehrung der Großen Mutter kommen, und ich überlegte, wie wir ohne viel Aufhebens aus dem Speicher herauskommen könnten. Ich hoffte, Athena würde Andreas Rat folgen und sagen, dass die Anwesenden keine Wunder erwarten sollten. Ich ging schon mal zu Viorel, damit wir es beide rechtzeitig schafften.

Hagia Sophia sagte jetzt:

»Heute werden wir, bevor wir die Versammlung schließen, über Diät sprechen. – Vergesst alle Diäten.«

Diäten? Was sollte denn das jetzt?

»Wir leben, weil wir essen. Aber essen scheint heute zu einem Fluch geworden zu sein. Warum? Was bringt uns dazu, mit vierzig noch die Figur halten zu wollen, die wir als junges Mädchen hatten? Kann man die Zeit anhalten? Nein. Und warum müssen wir dünn sein?«

Ich hörte Murmeln im Publikum.

»Wir müssen es nicht. Wir kaufen Diätbücher, gehen in Fitnessstudios, vergeuden einen sehr großen Teil unserer Kraft damit, die Zeit aufzuhalten, wo wir doch das Wunder feiern sollten, dass wir auf dieser Welt sind. Und anstatt zu überlegen, wie wir besser leben könnten, sind wir von unserem Gewicht besessen.

Vergesst das alles! Ihr könnt so viele Diätbücher lesen, so viele Übungen machen, wie ihr wollt, euch selbst bestrafen, soviel ihr wollt, aber am Ende bleibt euch nur die Entscheidung zwischen zwei Dingen: Entweder hört ihr auf zu leben, oder ihr werdet zunehmen.

Esst mäßig, aber esst mit Lust: Das Böse ist nicht, was in den Mund des Menschen hineingeht, sondern was aus dem Mund herauskommt. Vergesst nicht, dass wir Jahrtausende lang darum gekämpft haben, nicht zu verhungern. Wer hat sich bloß ausgedacht, dass wir alle unser ganzes Leben lang dünn sein müssen?

Ich werde euch die Antwort geben: die Seelenvampire, diejenigen, die Angst vor der Zukunft haben und glauben, es wäre möglich, das Rad der Zeit anzuhalten. Hagia Sophia versichert euch: Das ist unmöglich. Ernährt euch von geistigem Brot, anstatt Energie und Mühen in eine Diät zu stecken. Begreift, dass die Große Mutter großzügig und weise gibt – respektiert das, und ihr werdet nicht mehr zunehmen als eurem Alter entsprechend.

Anstatt all die Kalorien auf jede nur erdenkliche Art zu verbrennen, versucht sie in die Energie umzuwandeln, die für den Kampf um eure Träume notwendig ist. Niemand ist nur aufgrund einer Diät lange dünn geblieben.«

Es herrschte vollkommene Stille. Athena begann das Schlussritual, alle feierten die Gegenwart der Großen Mutter. Ich hob Viorel auf den Arm und nahm mir vor, das nächste Mal ein paar Freunde mitzubringen, um so etwas wie ein Mindestmaß an Sicherheit zu gewährleisten. Als wir hinausgingen, hörten wir das gleiche Geschrei und den gleichen Applaus wie beim Hineingehen.

Ein Antiquitätenhändler packte mich am Arm:

»Das hier ist doch total verrückt! Wenn die mir eines meiner Schaufenster zertrümmern, zeige ich Sie an!«

Athena lachte, gab Autogramme, Viorel wirkte zufrieden. Ich hoffte, dass an diesem Abend außer mir kein Journalist zugegen gewesen war. Nachdem wir uns schließlich aus der Menge befreien konnten, nahmen wir ein Taxi.

Ich fragte Athena, ob sie und Viorel etwas essen wollten.

»Natürlich«, sagte Athena. »Ich habe doch gerade darüber gesprochen.«

Antoine Locadour, Kulturhistoriker

In dieser ganzen Geschichte, in der so vieles schiefgelaufen ist und die unter dem Titel ›Die Hexe von Portobello‹ bekannt wurde, hat mich am meisten die Naivität von Heron Ryan überrascht, immerhin ein langjähriger Journalist mit internationaler Erfahrung. Als wir miteinander sprachen, zeigte er sich entsetzt über die Schlagzeilen der Sensationspresse.

›Die Diät der Göttin‹ habe eine Zeitung getitelt, hat mir Heron am Telefon erzählt. ›Nimm ab, indem du isst, sagt die Hexe von Portobello‹ hat angeblich auf der ersten Seite einer anderen gestanden.

Diese Athena hatte nicht nur ein sensibles Thema wie die Religion berührt, sondern sie war offensichtlich noch weiter gegangen: Sie hatte von Diät gesprochen, einem Thema, das augenscheinlich die Menschen noch mehr interessierte als Kriege, Streiks oder Naturkatastrophen. Nicht alle glauben an Gott, aber alle wollen abnehmen.

Heron berichtete weiter, die Reporter hätten lokale Ladenbesitzer interviewt, die versicherten, dass im Getreidespeicher schon an verschiedenen Tagen vor den Montagsversammlungen kleinere Treffen stattgefunden hätten, bei denen rote und schwarze Kerzen gebrannt hätten. Einstweilen beschränkten sich die Artikel offenbar auf billige Sensationslust, aber Ryan hätte voraussehen müssen, dass dies alles letztlich in einem Prozess vor den britischen Gerichten gipfeln würde. Dabei würde der Kläger keine Gelegenheit auslassen, die Richter zu überzeugen, dass es hier nicht nur um Verleumdung ging, sondern vielmehr um einen Angriff auf alle Werte, die die Gesellschaft aufrechterhielten.

In der Woche nach dem Vorfall las ich in einer der anerkanntesten englischen Zeitungen eine Kolumne von Reverend Ian Buck, dem Pastor der evangelischen Gemeinde von Kensington, in der es in einem Absatz hieß:

»Als guter Christ habe ich die Pflicht, meine andere Wange hinzuhalten, wenn ich ungerechterweise angegriffen werde oder wenn meine Ehre verletzt wird. Dennoch dürfen wir nicht vergessen, dass Jesus zwar seine andere Wange hingehalten hat, aber auch die Peitsche benutzt hat, um jene zu züchtigen, die das Haus Gottes in eine Räuberhöhle verwandeln wollten. Und genau das erleben wir in diesem Augenblick in der Portobello Road: skrupellose Menschen, die sich zu Seelenrettern erklären, falsche Hoffnungen wecken und Heilungen aller Krankheiten versprechen, die sogar behaupten, man bleibe schlank, wenn man ihre Lehren befolge.

Daher bleibt mir nichts anderes übrig, als die Justiz anzurufen, damit dieser Zustand nicht länger anhält. Die Gefolgsleute dieser Bewegung schwören, dass sie in der Lage sind, nie gesehene Gaben zu erwecken, und negieren die Existenz Gottes des Allmächtigen, indem sie ihn durch heidnische Göttinnen wie Venus oder Aphrodite ersetzen wollen. Für sie ist alles erlaubt, solange es mit ›Liebe‹ getan wird. Was aber ist die Liebe? Eine Kraft ohne Moral, die jeden Zweck rechtfertigt? Oder ein Sich-einlassen auf die wahren Werte der Gesellschaft wie die Familie und die Traditionen?«

»Bei der nächsten Versammlung«, berichtete Ryan weiter, »hat die Polizei, weil sie fürchtete, dass es wieder eine Straßenschlacht wie im August geben könnte, ein halbes Dutzend Beamte abgestellt, die Konfrontationen verhindern sollten. Athena kam in Begleitung von Bodyguards, die er, Ryan, organisiert hatte. Aber diesmal hörte man nicht nur Applaus, sondern auch Schmährufe und Beschimpfungen. Eine Dame, die sah, dass Athena von einem achtjährigen Jungen begleitet wurde, reichte wenige Tage darauf eine Anzeige bei Gericht ein, die sie mit dem Children Act von 1989 begründete und in der sie vortrug, dass die Mutter dem Kind nicht wiedergutzumachende Schäden zufügte und das Sorgerecht daher dem Vater übertragen werde müsse.

Einer Boulevardzeitung gelang es, Lukas Jessen-Petersen zu finden, der allerdings kein Interview geben wollte. Er drohte aber zu allem bereit zu sein, falls die Presse Viorel in ihren Artikeln auch nur mit einem Wort erwähnte.

Am nächsten Tag druckte diese Zeitung die Schlagzeile: ›Ex-Mann der Hexe von Portobello sagt: Für meinen Sohn bin ich bereit zu töten.‹

Am selben Nachmittag wurden noch zwei weitere auf den Children Act von 1989 gestützte Anzeigen bei Gericht eingereicht. Diesmal wurde der Staat gebeten, die Verantwortung für das Wohlergehen des Kindes zu übernehmen.

Es gab keine weiteren Versammlungen, obwohl Anhänger wie auch Gegner Athenas vor der Tür randalierten. Uniformierte Sicherheitskräfte versuchten, die Menschen zu beruhigen. Das Gleiche geschah in der Woche darauf. Diesmal waren sowohl die Gruppen kleiner als auch weniger Polizisten anwesend.

In der dritten Woche gab es nur noch ein paar Blumen vor dem Speicher, und jemand wollte an mögliche Besucher Fotos verteilen.«

Dann verschwand die Angelegenheit aus den Londoner Tageszeitungen. Als Reverend Ian Buck beschlossen habe, seine Anzeige wegen Verleumdung und übler Nachrede zurückzuziehen, und sich dabei auf ›den christlichen Geist‹ berief, ›den wir denjenigen entgegenbringen sollten, die ihr Handeln bereuen‹, gab es in der Presse schon kein Interesse mehr, und der Reverend konnte seinen Text noch gerade als Leserbrief in einer Stadtteilzeitung unterbringen.

Soweit ich weiß, hat das Thema nie landesweites Interesse gefunden. Es blieb auf die Lokalseiten beschränkt. Einen Monat nachdem die Treffen ein Ende gefunden hatten, habe ich auf einer Fahrt nach Brighton das Thema mit Freunden angesprochen, aber niemand hatte je etwas davon gehört.

Ryan hatte alle Möglichkeiten und Informationen, um Klarheit in die Angelegenheit zu bringen. Was seine Zeitung geschrieben hätte, wäre von den meisten Presseorganen aufgegriffen worden. Aber zu meiner Überraschung veröffentlichte er nie eine Zeile über Sherine Khalil.

Meiner Meinung nach hat das Verbrechen, das kurz darauf geschah, nichts mit den Vorkommnissen in der Portobello Road zu tun. Dabei handelt es sich nur um einen makabren Zufall.

Heron Ryan, Journalist

Athena bat mich, mein Aufnahmegerät einzuschalten. Sie hatte auch eines bei sich. Ein Modell, das ich noch nie gesehen hatte, technisch äußerst raffiniert und winzig.

»Erstens möchte ich sagen, dass ich mit dem Tod bedroht wurde. Zweitens möchte ich Sie bitten, dass Sie, wenn ich sterben sollte, fünf Tage verstreichen lassen, bis jemand dieses Band hört. Spätestens dann werden die Leute unterscheiden können, was unrichtig und was wahr ist.

Sagen Sie laut und deutlich, dass Sie einverstanden sind – denn so schließen wir eine rechtlich wirksame Übereinkunft.«

»Ich bin einverstanden. Aber ich denke, dass ...«

»Denken Sie nichts! Falls ich tot aufgefunden werde, wird diese Aufnahme unter der Voraussetzung, dass, was ich jetzt sagen werde, niemand vorher hört, mein Testament.«

Ich schaltete das Aufnahmegerät aus.

»Sie haben nichts zu befürchten. Ich habe Freunde in höchsten Regierungskreisen. Leute, die mir einen Gefallen schulden, die mich brauchen oder mich brauchen werden. Wir können ...«

»Ich habe Ihnen, glaube ich, schon gesagt, dass mein Freund bei Scotland Yard arbeitet, nicht wahr?«

Jetzt kam sie wieder mit dieser Geschichte. Wenn es ihn gab, warum war er dann nicht da, als wir alle seine Hilfe brauchten, als Athena und Viorel Gefahr liefen, von der Menge angegriffen zu werden?

Fragen schwirrten durch meinen Kopf: Wollte sie mich testen? Was ging im Kopf dieser Frau vor sich? War sie unausgeglichen, unbeständig? Wieso wollte sie mal an meiner Seite sein und erzählte dann wieder etwas von einem Mann, den es nicht gab?

»Schalten Sie bitte Ihr Aufnahmegerät wieder ein«, bat sie.

Ich fühlte mich grauenhaft. Ich fing an zu glauben, dass sie mich immer nur ausgenutzt hatte. Ich hätte ihr in diesem Augenblick am liebsten gesagt: »Gehen Sie, verschwinden Sie ganz aus meinem Leben, seit ich Sie kennengelernt habe, ist mein Leben zur Hölle geworden. Ich warte ständig darauf, dass Sie mich endlich umarmen, mich küssen, mich bitten, an meiner Seite bleiben zu können. Aber das geschieht nie.«

»Stimmt etwas nicht?«

Sie wusste, dass etwas nicht stimmte. Besser gesagt, sie musste genau wissen, was ich für sie empfand, denn ich hatte die ganze Zeit nichts anderes getan, als ihr meine Gefühle zu zeigen, obwohl ich nur einmal über sie gesprochen hatte. Aber ich sagte alle Verabredungen ab, um sie zu treffen, war immer bei ihr, wenn sie mich darum bat, versuchte mich mit ihrem Sohn anzufreunden, weil ich dachte, er könnte mich eines Tages Vater nennen. Niemals habe ich sie darum gebeten aufzugeben, was sie tat. Ich habe ihr Leben, ihre Entscheidungen akzeptiert, litt schweigend mit ihr, freute mich über ihre Siege, war stolz auf ihre Entschlossenheit.

»Warum haben Sie das Aufnahmegerät ausgeschaltet?«

In dieser Sekunde schwebte ich zwischen Himmel und Hölle, zwischen plötzlichem Aufbegehren und Unterwerfung, zwischen kühler Überlegung und zerstörerischer Wut. Am Ende gelang es mir unter Aufbietung aller meiner Kräfte, mich zu beherrschen.

Ich drückte auf den Aufnahmeknopf.

»Lassen Sie uns weitermachen.«

»Ich habe gesagt, dass ich mit dem Tod bedroht werde. Leute rufen mich an, ohne ihren Namen zu nennen. Sie beschimpfen mich. Sie sagen, ich sei eine Gefahr für die Welt, ich wolle die Herrschaft Satans zurückbringen und das könnten sie nicht zulassen.«

»Haben Sie mit der Polizei gesprochen?«

Ich erwähnte ihren Freund extra nicht und wollte ihr damit zeigen, dass ich ihr die Geschichte nie geglaubt hatte.

»Ja, das habe ich. Die Anrufe werden aufgenommen. Sie kommen aus Telefonzellen. Doch die Polizei sagt, ich solle mir keine Sorgen machen. Meine Wohnung werde beobachtet. Eine dieser Personen hat sie schon festnehmen können. Es ist ein Geistesgestörter, der glaubt, die Reinkarnation eines Apostels zu sein, und der Meinung ist, dass ›dieses Mal gekämpft werden muss, damit Christus nicht wieder verstoßen wird‹. Er ist jetzt in einer psychiatrischen Anstalt. Die Polizei hat erklärt, er sei schon vorher festgenommen worden, weil er andere Menschen auf die gleiche Weise bedroht hätte.«

»Wenn sie aufpassen, sind unsere Polizeibeamten die besten der Welt. Dann gibt es tatsächlich keinen Grund zur Sorge.«

»Ich habe keine Angst vor dem Tod. Wenn mein Leben heute zu Ende wäre, könnte ich sagen, ich habe Augenblicke erlebt, die nur wenige Menschen in meinem Alter erleben durften. Wovor ich mich fürchte, und daher habe ich Sie gebeten, unser heutiges Gespräch aufzunehmen, ist, selber zu töten.«

»Töten?«

»Sie wissen, dass ein paar Prozesse anhängig sind, mit denen versucht wird, mir das Sorgerecht für Viorel zu entziehen. Freunde von mir wollen mir helfen, aber niemand kann etwas tun. Ihnen zufolge werden diese Fanatiker erreichen, was sie wollen, was allerdings letztlich vom Richter abhängt. Daher habe ich eine Waffe gekauft.

Ich weiß, was es bedeutet, wenn ein Kind von seiner Mutter getrennt wird. Ich habe es selber erlebt. Daher werde ich schießen, sobald der erste Gerichtsdiener zu mir kommt. Und ich werde bis zur letzten Patrone weiterschießen. Wenn sie mich nicht vorher getroffen haben, kämpfe ich mit den Messern aus meinem Haushalt weiter. Wenn sie mir die Messer wegnehmen, werde ich meine Fingernägel und meine Zähne benutzen. Aber niemandem wird es gelingen, Viorel von mir zu trennen, nur über meine Leiche. Haben Sie das aufgenommen?«

»Ja. Aber es gibt doch Mittel …«

»Die gibt es nicht. Mein Vater verfolgt die Verfahren. Er sagt, in einem Familienrechtsverfahren sei wenig zu machen. Jetzt schalten Sie bitte Ihr Aufnahmegerät wieder aus.«

»War das Ihr Testament?«

Sie antwortete nicht. Sie ging zur Musikanlage, legte die berühmte sibirische Steppenmusik auf, die ich inzwischen fast auswendig kannte. Athena tanzte wie bei den Versammlungen gegen den Rhythmus, und ich wusste, worauf sie hinauswollte. Ihr Aufnahmegerät lief als stummer Zeuge weiter. Während das Abendlicht an diesem sonnigen Tag durch die Fenster schien, tauchte Athena in die Suche nach einem anderen Licht ein, das seit Anbeginn der Welt existiert hatte.

Athena hörte auf zu tanzen, stellte die Musik ab, vergrub das Gesicht zwischen den Händen und schwieg eine Weile. Dann hob sie den Blick und sah mich an.

»Sie wissen, wer jetzt hier ist, nicht wahr?«

»Ja. Athena und ihr göttlicher Anteil, Hagia Sophia.«

»Ich habe mich daran gewöhnt, es so zu tun. Ich weiß inzwischen, dass ich es gar nicht mehr so tun muss, aber so habe ich den Weg zu ihr gefunden, und daher behalte ich dieses Ritual bei. Sie wissen, mit wem Sie sprechen: mit Athena. Aber ich bin auch Hagia Sophia.

So wie Hagia Sophia ein Teil von mir ist, haben auch Sie einen Teil, der über die irdische Erscheinungsform hinausgeht. Ich weiß, dass Sie leiden, weil Sie glauben, etwas nicht zu bekommen: meine Liebe. Doch Ihr Schmerz, Ihre Angst, Ihr Verlassenheitsgefühl sind unnötig und kindisch, denn ich liebe Sie. Nicht so, wie Ihr irdischer Teil es will, sondern so, wie der göttliche Funke es will. Ich spiele nicht mit Ihren Gefühlen, wenn ich das sage.«

»Was aber ist dann die Liebe?«

»Die Seele, das Blut und der Körper der Großen Mutter. Ich liebe Sie so innig, wie verbannte Seelen einander lieben, wenn sie einander inmitten der Wüste begegnen. Es wird nichts Körperliches zwischen uns geschehen, doch keine Leidenschaft ist nutzlos, keine Liebe wird weggeworfen.

Denn die Große Mutter hat sie in Ihrem Herzen geweckt und auch in meinem, wobei Sie sie vielleicht eher willkommen heißen als ich. Die Energie der Liebe geht nicht verloren – sie ist mächtiger als alles sonst und zeigt sich auf vielerlei Weise.«

»Ich bin nicht stark genug dazu. Diese abstrakte Sicht deprimiert mich und macht mich einsamer als je zuvor.«

»Auch mir geht es so. Auch ich brauche jemanden an meiner Seite. Aber eines Tages werden unsere Augen sich öffnen, und die unterschiedlichen Formen der Liebe können sich dann offenbaren, und das Leid wird aus der Welt verschwinden.

Ich glaube, es wird nicht mehr lange dauern. Viele von uns kommen von einer langen Reise zurück, auf der wir genötigt wurden, nach Dingen zu suchen, die uns nicht interessierten. Aber diese Rückkehr verläuft nicht ohne Schmerzen – denn wir waren lange weg und empfinden uns im eigenen Land als Fremde.

Es wird eine Zeitlang brauchen, bis wir die Freunde gefunden haben, die auch auf Reisen gewesen sind, und die Orte, an denen unsere Wurzeln und unser Schatz sich befinden. Doch am Ende wird es geschehen.«

Mich hatte das sehr berührt. Ich wollte mehr wissen.

»Ich möchte weiter über die Liebe reden.«

»Wir reden doch darüber. Sie war immer das Ziel all dessen, was ich in meinem Leben gesucht habe. Zuzulassen, dass die Liebe sich in mir ohne Grenzen zeigte, meine leeren Stellen füllte, mich zum Tanzen, zum Lächeln brachte, dazu, mein Leben zu rechtfertigen, meinen Sohn zu beschützen, mit dem Himmel, mit Männern und Frauen, mit allen denjenigen in Verbindung zu treten, die mir auf meinem Weg begegnet sind.

Ich habe versucht, meine Gefühle zu kontrollieren, indem ich sagte, ›dieser verdient meine Zuneigung‹ oder ›jener verdient sie nicht‹. Bis ich mein Schicksal begriffen habe, bis ich sah, dass ich das Wichtigste in meinem Leben verlieren könnte.«

»Ihren Sohn?«

»Genau. Das vollkommenste Zeugnis der Liebe. In dem Augenblick, als sich die Möglichkeit abzeichnete, dass man ihn mir nehmen könnte, bin ich mir selber begegnet und habe begriffen, dass ich niemals etwas besitzen, etwas verlieren könnte. Ich habe das begriffen, nachdem ich stundenlang heftig geweint hatte. Erst nachdem ich lange und intensiv gelitten hatte, sagte der Teil von mir, den ich Hagia Sophia nenne: ›Was soll der Unsinn? Die Liebe bleibt immer! Und dein Sohn wird früher oder später gehen.‹«

Ich begann zu verstehen.

»Die Liebe ist keine Gewohnheit, keine Verbindlichkeit oder Schuld. Sie ist nicht das, was uns Schlager lehren – die Liebe ist. Und das ist das Testament von Athena oder Sherine oder Hagia Sophia: Die Liebe ist. Man muss sie nicht definieren. Liebe und frage nichts weiter. Liebe einfach nur.«

»Das ist schwierig.«

Athena fuhr fort:

»Auch für mich ist es schwierig. Jedenfalls werde ich nicht mehr nach Hause zurückkehren. Ich werde mich verstecken. Die Polizei kann mich vor Verrückten beschützen, aber niemals vor der Justiz. Ich hatte eine Mission zu erfüllen, und das hat mich so weit gehen lassen, dass ich das Sorgerecht für meinen Sohn aufs Spiel gesetzt habe. Dennoch bereue ich nicht: ich habe mein Schicksal erfüllt.«

»Was war Ihre Mission?«

»Das wissen Sie doch, denn Sie haben von Anfang an daran teilgehabt: der Großen Mutter den Weg zu bereiten. Eine Tradition wieder aufgreifen, die jahrhundertelang unterdrückt worden war, jetzt aber wieder auflebt.«

»Vielleicht ...«

Ich hielt inne. Aber sie sagte nichts, bis ich meinen Satz beendet hatte.

»... vielleicht war es etwas zu früh. Die Menschen waren noch nicht bereit.«

Athena lachte.

»Selbstverständlich waren sie das. Daher hat es Konfrontationen gegeben, Aggressionen und Obskurantismus. Denn die Kräfte der Finsternis liegen im Sterben und wenden jetzt ihre letzten Energien auf. Sie wirken kräftiger – wie die Tiere, bevor sie sterben. Aber bald werden sie sich nicht mehr vom Boden erheben können – sie werden erschöpft sein.

Ich habe die Saat in viele Herzen gelegt, und jedes Herz wird das Wiederaufleben auf seine Art zeigen. Doch es gibt ein Herz, das die Tradition ganz und gar fortführen wird: Andrea.«

Andrea.

Andrea hasste Athena, die sie für das Ende unserer Beziehung verantwortlich machte, die jedem, der es hören wollte, sagte, Athena ließe sich von Egoismus und Eitelkeit leiten und würde am Ende ein Werk zerstören, das auf die Beine zu stellen so schwierig gewesen war.

Athena erhob sich und nahm ihre Handtasche – Hagia Sophia war noch immer in Athena.

»Ich sehe Andreas Aura. Sie wird gerade von einem unnötigen Leiden geheilt.«

»Sie wissen doch, dass Andrea Sie nicht mag.«

»Natürlich weiß ich das. Wir haben fast eine halbe Stunde über die Liebe gesprochen, nicht wahr? Jemanden mögen oder nicht hat nichts damit zu tun.

Andrea ist jemand, der absolut fähig ist, diese Mission fortzuführen. Sie hat mehr Erfahrung und Charisma als ich. Sie hat aus meinen Fehlern gelernt. Sie weiß, dass man eine gewisse Vorsicht walten lassen muss, denn die Zeiten, in denen das Ungeheuer Obskurantismus im Sterben liegt, sind Zeiten der Konfrontation. Andrea mag mich als Person hassen, aber vielleicht hat sie gerade deshalb ihre Gaben so schnell entwickeln können. Um zu beweisen, dass sie fähiger ist als ich.

Wenn der Hass einen Menschen wachsen lässt, verwandelt er sich in eine der vielen Arten der Liebe.«

Athena nahm ihr Aufnahmegerät, steckte es in die Handtasche und ging.

Am Ende derselben Woche fällte das Gericht sein Urteil: Es wurden verschiedene Zeugen gehört, und Sherine Khalil, bekannt als Athena, behielt das Sorgerecht für ihren Sohn.

Außerdem wurde der Direktor der Schule, in die der Junge ging, darauf hingewiesen, dass jede Form der Diskriminierung des Jungen strafrechtlich verfolgt werden würde.

Ich wusste, dass es nichts bringen würde, in Athenas Wohnung anzurufen. Sie hatte Andrea den Schlüssel übergeben, ihre Musikanlage und einen Teil der Kleidung mitgenommen und gesagt, sie werde so bald nicht wiederkommen.

Ich wartete auf ihren Anruf, damit wir ihren Sieg feiern konnten. Mit jedem Tag, der verging, hörte meine Liebe zu Athena auf, eine Quelle des Leidens zu sein, und verwandelte sich in einen See der Freude und Gelassenheit. Ich fühlte mich nicht mehr so allein. Irgendwo im Raum feierten unsere Seelen – die Seelen aller Verbannten, die zurückkamen – voller Freude das Wiedersehen.

Die erste Woche verging, und ich dachte mir, dass Athena vielleicht versuchte, sich von der Anspannung der letzten Zeit zu erholen. Einen Monat später dachte ich dann, dass sie vielleicht wieder zu ihrer Arbeit nach Dubai zurückgekehrt sei.

Ich rief in Dubai an, doch man sagte mir, sie habe nichts von sich hören lassen. Falls ich wisse, wo sie sei, sollte ich ihr bitte ausrichten, dass alle Türen für sie offen stünden und sie allen sehr fehlte.

Ich beschloss, eine Reihe von Artikeln über das Erwachen der Großen Mutter zu schreiben, die zu einigen beleidigenden Leserbriefen führten, in denen ich beschuldigt wurde, ›Heidentum zu verbreiten‹, aber ansonsten ein riesiger Publikumserfolg waren.

Zwei Monate später, als ich gerade zum Mittagessen gehen wollte, rief mich ein Kollege aus der Redaktion an: Die Leiche von Sherine Khalil, der Hexe von Portobello, sei gefunden worden.

Sie war in Hampstead brutal ermordet worden.

Jetzt, wo ich die Aufnahmen alle transkribiert habe, werde ich sie ihr geben. Sie wird im Augenblick im Snowdonian National Park spazierengehen, was sie jeden Nachmittag tut. Heute ist ihr Geburtstag – besser gesagt das Datum, das ihre Eltern dafür ausgewählt haben, als sie sie adoptiert haben. Dieses Manuskript soll mein Geschenk sein.

Viorel, der mit den Großeltern zur Feier gekommen ist, hat auch eine Überraschung vorbereitet: Er hat im Studio gemeinsamer Freunde seine erste Musik aufgenommen und wird sie während des Abendessens spielen.

Athena wird mich später sicher fragen: »Warum hast du das getan?«

Und ich werde ihr antworten: »Es war mir wichtig, dich zu verstehen.« Während all der Jahre, die wir zusammen waren, hatte ich, was ich über sie gehört hatte, für Legenden gehalten, aber jetzt weiß ich, dass diese Legenden wahr sind.

Immer wenn ich sie begleiten wollte – sei es zu den Montagsversammlungen in ihrer Wohnung, sei es nach Rumänien, sei es zu Treffen mit Freunden –, hatte sie mich gebeten, es nicht zu tun. Wegen meines Berufs würden sich sogar die Unschuldigsten schuldig fühlen, war ihre Begründung gewesen.

Zweimal war ich ohne ihr Wissen im Speicher in Portobello gewesen. Ich habe auch ohne ihr Wissen Leute abgestellt, die sie bewachten, wenn sie dort ankam oder den Speicher verließ – zumindest eine Person, die später als Mitglied einer Sekte identifiziert wurde, war festgenommen worden und trug einen Dolch bei sich. Er behauptete, Geister hätten ihn beauftragt, etwas Blut der Hexe von Portobello, die die Große Mutter offenbarte, zu nehmen, sie würden es brauchen, um bestimmte Opfergaben zu weihen. Er habe sie nicht töten, nur das Blut in einem Taschentuch auffangen wollen. Die Ermittlungen ergaben, dass es sich tatsächlich nicht um einen Mordversuch gehandelt hatte. Dennoch wurde der Mann zu sechs Monaten Gefängnis verurteilt.

Es war nicht meine Idee gewesen, sie für die Welt »zu ermorden« – Athena selber wollte verschwinden und hatte mich gefragt, ob das möglich sei. Ich erklärte ihr, dass ich, wenn das Gericht beschließen würde, ihr das Sorgerecht für ihren Sohn zu entziehen, nichts gegen das Gesetz tun könnte. Aber in dem Augenblick, in dem der Richter zu ihren Gunsten entschieden hatte, waren wir frei, ihren Plan auszuführen.

Athena war bewusst, dass, als die Treffen im Speicher öffentlich bekannt geworden waren, ihre Mission unwiderruflich aus dem Ruder gelaufen war. Es brachte nichts, wenn sie durch die Menge ging und erklärte, sie sei keine Königin, keine Hexe, keine göttliche Verkörperung. Aber das Volk hatte entschieden, wem es die Macht geben und wem es folgen wollte. Was allerdings dem vollkommen widersprach, was Athena predigte: die Freiheit zu wählen, ohne Pastoren das eigene Brot zu segnen, die eigenen Gaben zu erwecken.

Es brachte auch nichts, einfach zu verschwinden. Die Leute würden darin einen Rückzug in die Wüste, ein Auffahren in den Himmel, eine Reise zu geheimen Meistern sehen, die im Himalaja leben, und würden ständig auf ihre Rückkehr warten. Immer mehr Legenden würden sich um sie ranken, und es könnte sich sogar ein Kult um sie entwickeln. Wir hat-

ten dies bemerkt, als sie aufhörte, in den Speicher in der Portobello Road zu gehen. Meine Informanten sagten, dass der sie betreffende Kult, anders als die meisten vermuteten, sich in erschreckender Weise ausbreitete: andere, ähnliche Gruppen bildeten sich. Frauen behaupteten von sich, die ›Erbinnen‹ von Hagia Sophia zu sein. Ihr in der Zeitung veröffentlichtes Foto, das sie mit Viorel auf dem Arm zeigte, wurde heimlich verkauft. Sie wurde als Opfer, als Märtyrerin der Intoleranz gesehen. Okkultisten begannen von einem ›Athena-Bund‹ zu sprechen, in dem man nach vorheriger Geldzahlung in Kontakt mit der Gründerin treten konnte.

Daher blieb nur der ›Tod‹. Ein Mord, dessen Opfer in einer großen Stadt jeder werden konnte. Wir mussten ein paar Vorsichtsmaßnahmen treffen:

a) Das Verbrechen durfte nicht mit religiösem Märtyrertum in Verbindung gebracht werden, denn das würde die Lage, die wir vermeiden wollten, nur noch verschlimmern.

b) Das Opfer musste bis zur Unkenntlichkeit entstellt sein.

c) Der Mörder durfte nicht verhaftet werden.

d) Wir brauchten eine Leiche.

In einer Stadt wie London gibt es täglich Tote, Entstellte, Verbrannte – aber normalerweise verhaften wir am Ende den Täter. Wir mussten daher fast zwei Monate warten, bis der Mord in Hampstead geschah. Auch in diesem Fall haben wir den Mörder gefunden – nur war er tot –, er war nach Portugal gereist und hatte sich mit einem Schuss in den Mund das Leben genommen. Gerechtigkeit war geschehen, und ich brauchte nur noch ein bisschen Mithilfe meiner engsten Freunde. Eine Hand wäscht die andere, und manchmal bitten sie mich um ungewöhnliche Dinge, und sofern kein Ge-

setz gebrochen wird, gibt es – sagen wir – einen gewissen Ermessensspielraum in der Auslegung.

Folgendes war geschehen: Gleich nach Auffinden der Leiche wurde mir mit einem langjährigen Kollegen zusammen die Aufgabe übertragen, diesen Fall zu bearbeiten. Fast zeitgleich erhielten wir von der portugiesischen Polizei die Nachricht, dass in Guimarães ein Selbstmörder gefunden worden war, der in einem Brief, den er bei sich trug, Anweisungen gab, seinen Besitz an Wohltätigkeitsorganisationen zu verteilen, und einen Mord gestand, der in allen Einzelheiten mit unserem Fall übereinstimmte. Es war ein Verbrechen aus Leidenschaft gewesen – Liebe fand häufig so ein Ende.

In dem Brief, den er hinterließ, berichtete der Tote, dass er eine Frau aus der ehemaligen Sowjetunion nach England gebracht und alles getan habe, um ihr zu helfen. Er wollte sie heiraten, damit sie alle Rechte einer britischen Staatsbürgerin bekäme, und hatte einen Brief gefunden, den sie an einen Deutschen hatte schicken wollen, der sie eingeladen hatte, ein paar Tage mit ihm in seinem Schloss zu verbringen.

In ihrem Brief hieß es, sie könne es nicht erwarten, ihn wiederzusehen, er möge ihr ein Flugticket schicken. Sie hatten sich in einem Café in London kennengelernt und einander nur zweimal geschrieben.

Ich hatte die perfekten Voraussetzungen.

Mein Freund zögerte noch ein wenig – niemand hat gern ein ungelöstes Verbrechen auf seinem Personalbogen –, aber ich versicherte ihm, ich würde die Schuld auf mich nehmen, und er war dann einverstanden.

Ich bin zu Athena gefahren – sie lebte in einem netten Haus in Oxford. Mit einer Spritze entnahm ich ihr ein wenig

Blut. Ich schnitt ihr etwas Haar ab, das ich ansengte, aber nicht ganz verbrannte. Am Tatort habe ich dann die ›Beweise‹ verstreut. Mir war klar, dass ein DNA-Test nicht in Frage kam, weil niemand wusste, wer ihre leiblichen Eltern waren. Darum brauchte ich nun nur noch die Hände in den Schoß zu legen und zu hoffen, dass die Nachricht kein allzu großes Presseecho finden würde.

Ein paar Journalisten stellten Fragen. Ich habe ihnen die Geschichte mit dem Selbstmord des Täters erzählt, dabei nur das Land erwähnt, die Stadt aber nicht angegeben. Ich sagte, bislang kenne man das Motiv für das Verbrechen nicht. Meiner Meinung nach (schließlich haben auch Polizisten das Recht, sich einmal zu irren) sei das Opfer vergewaltigt worden. Da sie ihren Angreifer erkannt haben könnte, wurde sie getötet und entstellt.

Würde der Deutsche wieder schreiben, würden seine Briefe mit dem Vermerk ›Empfänger unbekannt‹ an ihn zurückgesandt werden. Athenas Foto war nur einmal in der Zeitung erschienen, damals während der Vorfälle in der Portobello Road. Daher bestand kaum Gefahr, dass sie erkannt würde. Außer mir wussten nur noch drei Menschen von der Geschichte: Athenas Eltern und Viorel. Wir alle haben an der Beerdigung ›ihrer‹ sterblichen Überreste teilgenommen, und das Grab hat einen Stein mit ihrem Namen.

Viorel besucht Athena jedes Wochenende und hat eine blendende Zukunft vor sich.

Selbstverständlich kann es passieren, dass Athena eines Tages dieses abgeschiedene Leben leid ist und beschließt, nach London zurückzukehren. Das wäre nicht weiter schlimm, denn die Menschen haben ein kurzes Gedächtnis, und außer ein paar engen Freunden wird sich niemand an sie erinnern. Dann wird der Katalysator Andrea sein, die – das muss man gerechterweise sagen – sehr viel besser befähigt ist, die Mission weiterzuführen. Sie hat nicht nur die notwendigen Gaben – sie ist außerdem Schauspielerin und kann mit Publikum umgehen.

Ich habe sagen hören, dass Andrea an Einfluss gewonnen hat, ohne jedoch unnötige Aufmerksamkeit auf sich zu ziehen. Mir ist zu Ohren gekommen, dass Menschen, die in der Gesellschaft Schlüsselpositionen einnehmen, mit Andrea Kontakt haben, und wenn genügend Mächtige auf ihrer Seite sind, werden im Falle eines Falles Scheinheilige wie Reverend Ian Buck keine Chance mehr haben.

Und genau das möchte Athena. Nicht persönliche Aufmerksamkeit, wie viele (auch Andrea) dachten, sondern dass die Mission erfüllt wird.

Zu Beginn meiner Ermittlungen, dessen Ergebnis dieses Manuskript ist, dachte ich, dass ich Athenas Leben erforschte, um herauszufinden, wie mutig und wichtig sie war. Aber je mehr Gespräche ich führte, umso mehr lernte ich auch meine verborgene Seite kennen – obwohl ich an solche Dinge nicht besonders glaube. Und ich kam zum Schluss, dass der Hauptgrund für diese Arbeit war, eine Antwort auf etwas zu finden, das ich mir nie hatte erklären können: Warum liebte mich Athena, wo wir doch so verschieden waren und die Welt aus so verschiedenen Blickwinkeln betrachteten?

Ich erinnere mich daran, wie ich sie zum ersten Mal küsste, in einer Bar neben der Victoria Station. Sie arbeitete damals in einer Bank, ich war schon Kommissar bei Scotland Yard. Nachdem wir schon ein paarmal zusammen ausgegan-

gen waren, lud sie mich ein, in der Wohnung ihres Vermieters zu tanzen, was ich nie getan habe – es passt einfach nicht zu mir.

Doch anstatt ärgerlich zu sein, sagte sie nur, sie respektiere meine Entscheidung. Die Lektüre der Aussagen ihrer Freunde macht mich richtig stolz. Athena schien die Entscheidungen anderer sonst nie zu respektieren.

Monate später, bevor sie nach Dubai fuhr, sagte ich ihr, dass ich sie liebe. Sie antwortete mir, dass sie mich auch liebe, wir uns aber auf eine lange Trennung vorbereiten müssten. Jeder würde in einem anderen Land arbeiten, aber: »Wahre Liebe hält der Entfernung stand.«

Damals – und das war das einzige Mal – wagte ich, sie zu fragen: »Warum liebst du mich?«

Sie antwortete: »Ich weiß es nicht und will es auch überhaupt nicht wissen.«

Jetzt, nachdem ich all diese Seiten beendet habe, glaube ich die Antwort in ihrer Unterhaltung mit dem Journalisten gefunden zu haben.

Die Liebe ist.

25.2.2006 19:47:00
Durchsicht beendet am Tag
des heiligen Expedit, 2006